# 五號房的祕密

*The Haunting of Brynn Wilder*


哥德文學天后 溫蒂・韋伯

康學慧——譯

*Wendy Webb*

獻給紋身人，他將歡笑帶回我的人生。

# 序章

每個人都有像鬼魂一樣糾纏不休的過去。沒有走的那條路，內心深處的傷痛，一句殘酷的話語，即使當下造成的痛早已隨風而逝，傷害依然在心中長年迴盪。

有些人則是眞正遭到鬼魂糾纏。我們的視覺、觸覺、聽覺感受到分明不可能存在的事物，但確實感受到了。漆黑房間的角落傳出低低哀鳴，瞬間瞥見若隱若現的人影。實實在在接觸到……那不能明說的東西，穿越陰陽的靈魂。

我遭遇到的靈異事件就像這樣——離奇、魔幻、無法解釋——但眞實到得以觸碰、感受，並以我的整個存在去體會。同時也眞實到會不斷造訪我的夢境，宛如頑石占據我的心，讓我日復一日甘願背負。

現在，回頭看這些年來我人生中發生的其他事——愛、遺憾、生活中的枯燥瑣事，感覺都有些模糊，宛若夢境。但每當我想起他，那個至今依然糾纏我心的人，每幀畫面都無比鮮活。即使過了那麼多年，我的嘴唇依然能嘗到他的滋味，耳朵依然能聽見他的聲音。就算到了現在，我全身的每個細胞依然深愛他。

我獨自坐在這間黑暗空屋裡，壁爐中的火劈啪作響，屋外白雪飄落，記憶全部回到我心中。我不會阻止。上天垂憐，我不會阻止。

# 第1章

我從明尼亞波利斯的家出發，駕車一路北上，盡量不看後照鏡中我揮別的那個地方。我告訴自己：想著我要去的地方就好。我正前往華頓，那是一個位在蘇必略湖旁的觀光小鎮。我要在那裡住上一整個夏天，讓人生重新開機。要是出發時就知道會發生什麼事，我會不會選擇調頭呢？我經常問自己這個問題。

但當時的我只知道，接下來三個月我要在一處小鎮生活，划皮艇欣賞如詩如畫的島群，感受唯有大湖能給予的平靜。當地的原住民認為這座湖是尊神明；在我看來，他們的想法十分正確。蘇必略湖有其獨到之處，只要聆聽湖水拍岸的聲響，就能讓我血壓降低。經過彷彿夢魘的三年，此刻我非常需要平靜。我全身戰慄，把那些念頭逐出腦海，轉彎準備進入小鎮，美景在眼前鋪展開來。

除了店家外頭貼著的小小無線網路符號，華頓鎮幾乎看不出現代化的痕跡。道路兩旁矗立著維多利亞時代風格的房屋，屋頂平台與臨窗陽台俯瞰五大湖當中最詭譎多變的蘇必略湖，湖面可以瞬間從平靜變成致命。鎮上沒有百貨公司，沒有連鎖酒店，沒有速食餐廳；沒有超過三層樓的建築，沒有熱鬧夜生活。這裡只有家庭式雜貨店、鎮民開的餐廳、小銀行、販售當地手工藝品的小店、服飾店、藥局。這就是華頓，有如回到古早年代，但依然具備現代的便利。人們來到此地體會時光旅行的滋味，夏秋更是旺季。

好友凱蒂一直敦促我來度假，她的家族在華頓定居了好幾個世代。他們的祖宅「哈里森居」位在俯瞰大湖的山丘上，這座令人驚豔的維多利亞時代經典豪宅現在成爲鎮上最美輪美奐的民宿。

凱蒂跟表兄賽門和還有賽門的丈夫強納森共同經營民宿。這次度假我雖然會去探望，但是不會入住。即使他們承諾會給我很好的折扣，我依然無法負擔在那座豪宅住上一整個夏季；況且避暑旺季就要開始了，我不希望因爲給我折扣而影響他們的收入。於是他們介紹我去「露安民宿」，那是一家有百年歷史的餐廳。早期原本是供膳宿舍，樓上的房間提供住宿，可以按週或按月出租，也可以租整個夏季，租金非常低廉，簡直就像純樸古早年代的價格。

我心裡想著這些事，開車下山坡，小鎮與大湖在我眼前一覽無遺。湖面上點綴著許多帆船，大三角帆迎風開展，進出碼頭的渡船慢悠悠行駛於大湖中的小島間。其中只有科雷特島有人定居，其他都是荒島。碼頭邊停靠著許多船隻，我看到上面有人在忙碌，準備迎接旅遊旺季。距離陣亡將士紀念日連假[1]還有一週，因此人潮尚未湧現，但店舖和餐廳已經開始營業了。路上閒逛的遊客不多，他們隨意走進店裡。

車子經過哈里森居，我提醒自己安頓好之後要打電話給凱蒂，接著駛向露安民宿，

1 譯註：美國的陣亡將士紀念日訂於五月的最後一個星期一。

我會在那裡住上一整個夏季。

露安民宿的建築有三層樓，深紅色木質外牆，可以看到四扇玻璃窗，感覺要多古老有多古老。大門上的霓虹招牌顯示「營業中」。我開進停車場。

一位婦人出來迎接，我猜應該是露安本人。她穿著豹紋內搭褲，臉上掛著超大眼鏡，脖子和其他部位都戴著閃亮亮的首飾。我猜測她應該七十五歲左右，甚至可能不止？

「妳應該是布琳吧？」

「沒錯，妳是露安嗎？」

她露出大大的笑容。「獨一無二。歡迎光臨，親愛的。」她挽著我的手臂，「我帶妳參觀一下，等一下再來拿行李。」

我們走進大門，眼前的餐廳彷彿從一九五〇年代直接移植過來。時代感很錯亂，建築本身的氣氛更古老，彷彿一百年前的種種往事依然懸在空中，無法觸及。然而我此刻所在的地方卻像老派餐館，貼皮桌面的長吧台，前面靠著幾張紅色塑膠皮高圓凳，後方的機器顯然原本是汽水機，但現在改成啤酒機了。一個角落有台點唱機；鑲著橡木牆板的用餐空間隔成兩部分，隨意放置的餐桌搭配形形色色的椅子。餐桌本身也是風格混雜——木質、貼皮、磁磚、圓桌、方桌，什麼都有。

牆上掛著許多裱框的剪報，全都是重大歷史事件：諾曼第登陸、月球漫步、甘迺迪總統遇刺、水門事件、歐巴馬當選總統，以及其他足以改變人生的國家大事。我靠近仔細看，其中有張照片的主角是一位英俊的年輕人，他站在露安民宿的大門前。

「那是小甘迺迪[2]？」我問。

「很可愛的年輕人，」她搖頭說，「他和一群朋友來這裡划皮艇繞島。他發生意外眞是太可惜了。」

我點頭贊同，眞的太可惜。

「這棟房子是十九世紀建造的，原本是供膳宿舍。」她比比四周，「看得出來改建過幾次。餐廳全天候營業，供應三餐。住房的客人每天可以免費用餐一次，如果另外兩餐也在這裡吃，可以享有半價優惠。酒錢另計，不過可以記在帳上，每個月底和租金一起結算。」

我點頭，看看四周。

「週一到週五下午三點是酒吧特價的歡樂時段，週末沒有。」她說，「如果想認識鎮上的人，這是最好的機會，所有人都會來。」

「好。」我記住她的建議。

她彎腰越過櫃台，從裡面拿出鑰匙圈，拆下一支老式的鑰匙。「我們上樓去吧，」她說，「我先帶妳去看房間，妳一定會喜歡，那是我最喜歡的一間。」

我跟隨她穿過餐廳，走向一扇窄門，她打開，裡面是一道狹長的樓梯。我們走上高

2　譯註：美國前總統甘迺迪的兒子，一九九九年自駕小飛機發生意外墜機喪生，得年三十八歲。

低不平的樓梯，上去之後是一條走道，兩旁各有幾個突出的壁龕式房門，房間不多，只有幾間。我的房間位在盡頭角落，旁邊是一扇有大窗的門，通往公共露台。

往房間走去時，我短暫地打了個冷顫。

露安打開房門，裡面空間寬敞。淺黃色牆面，兩邊各有一扇雙懸窗，白色薄窗簾隨風飄動。這個房間散發的歲月感沁入我的心扉。一個世紀當中許多人住過的地方，勢必會留下印記，即使他們不在了，依舊久久不散。這裡就是這樣，不會讓人不舒服，只是感覺有很多人曾經好好住在這裡。

加大尺寸的床上鋪著白色羽絨被，古董木製床頭板靠著牆。梳妝台看起來是另一個時代的產物，有弧形鏡子和凳子。我看一眼鏡中的自己，好奇有多少不同時代的女性也曾做過相同的動作。一扇窗戶旁邊放著一張搖椅，眞皮椅面相當寬敞。一張小桌上擺著古董檯燈，燈罩是玫瑰色調的雕花玻璃，兩旁各有兩張舒適的單人沙發。

浴室門旁擺著一台小冰箱，旁邊是漂亮的古董餐具櫃，上面放著一個法式壓濾咖啡壺和兩個杯子，等著迎接清晨。牆上掛著一台平面電視，爲房間增添一抹現代感。

「最好不要每餐都外食，」露安繼續聊下去，「那樣會花很多錢。往山坡上走，下一個路口就有超市。大部分的房客會買優格、起司、水果放在房間裡。需要盤子、餐具、杯子儘管去廚房拿，什麼都可以用，用完之後歸還就好。我們會把用過的碗盤先放在水槽裡，然後再放進洗碗機，妳只要放進去就好。蓋瑞或亞倫會負責洗。」

「太好了。」

我探頭看看浴室，只有馬桶和洗手台。

「外面有兩間淋浴室和一間泡澡室，」她帶我走出去，先後打開走道上的兩扇門，裡面各自是獨立的淋浴室，鋪設磁磚。她打開第三道門，裡面有個很深的四腳浴缸。

「浴室共用，但現在只有妳和另一位夏季租客使用。我們一共有六間客房，套房配備全套衛浴，目前有人住，他們兩個不會用外面的淋浴室和浴缸。另外兩個房間租給短期客，偶爾會有來來去去的客人。」

我點頭。

「房客都很有禮貌，」露安接著說，「不會有人長時間占用淋浴室，快快洗完、快快出來。每個淋浴室都配備給皂機，供應洗髮精、潤絲精、沐浴乳。泡澡室就不一樣，大家喜歡慢慢泡，所以沒關係。我發現很少有人用浴缸，所以如果妳喜歡泡澡，儘管帶杯酒、帶本好書，不用擔心有人排隊。」

「知道了。」我一定會那麼做。

「我們也供應毛巾，但不保證需要的時候一定能找到，所以啦，前面路口的米琪生活用品店什麼都有，妳需要的都能找到——毛巾、舒適的浴袍、夾腳拖、沐浴球。如果妳想用自己的洗髮精、沐浴乳和其他沐浴用品，那裡也都有，大部分都是當地製造的。」

我們經過通往三樓的樓梯口。「妳想上去看也可以，」她往上揮揮手，「上面是宿舍區。以前原本是宴會廳，有時候打烊之後員工會留下來喝幾杯，有時候不止幾杯。三樓有五張雙層床讓他們睡覺，以免他們酒駕。安全最重要，謹慎沒什麼不好。」

我突然覺得不太對勁。「等一下，」我在心中計算一番，「妳剛才說只有另一個夏季房客和我共用浴室，另一間則是附衛浴的套房。這樣一共是三個房間。另外兩間是短租房，這樣加起來才五間。妳不是說有六間客房嗎？」

露安的表情變得嚴肅。「沒錯，有一間客房暫時不開放。」

我想問為什麼，可惜沒機會。餐廳裡有人叫她，她匆匆告辭去看有什麼事。

我決定趁現在整理行李，於是漫步回到停車場，把行李拿下車搬上樓開始動手整理。整理好之後……接下來該做什麼呢？我想不出來。我沉沉坐在單人沙發上望著窗外。我已經很久沒有這樣了，無事可做；不必照顧別人，不必奔忙處理瑣事，不必打電話四處聯絡事情。沒有人依賴我，我不知道該做什麼。

我來回看著窗外的街道，一種隱隱的罪惡感刺痛皮膚。我是不是忘記什麼了？是不是有什麼重要的事沒做？我焦急思索一番之後才領悟到：沒有，真的全都結束了。我的靈魂多麼希望還沒有，但已經畫下句點了。

我從床頭櫃上的面紙盒抽出一張，擦擦眼睛，接著奮力從椅子上站起來。我拿起皮包，想起要拿露安剛才放在梳妝台上的鑰匙，出去之後鎖上門。

# 第2章

我沒有走太遠。才剛走幾步，就發現走道另一頭的房間門開著。房間裡面對門口的位置，放著一張表面打磨過的木桌，旁邊坐著一位英俊男子，我猜應該年近七十。我對上他的視線。

他露出魅力十足的笑容，伸手扒一下濃密白髮。「嗨！」他說。

我忍不住報以微笑，他的笑容太有感染力。

「我是布琳．魏爾德，」我說，「你是另外那個夏季房客嗎？」

「我是其中一個。」他站起來，伸出一隻手過來和我打招呼。「我是傑森．羅德，」他渾身散發正能量，「我和丈夫吉爾每年夏天都來，已經……哇，我想想——」他望著遠方一下，「——至少五年了。也可能六年。」

「我住在最裡面那個房間，露台旁邊。」我朝著走道另一端一撇頭。

「啊，黃色貴婦房。」他微笑，「那個房間很漂亮。露安跟我說過妳今天會來，我們都很期待跟妳見面。」

我探頭看他身後。「哇，」我說，「這間是套房？」

他比比房間裡面。「進來吧！參觀一下。」

跟我的單人房相比，這間房非常大，樓中樓，氣氛也截然不同。簡直就像我的房間和這間套房屬於不同的年代。這裡也有像樓下餐廳的那種感覺——好像是從別的時代搬來，裝進這棟彷彿永恆存在的寄宿房屋。

我的房間是古典維多利亞風格，但這間套房比較類似諾斯伍德的森林木屋。溫暖的木質牆面，樓中樓上層部分裝設黑色鍛鐵欄杆，石造壁爐延伸到屋頂。壁爐架感覺像是整根樹幹劈成兩半之後拋光而成，木頭表面很亮，平面電視裝設在上面。正對壁爐的客廳中央擺放一張眞皮長沙發和一張兩人座沙發。小廚房裡有冰箱、爐台、洗碗槽，角落的櫥櫃是櫻桃木材質；廚房與客廳之間有一座島台，台面是大理石材質。客廳另一頭的落地窗通往專屬露台。

「我們有兩間臥室、兩間衛浴，」傑森說，「非常符合我們的需求。比起整個夏天住酒店，這裡比較有家的感覺，而且還有多一個房間。我們的家人每年都會來，多的房間可以給他們住，這樣就不必特別再租一棟房子。」

我和他默默站著片刻，互相微笑。「嘿，現在地球上一定有個地方已經下午五點了，」他笑嘻嘻地說，「要不要來杯葡萄酒啊？」

我原本打算去超市，不過晚點再去也沒關係。「當然好。」

「今天天氣很好。」他打開冰箱拿出一瓶酒，「我們去露台坐著聊吧？」他比比落地窗，「妳先去找個舒服的地方坐下，我馬上來。」

我走出去，在露台椅上坐好，欣賞小鎮風光。山坡從湖邊往上延伸，相當陡峭，沿路有許多商店、餐廳、民宿。沒過多久，傑森出來了，他端著兩杯白酒，遞給我一杯。

「我們這些來避暑的人經常會被問：『噢，你**整個**夏天都會待在這裡？』」他邊說邊坐下，「最好先做好準備，因爲每個人都會問。他們全都想知道妳是退休了、在休假，還是其他什麼狀況。我們這些華頓人很愛管閒事。」

我勉強笑笑，但我眞的很不想應付多事的人。

「妳不必告訴他們，或者應該說妳不必跟他們說實話。」傑森彷彿看穿了我的心思，「不過勸妳準備好答案，如果今天妳打算參加歡樂時段更是要先想好。」

「我聽說有歡樂時段的事了。」我喝一口酒拖延時間，「露安說大家都會來。每個人都想知道其他人的事，對吧？」

傑森大笑。「小鎭就是這樣。」

看來一定會有人問我來這裡的原因，既然躲不過，不如先練習一下。「我念大學時的老朋友住在這裡，」我開個頭，「她勸我來這裡避暑休養，因爲過去幾年……」我嘆息一聲，「……相當煎熬。」

他點頭。「我懂。妳想拋開全世界，好好休息一下？」

「差不多是那樣。」淚水刺痛我的眼睛後方。「我是大學教授，申請了休假研究。秋季開學我就要回去教書了，所以想利用夏季充電一下。」

傑森伸手捏捏我的手臂。「這裡是最適合充電的地方。」他的語氣極度和善。

我把頭靠在椅背上，斜斜看他一眼。「謝謝。」

「妳說有個朋友住在華頓，」他問，「是哪位？」

「凱蒂．葛蘭傑。現在應該改姓史東，她去年結婚了。」

「噢，我認識她！就是因爲凱蒂的表哥賽門，幾年前我們才會來這裡。他和吉爾是老朋友了，小時候的同學。」

這世界實在太小。我經常遇到這樣的巧合，或許有人會說其實不算巧合。過去幾年——其實不止幾年——我和凱蒂沒有經常聯絡，不過我知道她離婚了，有一段時間生活很不平穩。當時我自己也遭遇太多問題，實在沒辦法陪伴她，這讓我感到很懊惱。她聽說我需要幫助便伸出援手，這更加深了我的歉疚。

「輪到我們的故事了。」他清清嗓子，開始說明，「我從事房仲很多年，現在有幾間房子在出租，吉爾是高中老師。我的工作在哪裡都能做——我有員工負責處理維修問體。可想而知，吉爾正在放暑假，所以我們利用這段時間，遠離塵囂，來到這裡。我們兩個的生活哲學是『人生苦短，及時行樂』。我們的船停靠在鎮上的碼頭，我們倆很喜歡駕船在島嶼間漫遊——改天妳一定要一起去——也常常去划皮艇。我們從很久以前就一直熱愛親近這座湖。」

「感覺眞不錯，」我說，「這種生活方式很美好。」

傑森嘆息，伸手扒一下頭髮。我感到一股寒意，卻不知道爲什麼。

「不過，今年夏天會不太一樣，因爲妳住在這裡，應該要先跟妳說一下。」他說。

但是他沒有機會告訴我，因爲有個人從落地窗探頭出來，我猜應該是吉爾。

「噢！」他看著我，先是有些驚訝，然後露出笑容。「妳好。」

「你回來啦！」傑森說，「親愛的，來見見布琳，她整個夏季都會住在黃色貴婦房。布琳，這是我老公，吉爾．田中。」

吉爾伸出一隻手。「我之前就聽說會有其他暑期房客。妳很幸運，這裡是華頓最棒的祕境，我絕不會住別的地方。」他轉向傑森，「這樣好像對新鄰居很沒禮貌，不過我們的電話會議再過兩分鐘就要開始了，你沒忘記吧？」

傑森看看手錶。「已經那麼晚了？」他誇張地唉聲嘆氣，雙手一撐從露台椅站起來。「布琳，眞的很不好意思，這件事不能耽擱。」他伸出手拉我一把，幫我站起來。

「沒問題。」我說。我們回到客廳，往門口走去，喝光杯中剩下的酒。

「眞高興認識妳，」傑森說，「等一下歡樂時段見？」

「我一定會去。」

我出去之後，傑森正要關門時，我瞥見他們兩個對看一眼，吉爾的神色憂慮。這讓我後頸的寒毛直豎，我很想知道究竟發生了什麼事。剛才傑森說今年夏天會「不太一樣」，但又沒有說清楚，我很好奇這通電話是否跟此事有關。我急忙驅逐這個念頭，我才不要變成華頓的八卦群眾呢。這是他們的私事，我不該過問。

從超市回來之後，我把要冰的東西放進冰箱，不用冰的東西整齊放在冰箱頂，正想著接下來該做什麼，電話響了。

「妳到啦？」電話另一頭傳來凱蒂的聲音，「安頓好了嗎？」

我點頭，似乎以為她能看見。「這裡很棒，」我說，「我需要的東西民宿都有。」

「露安很妙！妳有沒有見到她？」

我笑了一下。「有，豹紋內搭褲，打扮很炫，她感覺人很好。剛才我也見到兩個暑期房客。」

「傑森和吉爾？」她問，「妳一定會愛死他們，他們是賽門的多年老友。」凱蒂沉默一下，接著說：「妳的狀況還好嗎？」

我知道她一定會問，但真正聽見時依然不由得全身僵硬。「很好。」

「嗯。」凱蒂的聲音十分柔和，「我很高興妳願意來這裡，我相信這就是妳需要的，一整個夏天悠閒享受生活，重新站穩腳步。這裡的生活步調會讓人收起身上的刺，重新找回人生的展望，我親身體驗過。」

凱蒂的人生一度天翻地覆——慘烈離婚，甚至因此失去工作。她來到華頓住進表哥家，在這裡找到愛與新人生。我不知道自己是否準備好迎接新人生，但既然她能在華頓重新站穩腳步，讓我不禁懷抱希望，說不定我也可以。

「我原本打算先給妳一點時間安頓，然後歡樂時段去找妳，」凱蒂說，「可是等一下我要和新娘開會——她媽也一起來了，救命啊。她預計秋天在我們的宴會廳舉辦婚禮，她來挑選喜宴菜色、試吃蛋糕，確認細節～」

她把**細節**這個詞拖得很長，充滿各種抑揚頓挫。我聽得出她的語氣有多哀怨，我忍不住笑出來。

「感覺得出來和新娘開會是妳最愛的工作呢。」我說。

她大笑。「妳絕對想像不到有多誇張。有一個新娘的媽媽問我們能不能把宴會廳牆上的木飾板拆掉，然後整個漆成綠色，配合他們選的色彩主題。」

「不會吧！」

「是眞的！賽門和強納森把婚禮工作交給我全權負責，因爲經歷過幾個恐龍新娘和恐龍媽媽之後，他們想到都怕。」她嗤笑一聲，「總之，」她接著說，「今天我可能沒辦法去找妳，除非——」

我搶著說：「不必爲了我特地趕過來，」我說，「沒關係。就像妳說的，我忙著整理，而且長途開車加上……其他事，我有點累。」

「好吧，」她說，「不然明天或後天一起吃午餐、敘敘舊。」

「沒問題。」今晚能安靜獨處正合我意。我在心中想。

掛了電話，我看看時鐘，距離大家一致推薦的歡樂時段還有很多時間，剛好足夠讓我洗個澡，沖掉旅途中沾在頭髮上的灰塵。

我的胃有點糾結。我訂房時太倉促，沒有發現要和陌生人共用浴室。我只有在大學住宿舍的那段時間和別人共用浴室，不過稍微思考一下，我就想起那套準備模式了。我在前面一點的店舖買了鬆軟又吸水的雪尼爾布料浴袍、兩條毛巾、一雙夾腳拖。我脫掉衣服，穿上浴袍之後牢牢綁好，拿起超吸水大浴巾，快步走向淋浴室，希望不會遇到人。

我發現其中一間已經有人在用了，另一間空著，於是我急忙溜進去之後鎖上門。白色長方磁磚非常乾淨。就像露安說得一樣，洗髮精、潤絲精、沐浴乳一應俱全，裝在牆上的給皂機裡。我把浴袍和毛巾掛在門後的勾子上，打開水龍頭，等候水變熱。

我踏進去，水流下，抬起臉讓水沖。閉上眼睛，淚水湧出，每次都這樣。在淋浴時哭是我這段時間的習慣。我盡可能不發出聲音，因爲不知道這裡的牆壁厚薄。每當我感到脆弱無助又沒有防備的時候，悲傷就會在表面下沸騰，我想像熱水帶走所有悲傷。我很想知道要過多久才能揮別那一切，不會再在淋浴時哭泣。

突然傳來響亮的敲擊聲。我猛然睜開雙眼。我移動頭部離開水流仔細聆聽。有人在外面嗎？不對，傻瓜，那個聲音不會是敲門。大概是水管的問題？我洗頭、沖水、潤絲。那個聲音又來了。敲擊，砰、砰、砰，但並非來自門的方向，而是淋浴室與隔壁客房之間的牆壁。

我全身顫抖，匆匆沖掉潤絲精，關水擦乾之後穿上浴袍，敲擊聲一直持續。直到我用毛巾包好頭髮時聲音才停止。這下我生氣了。唯一合理的解釋就是另外那位客人故意敲淋浴室的牆壁。爲什麼要做這種事？眞是沒禮貌。等一下我一定要去跟露安說。

我打開門，另一個淋浴室裡的人也剛好開門。一看到他，我的喉嚨幾乎完全鎖死。他身高大約六英尺，深色浴袍裹著壯碩胸膛，腳上穿著拖鞋。從他浴袍前襟的開口能夠看到露出的刺青，手腕和雙腿也有——奇特的宗教符號，動物，神祕的圖案。我沒有看太久，太難爲情了。

「妳有沒有聽到剛才的聲音？」他問我，淡淡的南方口音宛如音樂般悅耳，那是我聽過最低沉柔和的聲音。「敲擊聲？」

我目瞪口呆望著他。搞什麼鬼？我又不是十三歲的小女生！我好不容易點點頭。

「妳的表情活像見到鬼。」他對我說，露出有如電影明星的大大笑容。他的嘴完美無瑕——嘴唇飽滿、牙齒潔白耀眼。我的視線無法離開他的臉。我無法回答，心醉神迷，彷彿被眼鏡蛇迷惑。

「不用擔心，」那個好聽的聲音再次響起，因爲幽默而顯得輕快，「一定只是有人在開玩笑，畢竟這家民宿有那種傳說。」

「什麼傳說？」我好不容易擠出一句話，希望能讓他繼續說話。

他大笑。「妳不知道？這裡鬧鬼。」

我完全想不起來有沒有向他道別，也想不起來是怎麼回到房間的。我只知道我好不容易打起精神，換好衣服、吹乾頭髮，下樓去加入歡樂時段，決心要問出那個男人是誰，還有他說的話是不是眞的。

# 第3章

酒吧擠滿了人，洋溢著歡樂談笑。我走進去時，不止一個人回頭看。我是新來的那個女房客，所有人都已經知道了。我看到傑森與吉爾，他們一起揮手打招呼。我過去找他們，對著一片好奇又友善的臉孔微笑。

傑森從酒保手中接過一杯白酒遞給我。「這位是蓋瑞，」他對我說，朝著酒保一撇頭，「這裡所有大小事他都知道。蓋瑞，她是布琳，來華頓避暑。」

酒保蓋瑞頭髮花白，大約六十歲左右，那張滿是皺紋的臉龐見證了艱辛的人生。

「歡迎。」他對我說，笑容很溫暖，「無論需要什麼，來找我就對了。我隨時都在——想不看到我都不行！」他發出沙啞的笑聲，像是泡在威士忌裡。「我是認真的，無論妳需要什麼，我一直都在這裡。」

「謝謝。」我對他微笑。

他注視我的雙眼，時間有點太長，讓我覺得不自在。他是不是想跟我說什麼？

我啜飲白酒，轉向傑森與吉爾，他們帶我離開吧台。

「妳安頓好了嗎？」吉爾問。

「行李都整理好了，而且發生了一件非常有意思——」

我正要告訴他們遇見另一位暑期房客的經過，露安剛好過來，她端著一盤冷肉和起司在餐廳走來走去招待下酒菜。

「嗨，親愛的，」她開朗地對我說，「看來妳已經認識這兩個壞傢伙了。」她朝傑森和吉爾一撇頭，對他們擠眉弄眼。「在場的這些人，我都叫他們固定班底。他們是鎮上民宿的老闆、員工、餐廳老闆，或在這裡有避暑度假屋的人。」

我看看聚集在酒吧裡的人，大約二十個左右。

「別擔心，很快妳就會搞清楚大家的長相和名字。」她揮揮手中的托盤，「你們三個趁現在快吃點東西，不然搶不過那些禿鷹。」

一個深色頭髮女性背對我坐著，聽到這句話，她轉過頭來看露安。「妳說誰是禿鷹？」她拿了一片起司和義式臘腸塞進嘴裡。

「布琳，這位是貝絲．聖約翰，」露安對我說，「她是前面那家書店的老闆。」

貝絲大約五十歲，有和善的圓臉，與一雙深色大眼睛。

「看到華頓有書店，我眞是開心極了。」我對貝絲微笑，「最近我一直沒時間讀書，希望今年夏天能多讀一點。」

「我聽說妳要住一整個夏天，」她說，「妳爲什麼來這裡？」

傑森對上我的視線，露出笑容。

「我想利用夏天充電。」我重複之前對傑森講過的那一套說詞。

「這裡很適合充電。」貝絲說，她看我的眼神有點特別，但我不明白其中的含意。

「貝絲是眞正的當地人，」露安告訴我，「我們大部分都是從其他地方來的，但她土生土長，從小住在離這裡不遠的地方。」

「喔？」我問。

「華頓附近的印地安保留地。」貝絲喝一口酒，「我不是沒有離開過，但是蘇必略湖一直呼喚我。」

「我能理解，」我說，「這裡很美。」

她微笑。「也很平靜。隨時歡迎妳來書店，就算只是爲了暫時逃離這隻老母雞也沒問題。」

聽到這句話，露安氣呼呼地嚷嚷。「我才不是老母雞咧，」她狂笑，「不過呢，如果妳說我如狼似虎，那我接受，我專吃小鮮肉啦。」她揚起眉毛，壓低音量偷偷摸摸說：「尤其是新來的那個房客。」

貝絲皺起眉頭假裝斥責。

「勾搭年紀只有妳一半的房客，應該違反旅館業管理規則吧？」

「喂，這是旅館工作最棒的福利耶！」露安回嗆。

所有人一起大笑。露安端著托盤去招呼其他客人，貝絲準備離開，但最後不忘捏捏我的手臂，再次表示歡迎我來鎮上。她走了之後，又只剩下傑森、吉爾和我。

「我今天好像見到他了，」我對他們說，「剛才露安和貝絲說的那個男房客。」

「哦？」傑森揚起眉毛。

「我們剛好同時從淋浴室出來。」

傑森和吉爾互使眼色。「紋身人？」傑森說，「快告訴我們！」

我忍不住笑了。「你為什麼那樣叫他？」

「妳沒注意到嗎？」傑森壓低聲音說悄悄話，「他全身都是刺青！」

我感覺臉頰發燙。

「我注意到了，但沒看到那麼多，」我說，「我不想盯著他看太久。」

吉爾吹了一下口哨。「我懂！雖然很想看清楚那些圖案是什麼，但又不想一直盯著看，生怕被當成瘋子。」

我們三個很有默契地大笑。

「他怎麼會來這裡？」我問，「他是什麼人？」

傑森靠過來，喝了一口酒。「我們也不太清楚，」他說，「露安也很反常，絕口不提他的事。他來這裡已經一個星期左右了，我們還沒有正式和他認識。他一整天來來去去，我們只知道那個人好看得要命。」

「他的笑容。」吉爾跟著說。

「他的笑容！」我感覺到自己臉紅了。「他一對我笑，我就好像癱瘓了，簡直像回到國中。」

這句話讓他們一起大笑起來。

「他從不和人打交道，」吉爾說，「他來了這麼久，歡樂時段一次都沒出現過，我不知道他——」吉爾突然停住，因爲紋身人本尊走進酒吧了。

他穿著長袖黑T恤，相當緊身，勾勒出他雄壯的體格，刷白牛仔褲搭配黑色靴子。我們三個默默看著他穿過酒吧走向我們，我發現其他人也在看他。他靠近時，我們三個同時停止呼吸，我察覺他朝我走來。

「剛才我們沒有機會好好彼此認識一下。」他對我說，眼眸閃耀幽默光彩。

我看過這種現象嗎？人的眼睛眞的會發光？然而在當下，我確實這麼覺得。他伸出一隻手，我回握。肌膚接觸時，電流竄過我全身。

「我是布琳．魏爾德。」我很慶幸還記得自己叫什麼名字，雖然我說話太急，字都擠在一起。「我來這裡避暑，今天剛到。」

「妳好，布琳．魏爾德。」紋身人說。吉爾對傑森使眼色。「我也是來避暑的，順便處理一些事。我是多明尼克．詹姆斯。」

我只是呆站著，握住那個人強壯的大手，凝視那張不可思議的英俊臉龐。我想不出該如何回應，幸好傑森及時救援。

「我是傑森．羅德。」他伸出一隻手，多明尼克捏一下我的手，對我眨眨一隻眼睛，才改握住傑森的手。傑森接著說：「我們這些夏季房客應該互相熟悉一下。這是我老公吉爾。」

「你好！」吉爾對多明尼克微笑，接著高速說了一大串話：「我們偶爾會看到你進進出出，但是一直沒機會正式和你認識。我們住在走道盡頭的套房。」

多明尼克點頭。「噢，沒錯，」他說，「露安跟我說過你們的事，眞高興終於有機會認識你們。之前我一直在忙工作收尾的事，想趁夏季眞正開始之前徹底搞定，所以沒有和大家來往，眞是對不起。」

傑森與吉爾異口同聲說：「別傻了！」接著說，「不要放在心上！」多明尼克好不容易才找到空檔說話。

「看來只有我一個人沒酒喝呢。」他將電力滿點的笑容轉向蓋瑞。

傑森在多明尼克背後對我做個鬼臉，我們無聲偷笑，像教堂裡的小朋友。吉爾擰一下傑森的手臂，假裝板起臉來，示意要我們快點安靜，這時多明尼克轉過身面對我們，手中端著啤酒。他對我們三個略微舉杯。

「敬夏季的開始。」他的聲音如此低沉磁性，有如絲絨。

我和他碰杯，等不及想知道這個夏季會發生什麼事。

# 第4章

歡樂時段接近尾聲，客人漸漸離開回去自己的店鋪、餐廳或回家。多明尼克說要打電話，也離開了，酒吧裡只剩下傑森、吉爾和我，吃著剩下的下酒菜。

「嗯，眞有意思。」傑森揚起眉毛，「他人很好，你們不覺得嗎？」

「誰？」吉爾問，裝模作樣地拍拍肩膀，清理看不見的灰塵。

傑森用義式臘腸扔他。「少來了。」

我們三個一起大笑。

「我不想浪費口舌說那些一看就知道的事，但是，哇塞，他實在太帥了。」我說。

「還用說嗎？」吉爾說，「他讓人心猿意馬。」

我啜飲一口酒。「有沒有人問過他『那個問題』？」

「『你爲什麼來華頓？』」傑森問，「我還沒問，這是我們第一次和他說話。」

蓋瑞從廚房出來，自己倒了一杯酒。他拿起幾塊起司扔進嘴裡。「我已經準備好迎接晚餐來客潮了，」他說，「不過今晚應該還不會有太多人。夏季才剛開始，觀光客還沒來。」

傑森瞇起眼睛看他。「你和露安知道多明尼克來華頓的原因嗎？」

蓋瑞微笑。「我要行使緘默權，」他說，「我的原則是客人的事是他們自己的事，我不介入。」

「以前沒有見過他，我猜這是他第一次來華頓，對吧？」傑森逼問。

「緘默權。」蓋瑞鎮定地喝一口酒。

「露安民宿不是那麼有名，一定有人介紹他來。」

「緘——默——權——」

傑森搖頭，喝一口葡萄酒，臭臉看著蓋瑞。

「哪天我需要不在場證明，一定會找你。」

雖然我也很想知道多明尼克的事，但我欣賞蓋瑞堅持保密的態度。看來再逼問他也不會開口。

吉爾低頭看錶，用手指敲敲錶面，然後看傑森一眼。

「噢！」傑森從吧台凳上站起來。「我們約了人吃晚餐。」他彎腰吻一下我的臉頰。「布琳，妳超可愛，我好高興今年夏季有妳在。明天見？」

「我都會在。」我說，他們匆匆出門。

一天當中第二次，我不知道該做什麼。回房間？去鎮上逛逛？這兩個選擇感覺都不太有趣。

「要不要吃晚餐，小可愛？」蓋瑞問我。

小可愛，從來沒有人這樣叫過我。感覺很有一九五〇年代的味道，我不禁莞爾。我喜歡。

「有什麼好吃的？」我問他。

他彎腰越過吧台。「菜單上的都不錯，因為那些自稱是廚師的小鬼不在的時候，都是我親自下廚。不過今晚有特別的好料，我花了一整天的時間慢烤豬肩肉，用墨西哥香料調味，香得要上天堂了，用來做墨西哥捲餅一定很讚，妳想吃嗎？」

「哇，太誘人了。」

「露安特別喜歡一種混合的吃法，她稱之為塔可沙拉捲餅，」他接著說，「基本材料是塔可沙拉、豬肉，加上用墨西哥煙燻辣椒醬調味的生菜、番茄、洋蔥，最後再來一點炒豆泥和融化的起司，全部用玉米餅包起來。附上酸奶油、酪梨醬、莎莎醬。」

聽到這裡我已經下定決心了。

「好，麻煩你。」我想不起來多久沒吃過這麼邪惡的美食。

「妳去窗邊那張四人桌坐著，我去準備。」蓋瑞說完之後走進廚房。

我過去坐好。獨自坐在那裡，沒有人跟我說話，沒有人要我照顧，沒有任何需要煩惱的事。我望著窗外，讓心思單純停留在此時此刻，感受當下的美好。我來到這座美麗的小鎮避暑，這間民宿裡有很多好心的陌生人，等大家混熟之後，說不定能成為朋友。我嘆息，意識到我已經太久沒有這種平靜的心情了。

蓋瑞從廚房出來，把晚餐放在我面前。

「這個捲餅像我的頭一樣大。」我抬頭對他微笑。

他大笑。「我們這裡就是這樣。用餐愉快，小可愛。」

我看到幾位客人走進餐廳。晚餐人潮開始出現，蓋瑞回到工作模式。

我大快朵頤享用盤子上的大分量天國美食，邊吃邊欣賞街景，人們來來去去，每個人都笑容滿面，心情愉快。這裡的氣氛很正向，我十分慶幸能身在其中。

吃光那個巨大捲餅之後，我考慮去散散步，但最後還是回房窩在床上按遙控器亂轉電視頻道。我在心中告訴自己明天要去書店看看。爲了消遣而讀書，沒有什麼重要的事要做，這眞是太美好了。

我來華頓避暑的第一天就這樣過去了。*我可以*。我告訴自己，吁一口氣。*我可以*。

醒來時，我發現房間沐浴在月光中。我終於決定關電視睡覺的時候沒有拉上窗簾，因爲我想躺在床上欣賞窗外星空。我坐起來，拿起床頭櫃上的玻璃杯喝了一口水，又躺回被窩裡。

「哈囉？」

那個聲音像面紙一樣單薄。我猛然坐起來，看看房間四周。月光從窗外照進來——梳妝台、衣櫥、通往走道的門（門閂鎖住了，我從床上可以清楚看見）。我搖頭，不確定剛才到底有沒有聽到聲音。說不定只是殘存的夢境。

「哈囉？有人嗎？」又來了，那個沙啞單薄的聲音，彷彿來自另一個時空。

我下床拿起掛在衣櫥門內側的浴袍緊緊裹住身體，赤腳走到門前聆聽。門把轉動發出喀喀聲響，一開始很小心、緩慢。有人企圖開門。

「可以讓我進去嗎？」那個細柔的聲音說，「拜託，讓我進去？」

要讓她進來嗎？當然不要！我動彈不得，呆望著門板。之前在淋浴室外面遇見多明尼克時，他說這家民宿鬧鬼，難道真的發生了？這就是他說的鬼？我看著門把來回轉動，喀答、喀答、喀答。

有人想進我的房間。

接著走道傳來腳步聲，有人急促而低聲地說話。傑森？我不確定是誰，但我說什麼也不會開門。外面的說話聲漸漸遠去，越來越小聲，最後完全消失。

我站在門口許久，耳朵貼著門板。沒有聲音了，對吧？我鬆了一口氣，這才察覺自己屏住呼吸。

我有股衝動想開門確認外面眞的沒有人，但最後還是決定不要比較好。妖魔鬼怪最愛用這招：安靜不出聲，誘拐你去察看他們是不是已經離開了。我看過很多電影，才不會上這種當呢。這個想法實在太傻，我笑自己一下，然後回到被窩裡，依然穿著睡袍，腰帶緊緊綁住。

我躺在床上瞪大眼睛，脈搏跳得飛快。過了好一陣子，我的呼吸才終於放慢，再次感到眼皮沉重。

思緒逐漸飄走，還沒有眞正入睡，夢境不知從何處浮現。那種很清晰的夢——我經常作這種夢——我在夢裡對自己說話，幾乎像是旁白，解說夢中發生的事。

有個女人，我不認識，很漂亮的金髮年長女士，非常瘦，穿著米白色休閒褲搭配同色毛衣，她站在我小時候的家前面。那是一棟一九五〇年代的錯層式房屋[3]，位在明尼亞波利斯郊區的一片樹林空地，不遠處有小溪蜿蜒流過。

那個女人對我微笑，揮手要我靠近。

「嗨，」她說，「我想給妳看一個東西。」她比比我家的門，「快進去吧。」

我走進門。玄關和我記憶中一模一樣，右手邊有一道短階梯，左手邊是客廳——紅棕色地毯看起還很新，印著紅棕色大花的沙發跟扶手椅也一樣，我媽買這些家具的時候我還很小。我已經很多年沒有想起這些東西了。

我望向窗外，看到鄰里的所有朋友，他們全都是幾十年前的小孩模樣，正在玩耍。有的在前院跑來跑去，有的在人行道上騎腳踏車懶洋洋繞圈。我看看嶄新的地毯與沙發，又看看外面的小朋友。時間應該是一九七〇年代尾巴。

兩個小女生站在橫跨溪流的橋上。我看到她們把樹枝扔進溪裡，然後奔跑過馬路去到另一邊的橋上，低頭看水面。樹枝賽跑，我們以前都這樣稱呼這個遊戲，樹枝先流過橋下的人贏。

3 譯註：Split-level home，樓面結構有兩個或者多個不同的高度，錯開之處有樓梯聯繫。

橋上的兩個女孩轉頭，發現我站在面向外面的窗前看她們，於是對我揮手。這時候我終於看清楚了。其中一個是我最要好的朋友小珍，她住在馬路對面。她的髮型是精靈短髮，也長得很像精靈，金髮碧眼，非常漂亮。

另外一個女生是我。我甚至記得夢中那個小小的我所穿的褲子——白色牛仔褲，上面有鮮豔的花朵刺繡。那條褲子是我小學四年級穿的。真想不到，我已經幾十年沒有想到過那條褲子了。

那兩個小女生奔跑下橋，爬下河岸往水邊去——這是父母嚴厲禁止的行爲——我知道她們要玩什麼遊戲：橋下有一道像河床一樣寬的梁，她們要從那裡走到對面，途中順便看看小龍蝦和黑鯛魚。重點在於順利走到對岸，千萬不能失足落水。我急忙走到門口探頭出去。

「小心烏龜！」我對她們大喊。

小時候，橋下住著一隻會咬人的超大老烏龜，每當牠決定要從路的這頭走到那頭時，鄰里的所有小朋友都會集體倒抽一口氣。牠是個活生生的證據，提醒我們黑暗的水中暗藏各式各樣的危險。

我瞥一眼斜對面的房子，發現他們的車庫門開著，附近幾戶人家的父母聚集在裡面。他們還很年輕，和現在的我差不多年紀，但小時候我一直覺得他們好老。每個人手裡都端著酒，很多人在抽菸。

其中一個爸爸在車道上烤漢堡排，其他爸爸會在旁邊熱心督導。我爸也在那裡，像平常一樣談笑風生，他說的故事總能逗得其他人捧腹大笑。他的模樣好年輕、好英俊，穿著紅白條紋短袖襯衫，打扮很瀟灑。我看到他的視線轉向臨時吧台，婦女全部聚集在那裡，他捕捉到我媽媽的雙眼，對她微笑。媽媽舉起手中的酒杯燦爛一笑，他也舉起酒杯，在派對人群中進行只屬於他們的敬酒，完全是他們的作風。

媽媽穿著色彩明亮的無袖夏季洋裝，上面印著迷幻風大花。她腳下踩著平底鞋——很不尋常，因爲通常她每天都穿高跟鞋——她的深色鬈髮垂落臉頰兩旁。她一手挾著菸，一手端著酒，開懷大笑。

我經常覺得她很有賈姬的派頭——世故優雅，永遠盛裝打扮。她到了八十歲才買第一條牛仔褲，然後又興沖沖買了一件牛仔外套，上面有花朵刺繡，像我小時候的白色牛仔褲一樣。不過在我小的時候，她完全是賈姬風格。

她朝馬路對面望過來，發現我在看她。她微笑。我低語：「媽。」

「妳想回去，但回不去了。」

我猛轉過頭。窗前的沙發上坐著一個人，是外婆。小時候她住在我們家。她很少和我爸媽一起參加鄰里間的社交活動，比較喜歡待在家和我們三個孩子作伴。

她過世時高齡九十一歲，在接連數次小中風之後揮別人世。

她第一次中風時，我陪她去醫院，醫生說她的症狀是暫時性腦缺血。那天她坐在我們家客廳的沙發上，就是現在夢中同樣的位子，正在跟我述說往事但說到一半突然停住，原本笑咪咪的表情變成困惑，甚至恐懼。她注視我的雙眼，那恐怖的瞬間，時間彷佛停止，感覺就好像她動不了了。

「外婆？」我問，「妳沒事吧？」

她只是呆望著我，眼睛完全不眨，但我知道她正在用眼神向我求救。

「快叫救護車！」我大喊，呼叫弟弟、媽媽，任何能聽見的人，「快呀！」

到醫院的時候，外婆已經恢復正常了，和護士有說有笑。一位拿著文件夾板的護士問她最近在服用什麼藥物。

「我沒有吃藥。」外婆說。

護士改問我，假裝說悄悄話：「她在服用什麼藥物？」

外婆對我擠眉弄眼，我報以微笑。「沒有。」我說，「我媽出生之後，外婆就沒有再吃過藥了，整整六十五年。」

護士目瞪口呆看著我，接著離開病房。我聽見她和另一位護士說話。「那位八十八歲的阿嬤竟然完全沒有吃藥！」

這是就我外婆。活力十足、幽默風趣的芬蘭後裔，她的父母都是移民。她從來不吃藥，只有胃不舒服的時候會吃一顆質地像粉筆的白色薄荷錠，感冒時喝熱白蘭地加蜂蜜。

我的文化圈裡，很多人沒有和祖父母一起生活的經驗，我總是覺得他們很可憐。外婆爲我的生活增添許多歡笑。青少年時期，父母強力管束叛逆的我，那時外婆是我訴說心事的對象，有問題也都會去找她商量，她經常也是我做壞事的共犯。讀大學時，窮得吃土的我每次回家，她都會把一張二十元鈔票摺好塞進我手裡，然後對我眨眨一隻眼睛。「拿去做點開心的事吧。」她總是這麼說。

現在她來到我的夢裡。我已經好久沒有見到她了。

「外婆。」我低語。但當我走到沙發前面，她消失了。

這時整棟房子突然崩塌。馬路對面的派對、小溪邊的遊戲，聚在一起談笑的父母，全都消失了。我站在一堆灰燼上。

我猛然睜開眼，在床上坐起來，心跳非常急促。我滿臉淚痕，根本不知道自己哭了。

我擤擤鼻子，拿起床頭櫃上的玻璃杯喝一口水，看看時鐘，但只看到模糊的紅色符號。我瞇起眼睛。兩點？三點？我的眼鏡就放在旁邊，但現在幾點並不重要。天還是黑的，我想重新進入夢境，回到過去那個早已消逝的世界，在夢中是如此觸手可及，栩栩如生。我躺下，把被子拉到脖子，身體蜷成一顆球。內心深處感覺冷冰冰的。

# 第5章

我一定又睡著了，因爲再次醒來時已經天亮了，陽光灑落房中。我伸個懶腰，想起昨夜的事：門外的說話聲，夢回童年。我搖搖頭，試著趕跑那些念頭。

我察看房間，沒有異常。梳妝台、小冰箱、電視機。昨晚我把洗手間的門打開一條縫隙，現在依然是那樣。我的眼鏡放在床頭櫃上。我下床，開始新人生的第二天。

我喝了一大口水，吞下早上的藥。醫生說這些藥物會有幫助，我不太確定。儘管如此我依然乖乖服用，以免有人說我也有部分責任，甚至是全部的責任。

夜晚的氣息依然在空氣中飄盪，有如薄霧。我絕對需要來杯咖啡。我簡單梳頭，穿上牛仔褲與T恤，戴上眼鏡，打算去樓下餐廳。

才剛走出房間關上門，就看到多明尼克坐在走廊盡頭的露台上，眺望大湖，旁邊的小桌子上擺著法式壓濾壺，裡面的咖啡還是滿的。他轉頭看我，彷彿感應到我在那裡。

「早安！」

他高聲說。他的表情傳達開朗邀請，於是我走到露台加入他，心中小鹿亂撞。

湖面波光粼粼。我順著街道往碼頭望去，有幾艘船停在那裡。一艘帆船懶洋洋漂過，鮮豔的三角帆展開，每隔二十分鐘出發駛往各島的渡輪緩緩駛過海灣。

要前往救贖群島的遊客必須在華頓搭乘渡輪。

那幾座島景色宜人，森林遍布，幾乎完全沒有人居住（只有一兩座燈塔），吸引來自世界各地的遊客前去露營、健行、划皮艇。

其中只有科雷特島一年到頭人有定居，也有不少人在那裡建造避暑小屋。我很久沒有去過那座島了，但這次我已經做好計畫，很快就會搭渡船去島上逛逛。

「今天早上天氣眞好。」我輕聲說，依然望著湖面。

「陪我一起喝杯咖啡嗎？」多明尼克舉起壓濾壺，「我一個人喝不完。」

我微笑低頭看他。「我去拿杯子。」我匆匆回房，拿起馬克杯，打開小冰箱拿出半對半鮮奶油。我回到露台，多明尼克幫我倒咖啡，我看著蒸氣升起，飄在涼涼的空氣中。感覺很不錯，涼意微微刺痛我的臉。我在咖啡裡加進鮮奶油，喝了一口，便在他旁邊的露台椅上坐好。

「謝謝。」我向他舉杯，「平常我就得喝了咖啡才能開始一天，今天早上更是如此。」

「眞的不能沒有咖啡。」多明尼克微笑，「昨晚沒睡好？」

我把頭靠在椅背上，輕聲嘆息。

「大概是因爲第一次在新地方過夜吧。我猜，眞正睡著的時間很短。」

「我懂。新環境，夜裡有新的聲響。不知從何而來的細微噪音，要過一陣子才能睡得舒服。」

新的聲響，確實。我原本不打算提起這件事，但我聽見自己說出口。

「昨晚你有沒有聽到走道上有聲音？」我問他。

他瞇起眼睛笑笑。「沒有，」他說，「應該要聽到嗎？」

我又喝一口咖啡。「呃，你自己說的，這裡鬧鬼。」

多明尼克大笑，低沉的笑聲讓我的內在感到溫暖。「那是露安說的。妳應該去找她才對，不然找蓋瑞也行，他有一堆故事。昨晚妳聽到鬼魂的聲音？鐵鍊拖行的聲音嗎？」

「不是，只是活死人的怨念哀鳴。」我揚起眉毛。兩人一起微笑，我清清嗓子，「不過我確實聽到有人說話，女人的聲音。」

他注視我的雙眼許久。「她說什麼？」

我瑟縮一下。「她問房間裡有沒有人，要我讓她進去。」

多明尼克瞪大眼睛。「讓她進去？什麼？當然不行！」

他驚恐的表情讓我忍不住大笑。「我也這麼想。」我說。

「那妳沒有讓她進去吧？」

「半夜不知從哪裡來的聲音要我開門放他進房間？無論何時我都會拒絕，這是我的人生準則。」

多明尼克大笑搖頭。「很理智。」

「還有其他房客嗎？」我問他，「我以爲只有我們兩個和傑森、吉爾他們，不過說不定其他房間也租出去了。」

他搖頭。「我沒聽說有其他人入住，不過昨晚我很早就去睡了。」

「我也是。」我說。

我們兩個一起嘆息。眺望湖面片刻，多明尼克率先打破沉默。

「既然妳的一天已經開始了，妳有什麼計畫？」

我喝完最後一口咖啡。

「早上可能去鎮上逛逛，熟悉一下環境。我已經很久沒有來這裡了。」

他點頭。「妳爲什麼再次造訪？」

果然躲不過這個問題。

「我只是需要休息，」我說，「我是大學教授，去年我申請了休假研究，今年秋季就要回去上課了，所以需要一點心理準備。老實說，我不太想回學校。」

說到這裡，我做個苦澀表情。我從來沒有對任何人說出這件事，但我眞的不知道自己是否還有教學熱情。只要遇到一個來吵著要加分的學生——如果來的是媽媽就更慘了——我可能就會崩潰。

「妳是教授？什麼教授？」

這個問題令我莞爾。「美國現代文學。」

「眞的？」他問，「爲什麼是文學？」

「爲什麼？」我蹙眉問。

「爲什麼妳會選擇文學作爲畢生研究的科目？爲什麼文學對妳而言這麼重要？」

他的眼神充滿好奇，不只是看著我的外表，而是看進我的內心。我想不起來多久沒有人問過這個問題了。

「我從小就喜歡閱讀，」我說，「但是上大學的時候，我驚覺自己閱讀的量太少。我不再為了娛樂而閱讀，只讀那些課堂指定的東西。那時候我很多年沒有閱讀當代作品了。因此，當我決定要投入教學——我覺得在大學校園度過一生很愉快——理所當然選擇了我真正熱愛的方向。我能夠給學生機會閱讀有趣的現代虛構作品，與他們沉悶的課堂作業截然不同，我覺得這樣非常好。我自認給了他們放下課業喘息的空間。」

「會說這種話的人，不像有教學倦怠的問題喔。」

雖然我說了那些話，而且是真心的，但我實在很難想像重回職場，面對那些常態。九月一定會來，學生會魚貫走進教室。無論如何我都會設法撐過去。至少每個醫生都這麼說。

他又喝了一口咖啡，我發現他的下顎非常完美，線條有如雕塑。

「那麼，妳是不是利用休假研究這一年寫出了美國文學鉅著？」他問，從咖啡杯邊緣看我，「文學教授都會這麼做，不是嗎？」

我的表情流露困窘。「不算是。」我說。

我心中浮現媽媽的模樣。

她躺在床上，凹陷的雙眼往上看著我，說：「妳會非常辛苦。」這是她對我說的最後一句話，但並非她的遺言。

我將父母家的客房改造成安寧病房，放了一張病床，僱用看護輪班全天候照顧。

醫生希望我讓媽媽住進醫院裡眞正的安寧病房，但我不肯。那時候所有事都由我全權發落；哀傷與恐懼讓爸爸什麼都沒辦法做，只能握著媽媽的手，不停說愛她。他們的婚姻生活是在這棟小房子裡展開的，這個小鎮是他們生長的故鄉，只要我能作主，絕對會讓媽媽在這裡結束她的人生，而不是躺在太過乾淨的病房裡，身上連接著一堆不知道是什麼的機器。

第二次世界大戰結束後，爸爸退役回家，沒多久就認識了我媽媽。那天是七月四日國慶日，鎭上爲了慶祝退役官兵回國而舉辦遊行活動，我爸在大街的人潮中尋找觀賞的好地點。馬路兩旁擠滿鎭民，每個人都穿著紅藍白搭配的服裝，揮舞國旗。

「魏爾德！」他最好的朋友喬治大喊，除了喬治還有其他幾個人，全都是我爸年輕時一起混的伙伴。「史丁頓老伯說我們可以去白十字的屋頂看遊行。」

他們一起慢慢走向白十字藥局，從後面的樓梯爬上屋頂，正好趕上高中行進樂隊從馬路上走過。他們演奏〈好興致〉（*In the Mood*）這首曲子。走在最前面的樂隊指揮將指揮棒高高抛上半空，舞動轉圈之後穩穩接住落下的棒子。

我爸推推喬治。「那個女生是誰？」

喬治目瞪口呆。「你竟然不知道？她是克勞蒂雅．康明斯，豬頭！鎭上所有男生都想追她，乖乖排隊吧，朋友。」

他沒有排隊，直接跑最前面插隊。第一次約會，雖然沒什麼錢，但他還是帶她去有現場演奏的晚餐俱樂部，他們整晚共舞。之後沒過多久他們就訂婚了，接下來一年，他努力向她父親與祖父證明他配得上這個出眾的女孩。

又過了一年，他們結婚了，住進自己建造的一層半小房子，戰後鎮上蓋的房子差不多都像那樣。據說他們買了鎮上第一台電視機，鄰居親友都聚集在我爸媽家的客廳，欣賞全新的娛樂方式。

爸爸從事銷售業務，接下來幾年因為工作調度的關係搬了幾次家，最後落腳在明尼亞波利斯，我就是在那裡出生的，也就是有咬人烏龜那條小溪旁的房子。

然而，隨著退休年齡接近，我爸媽越來越思念故鄉。他們新婚時建造的那棟戰後風格小平房剛好要出售，於是我爸買下來作為送給我媽的驚喜禮物，他們在人生最後一章又回到第一章開始的地方。

即使過了這麼多年，我媽新婚時挑選的裝飾藝術風格燈具依然掛在主臥房的天花板上。發現這件事的時候，她非常開心。

我們將她搬去作為安寧病房的房間時，她最後看了那盞燈一眼。

牆上掛著一張裱框的照片，那是他們新婚時拍攝的，夫妻倆都很年輕，每次看到，我都會深深感受到時光飛逝。照片裡的他們如此年輕，郎才女貌，為了去城裡遊玩而特別打扮。我媽穿著飄逸的印花洋裝，我爸穿西裝、打領結，一慣地瀟灑。將近七十年之後，我媽在同一棟房子裡躺著等死。

她經常說一眨眼就過了那麼多年，他們的人生充滿家庭、子女、愛、遺憾、事業成就，最後終於退休。我父母的黃金時代來臨，終於可以整天和家人朋友一起享受生活，直到我媽再也無法享受。

前一分鐘她還是年輕新娘，下一分鐘就變成美國企業文化中的職業女強人——以前她跟我說過她其實是神力女超人，只是僞裝成平凡的樣子。小時候的我相信了，現在的我依然相信——緊接著，她快死了。如雛鳥一般脆弱。癌症本身加上抗癌治療，使得她形銷骨立。

「妳會非常辛苦。」

一切都發生得太快。

她臨終的那一天，爲了讓她舒服一點，醫院的人與病床一同來到，但我們必須設法把她搬過去。那時候她已經完全無法自行移動了——她身上的肌肉全部消失，甚至無法抬頭。她的體重號稱九十磅，但我不相信。七十？八十？她是**皮包骨**這個詞的寫照。癌症就是這麼可怕。

爲了將她移動到客房的病床上，我們姊弟倆合力扛起她，兩人的手臂交握形成像椅子一樣的形狀，她坐在中間，輕輕鬆鬆就搬過去了。

「我好像埃及豔后！」

之前牧師已經來過了，爲她進行臨終儀式。他要求我們所有人——爸爸、弟弟、我——手牽手站在病床邊，他喃喃說著一些我聽不清楚也無法理解的話。我一手握著她的手，另一手握著爸爸的手。有那麼一瞬間，我對上她的視線，她露出一點自嘲的表情。對她而言這樣的儀式太麻煩了。

長期爲她看診的醫生稍早已經來過了。在葬禮上，我爸爸說了好幾次，那位醫生出了名的不出診，卻特地來家裡。他是爲我媽來的。

醫生握著她的手說：「妳教我如何將人生活到極致，讓我獲益良多。能夠認識妳是我的榮幸。」

我站在門口，看著他一手輕捧她的臉頰。「妳出類拔萃，」他說，「妳的人生也同樣不凡。妳找到了千載難逢的好丈夫，一起養育出色的子女。妳的婚姻實在太幸福了，我們都好羨慕。妳有那麼多足以自豪的成就可以慢慢回味。妳的子女未來也可能結婚成家，妳會透過他們延續生命，永遠不會被遺忘。」

我媽努力微笑點頭。

「妳就是如此神奇，安心上路吧，」他說，「妳讓這個世界變成更美好的地方。人生至此，夫復何求？」

這是我第一次目睹這樣的場面——臨終訣別。原來是這樣做的呀。我沒有和母親告別，我辦不到。那天我幾乎沒有和她說任何話。

我媽抬起視線看醫生，微笑說：「幫我照顧他。」我知道她說的是我爸。「我走了以後，他會需要很多人扶持。」她的聲音單薄微弱。

他們以鄭重的表情做眼神交流。

「我會將他當成父親一樣照顧。」他說，我看到他抹去一滴淚。

後來，媽媽閉上眼睛之後，安寧護士將我拉到一旁。「她很痛，」護士說，「通常到了這個階段，我們會施打嗎啡，讓病患保持在舒適的狀態。」

我點頭，因爲哀慟而無法言語。

「妳是否允許我……」她注視我的雙眼，「結束她的疼痛。」

我注視護士的雙眼，明白她話中的意思。現在我媽的體重只有八十磅，並且承受極大的疼痛。臨終儀式已經完成了，她的家人全部在場。時候到了。

我媽已經飄向另一個世界了，她緩緩睜開眼睛又閉上。我很想知道，早一步離開人世的親人是否來迎接她了：十年前過世的外婆，以及我的另一個手足蘭迪。外婆過世之後沒多久，他死於突發心臟病。

「請盡可能讓她舒服，我們不希望她承受任何疼痛。」

我知道時間到了，極度恐慌的感受竄過。一劑嗎啡注射完之後，她就會走了。她是第一個愛我的人，也是愛我最強烈的人。當我做出那些瘋狂不智的決定時，她宛如堅固的岩石給我依靠。她是我的試金石，歡樂時逗我開懷大笑，悲傷時伴我流淚哭泣，她擁有無比犀利的幽默與智慧，這個人將永遠不會再睜開眼睛，不會繼續存活於這個地球。

怎麼可能會這樣？她走了之後我該怎麼辦？

我全程都在她身邊，從第一天我們坐在腫瘤科醫師的診間，聽他宣布是第四期癌症，接下來三年持續隔週接受化療，導致她失去頭髮，原本就嬌小的身體更是驟減五十磅。

她完全不在意掉頭髮。拿到假髮的那天，她傳訊息給我：「我看起來年輕十歲！早該戴假髮才對。」

傳訊息對她而言也是新鮮事。她的桌上型電腦用了非常多年，簡直是恐龍級的古董，那年聖誕節我買了iPad送她。

「妳老媽會傳訊息嘍。」這是她人生中的第一條訊息。

第一輪化療結束之後，她和我爸來華頓度週末。她每次出遠門都會聯絡我，讓我知道他們平安抵達。「我們要住兩個晚上。有何不可？天氣非常好。我們要過一天算一天，目前這種生活方式感覺很棒！愛妳，爸媽。」

在華頓的那個早晨，我和多明尼克坐在露台上，回憶如潮水湧上。

「我沒有寫美國文學鉅著，」終於我對他說，「我都在照顧我媽。癌症。」這個詞灼痛我的舌頭。我不敢看他的眼睛，生怕他會發現我的淚水。

「她走了。」並非詢問，他確定。

我點頭，淚水潰堤。

他握住我的手。「我想說很遺憾妳痛失親人，但這種說法遠遠不足以表達。妳失去了母親，而且我相信她絕對非常了不起。」他的表情無比慈善。

「她是最棒的媽媽。」我哽咽說。

「希望等妳的悲傷平復時，可以跟我說說她的事。」

在她生命最後的那一年，我很清楚她來日無多。即使如此，就算我做了再多心理準備，依然無法面對她留下的巨大空洞。

我們的視線交會，我無法轉開。哀痛再次將我拋進悲傷汪洋，我在他的眼眸中尋覓救生艇。

「想不想去湖邊走走？」他問。我找到了。

「當然好。」我用力一撐站起來，「五分鐘後樓下見。」

我快步回房，關上門。我擤擤鼻子，洗了一把臉，打濕毛巾敷眼睛。小時候，這個簡單的動作總是能帶給我安慰，現在依然有效，擋住了即將衝破防線的大量淚水。我看著鏡中的自己，振作一點。我做個深呼吸，注視自己的雙眼。妳可以的。

幾分鐘後，我和多明尼克一起出門，氣溫偏低但陽光明媚。夏季才剛開始，但即使在最熱和最冷的月分，華頓的氣候依然莫名地溫和宜人。

我們走下山坡往湖邊前進，經過正在準備開門營業的店鋪與餐廳。店員對我們微笑，舉起手打招呼。我們經過「讀吧」書店時，貝絲探頭出來。

「嗨！」她高聲說，「妳叫布琳對吧？」

「沒錯，」我對她微笑，「這位是多明尼克，他也是夏季房客。」

貝絲快步走出書店，擁抱我一下，捏捏他的手臂。「我之前就看到過你，眞高興能有機會認識。」

「我也是。」他微笑，碰一下她的手臂，「我們要去湖邊思考今天要做什麼，一起來嗎？」

「我要準備開店不能去，不過謝謝你的好意，改天我一定會加入。」她捏捏我的手，「祝福你們兩個今天一切順利。」

我們下了山坡往湖邊走去，在市區碼頭附近的湖濱小公園找了張長椅坐下。十多個船位都滿了，船都相當大，因爲湖上的風浪不亞於大海，而且總是來得突然，像是故意鬧脾氣。我們靜坐片刻，單純欣賞湖水拍打岩岸。

「露安跟我說過，今年夏天有個房間不開放，」我說，「你知道原因是什麼嗎？裝修？」我想像工人出出入入、敲打製造大量噪音。

多明尼克搖頭。

「不是裝修。她覺得今年不該出租那個房間，出於敬重。她是這麼跟我說的。」

他的這番話讓我心頭感到一陣恐懼，但說不出爲什麼。我轉身看他的臉。

「發生了什麼事？」

他清清嗓子。

「這件事好像不該由我來說，不過既然警方正在調查，應該大家都知道了。」

「警方調查？」

「嗯。」他搓搓下巴，「冬天的那幾個月，露安不開門營業，妳應該知道吧？」

我不知道。我是透過電子郵件和她聯絡安排夏季入住的事宜，我完全沒想到她可能不在華頓。

「她去夏威夷。」多明尼克揚起嘴角，「她說喜歡那裡的鮮花，更喜歡那裡的鮮肉。」

我忍不住狂笑。「她壞死了！」

「絕對獨一無二，」他笑著說，「她很了不起。總之，三月她回來開門的時候，發現有個女人整個冬天都住在這裡，而且她很不幸死在其中一間客房裡。我記得她好像說是五號房，所以今年夏天她決定不開放那個房間。」

我快速吸一口氣。「噢，不會吧。」

他點頭。「嗯，露安一回家就發現屍體，真的很不愉快。」

我無法想像，胃一陣緊縮。「那個人是誰？」

「身分不明，警方也毫無頭緒。」

「遊民嗎？還是擅自占用空屋的人？」

「露安完全不知道她是誰，」他說，「最奇怪的是，冬季時完全沒人發現有人進出民宿，至少露安這麼說。沒有開燈，雪地上也沒有足跡，完全看不出有人住在這裡的跡象。不過，從房間的狀況判斷，她應該住了相當長一段時間。」

一股寒意竄過我的身體。我們默默坐著，各自想著心事。我思考那個女人究竟經歷過什麼，竟然會闖入無人的民宿住下，甚至沒有開燈照明。

「難怪她不想出租那個房間。」我輕聲說。凱蒂的丈夫尼克．史東是華頓的警察局長，我在心中記住見到他時一定要問問這件事。說不定他查出了什麼。

多明尼克從長椅上站起來伸個懶腰。他的手臂與胸膛都非常壯碩，我忍不住盯著看。

「我該去忙了，我的今天眞的要開始了。」他低頭看我，面露淺笑，「看來妳的心情好多了，也可以開始今天的活動了。」

我的心中感到一陣溫暖，原來他是刻意告訴我那件事，讓我有別的事可以思考，暫時放下失去母親的哀傷。我也對他微笑。

「謝謝你，」我說，「今天早上很愉快。」

他對我微笑。「希望接下來的每天都很愉快。」

多明尼克走上山坡回民宿，我繼續待在湖邊。平靜。大湖似乎這麼對我說：平靜。

回房間的路上，我發現傑森和吉爾的房門開著。一名大約三十歲的女子坐在門前的小桌旁。她正在閱讀文件，但我經過時她抬頭對我微笑。

「妳一定是布琳吧？」她將文件整理好，推開椅子，「我是蕾貝卡，傑森的女兒。」

「噢！」我說，「嗨！」

「我爸說妳是夏季房客，住在過去一點的房間。」

「對，」我說，「昨天我一來就遇到妳爸爸和吉爾，他們人很好。」

她注視我的雙眼，露出憂傷微笑。

「既然妳住得這麼近，我想先告訴妳接下來會發生的事。短期客來來去去，但妳和另一位房客一整個夏季都會住在這裡，對吧？」

我皺眉，瞇眼看她。「是呀。」我把這個字拉得很長。「妳剛才說『接下來會發生的事』，是什麼意思？」

她嘆息。「唉，看來他們還沒告訴妳。」

我搖頭。「告訴我什麼？」

「妳有時間嗎？」她泫然欲泣，「可能需要久一點。」

雖然我才剛認識她，但此刻她的模樣如此脆弱無助，彷彿隨時會潰散成百萬碎片，我好想擁抱她。我走過去，握住她的雙手。「沒問題，發生什麼事了？」

淚水滑落，儘管她滿臉淚痕、肩膀顫抖，依然有條不紊地述說。

「這段時間我盡力照顧她。」她說話的速度很快，一口氣全說出來，「但我有三個小孩，全都不到十歲。一開始還不算太辛苦。我甚至很高興她能住在我家。但是她開始……唉，她經常亂跑，我只要一不注意，她就會出門跑到馬路上去。」

蕾貝卡深吸一口氣。「我愛她，但我實在撐不下去了。」她焦急地注視我的雙眼，尋求……什麼呢？理解？原諒？爲什麼？爲什麼要向剛認識的人尋求原諒？

我們站在那裡互相凝視片刻。「妳說的人是誰？」我終於問。

「我媽，」她說，「五年前她被診斷出罹患阿茲海默症。」

我倒抽一口氣。「眞遺憾。」我對她說，淚水也湧了上來。我太清楚失去母親的感受，但我媽媽直到闔眼的那刻都依然是她自己。目睹母親的心智逐漸流失，我很難想像那種感覺，但一定椎心又可怕，看著她一點一滴失去自我的本質，到了最後甚至不認識子女。

「我開始考慮要找安養中心，」蕾貝卡慢悠悠地說，「於是我們參觀了幾家，可是我爸實在沒辦法……」她抹去淚水，「爸實在沒辦法讓她住在那種地方，他說什麼都不肯。」

「嗯，我能理解。」我說，心中依然納悶她到底想告訴我什麼。

「所以，她要住在這裡。」她終於說。

她一定早就料到我會有怎樣的反應，因爲她露出笑容。「嗯，我知道。」她說，「但我爸希望這麼做。他不肯接受其他做法，吉爾也支持他。」

我心中同時有好多想法。「他們要把妳媽媽接來。」這句話既是肯定也是疑問。這就是之前傑森和吉爾想告訴我的事。

「她已經來了，」蕾貝卡說，「昨天晚上就在這裡睡。」

我想起走廊上的說話聲，看來不是靈異現象。

我望向蕾貝卡身後的房間。「現在她在嗎？」

蕾貝卡搖頭。「她昨晚沒睡好，」她說，「我也在這裡過夜。她搞不清楚自己在哪裡，情緒很不安，所以今天他們帶她去坐船遊湖了。水能讓她放鬆。」

她沉重地吁一口氣，疲憊的感覺彷彿背負著整個世界。我懂那種嘆息。

「我很快就要走了，」她說，「我覺得最好趁他們回來之前離開，以免她吵著要和我一起回家。」

她的表情令我萬分心疼。

「妳是個非常孝順的好女兒。」我對她說，語氣溫和平緩，「妳讓她住進家裡，盡心盡力照顧她，直到再也撐不下去。」我覺得好像在對自己說話。

她握住我的雙手，注視我的眼睛，我在她的眼眸中看到過去三年我所承受的痛苦。

「我很期待能和她見面。」我好不容易擠出聲音。

幾個小時之後，我見到她了。我永遠忘不了和愛麗絲初次見面的那一刻。我趁歡樂時段開始之前的時間坐在樓下的酒吧和蓋瑞聊天。

傑森從大門走進來，挽著一個女人。她長得很美，六十多歲，金髮剪成俏麗的鮑伯頭。她身材苗條，穿著卡其休閒褲搭配印花套頭上衣，脖子上繫著鮮豔的絲巾。任誰看到她都會覺得彷彿是從社交雜誌走出來的人物。

然而我看到美麗外表之下暗藏的東西——脆弱，甚至是恐懼。她的內心深處彷彿在顫抖。一雙藍色大眼睛環顧酒吧，東看看，西看看。

我倒抽一口氣。不可能吧？難道她真的是我之前夢見的那個女人？我凝視她恐懼不安的眼眸，一股寒意籠罩。

# 第6章

她不可能是我夢中的那個女人。一定只是巧合，這是我第一次見到她。我努力回想那場夢的開頭，但記憶已經飄散到虛無縹緲間，消失於迷離混沌中。我無法肯定夢中的人究竟是不是愛麗絲。

「布琳！」傑森喊我，語氣有點過度開朗，同時對我揮手。他的視線轉向愛麗絲。「親愛的，過來認識一下布琳。」

愛麗絲抬頭看傑森，微笑說：「當然好。」

傑森帶她走過來，我離開座位站起來。

「親愛的，這位是布琳，」他說，「今年夏天她會住在走道過去一點的那個房間，黃色貴婦房。我們是鄰居呢！」

「布琳，這是愛麗絲。」

她看著我的雙眼。「布琳，」她說，「我可能不會記住妳的名字。」她大笑搖頭。「最近我很容易忘記事情，但我會記住妳的臉。我很擅長記憶人的臉。」

我的心中一陣感動，同時也自責不已，剛才看到她的時候我竟然感到不安。太多人和阿茲海默症病患相處時都會覺得不自在，彷彿擔心會被傳染。

我下定決心不要成爲那種人。

「就算妳記不住我的名字也沒關係，」我說，「我會記住妳的。」

她鬆開傑森的臂彎，握住我的雙手。「就這樣說定嘍，」她說，「我感覺得出來，我們一定會成爲好朋友。」

「我也這麼認爲。」我捏捏她小巧的手，小心控制力道。

「今天我們很開心，」傑森說，「我帶愛麗絲去鎮上逛逛，我們還去坐船了。」

「我喜歡這座湖，」愛麗絲說，「而且鎮上也有很多很棒的店，對吧？」

「我一直很想多去逛逛鎮上的店。」我說。

「下次我們一起去吧？」愛麗絲說。

「親愛的，妳該去休息了，記得嗎？」傑森對她說，一手按住她的手臂。

她假裝不高興瞪他一眼，隨後微笑對我說：「他簡直是個老媽子。」

她的臉龐綻放光彩。

「下次見，愛麗絲。」我說。

傑森帶她走向通往樓上的門，旋即轉頭用嘴形對我說：「我馬上回來。」

我點頭，重新坐回吧台椅上。蓋瑞從廚房出來，將一杯葡萄酒放在我面前。

「噢，人總是把生命中的人際關係搞得如此錯綜複雜。」他嘀咕，旋即回到廚房。

不久之後，傑森過來加入我。「吉爾在樓上處理帳單，愛麗絲在睡覺，所以我可以暫時休息一下。」他接過蓋瑞送上的葡萄酒，對我微笑，好像有點難爲情。「唉，人生啊，眞複雜，對吧？」

只是簡單的幾句話，意義卻無比深遠。

「我之前見到你女兒了，她跟我解釋過了。」

「其實我們有兩個女兒，蕾貝卡和珍恩。」傑森深吸一口氣再吁出，「我知道感覺可能有點奇怪，事實上也的確很怪。」

我搖頭說：「人生本來就很怪。」

他微笑，接著說：「我和愛麗絲做了三十年的夫妻。我們從高中就開始交往，上同一所大學，還沒畢業就結婚了。我們的婚姻生活很美滿，眞的，生兒育女，一起在職場起步並且成長。眞的很棒，她非常棒，然而……」

他注視我的雙眼，我看到淚水湧出，他伸手扒一下濃密白髮。

他搖頭。「小孩長大之後……」他嘆息。

「你必須做眞正的自己。」

他點頭。「我們年輕的時候，同性戀不能……唉，妳也知道，世人無法接受。我沒有欺騙愛麗絲，不算眞的欺騙。我愛她，遠超過妳能想像的程度，現在依然如此。我希望和她共度人生，共組家庭。但是後來時代改變了……」他嘆息。「五十五歲那年，我告訴自己，如果我想要忠於眞實的自我，就不能再拖延了。」

「一定很不容易。」

「向她坦承的時候，我眞的覺得快死了。她也傷心欲絕，但她說其實早就心裡有數了。」他痛苦的表情令我心疼。

「那幾年的時間，我們的關係雖然和睦，但已經有了距離，」他說，「我們聊女兒和外孫的事，我們依然一起去度假，就像普通的家人一樣。但是，遇到吉爾之後，一切都改變了，我們見面的次數變得很少。」

他喝了一口酒。

「診斷出阿茲海默症之後，她打電話告訴我，我受到非常大的打擊。」

他用餐巾抹抹眼睛，啜泣著長嘆一聲。

「過了一段時間之後，我的頭腦才真正理解，愛麗絲很快就不再是愛麗絲了。她會一點一滴漸漸消失，直到死去。我無法接受。我想著她、想著我們的孩子，我們全家即將失去多少。」

我伸手握住他的手。

「我感到非常內疚，總覺得是我害的。」

「怎麼可能？」

他搖頭。「我好像一個下午就經歷了悲傷五階段[4]。」他勉強笑了一下。

「在吉爾的同意下，我帶她去我們最喜歡的度假地點聖托馬斯島，我們在那裡停留了一個星期，一起歡笑、哭泣，享受沙灘跟美食。我們聊孩子的事，讚嘆她們的成就。我

4 譯註：此概念是由美國精神科醫師 Elisabeth Kubler-Ross 所提出，悲傷五階段為：否認、憤怒、討價還價、沮喪、接受。

們聊往事，聊外孫的未來。也聊我們之間的事。」

他停頓一下，做個深呼吸，彷彿這些話太沉重。

「即使在那時候，我已經看出疾病對她的影響。之前幾年的時間，兩個女兒一直跟我說媽媽怪怪的，但我不肯面對現實，說什麼都不承認她不對勁。我不以爲意地聳肩，告訴她們沒什麼，只是年紀大了健忘。」

我懂那種逃避的心情。媽媽確認罹患第四期癌症的時候，我堅信她一定能戰勝病魔。媽媽是無法攻破的堡壘，我難以想像癌症會擊敗她。

得知自己在世上最親近的人來日無多，這樣的極度驚恐會讓人想要逃避現實，就像用舒適的毯子裹住自己。

「我完全能理解，」我說，「你必須親眼證實。一定要到了再也無法否認的地步，你才能允許自己相信。」

他點頭，抹去淚水。

「那個星期她的狀況如何？你剛才說那一週的相處讓你確信她眞的病了。」

「其實沒有特別太奇怪的言語或行爲，只是一些小狀況，」他說，「加上她的眼神，恐懼、迷失。彷彿她漸漸滑落懸崖，拚了命抓住東西，但心裡很清楚最後注定會墜落。」

「現在她的眼神也是那樣，」我說，「我剛才發現了。」

他點頭。「她一直想用房卡付帳。如果只發生一次，那不算什麼，畢竟房卡和信用卡眞的很像，但重複發生好幾次？」

「不是有句話描述失智症的狀況嗎？忘記鑰匙放在哪裡不是大事，但如果忘記鑰匙的功能……」

「就是這樣，」他說，「和她相處那一週，讓我明白她眞的病了。她罹患阿茲海默症。噢，我的天，光是說出那個詞就讓我好難過。布琳，我只希望離婚之後她能過得幸福，或許找個新對象，去旅行，做那些我們一直打算退休之後要做的事，沒想到等著她的卻是死刑判決——比死刑更殘酷。媽的，難以想像的殘酷。」

我們沉默片刻，讓那句話發酵。他說得沒錯，確實是難以想像的殘酷。

他深吸一口氣。「回來之後，她搬去蕾貝卡家，那在裡住了五年。因爲孩子的關係，蕾貝卡實在忙不過來，所以就變成現在這樣了。」

「你女兒說你們考慮過送她去安養院？」

他的表情流露痛苦。「我和蕾貝卡、珍恩一起去參觀了幾家，」他說，「有幾家不錯，景色優美、看護有愛心，但是……住在那裡的人全都……」

「很老？」

他點頭。「沒錯，很老。比愛麗絲年長二十歲，有些甚至更老。老實說，他們好像活在自己的小世界裡。我無法把愛麗絲放在那樣的地方，我受不了，她會怕得要死。」

我的眼睛漲滿淚水。「吉爾呢？」

「他的決定讓我更愛他，雖然我早已愛他到極點了。」他喝一口酒，「有一天我又去參觀安養院，晚上回家之後徹底崩潰，他提議把她接來和我們一起住。我不敢相信。」

「太感人了。」我說，聲音非常輕。

「吉爾的父母是日本來的移民。他的家族裡從來沒有人住過安養院。他們兄妹一起照顧父母直到他們過世，而他的父母以前也是這樣照顧他們的父母。這是他們家族一貫的傳統。」

「所以這樣的概念對他而言並不陌生。」我說。

「完全不會。」傑森說，「人生有時候眞的很不可思議。爲了忠於自我，我離開愛麗絲，找到了人生的眞愛。因爲我的離去，她的心靈承受很大的打擊，而我找到眞愛讓她受傷更深。之後醫生就給了那個沒人想聽到的診斷。而我找到的那份愛，我人生的眞愛，他接納她，讓她不必在安養院度過人生最後的幾年。」

或許我沒資格說什麼，但我忍不住問：「那麼，愛麗絲怎麼想？對於這樣的安排，她沒有意見嗎？她知不知道你和吉爾已經結婚了？」

「她不太確定吉爾是誰，也不知道他在這裡做什麼。不過他溫暖又風趣，她很難不喜歡他。至於我們已經結婚的部分——她知道，至少以前知道。我們結婚的時候，她寄來很溫馨的賀卡和禮物，她說爲我感到非常開心。」他微笑，眼眶含淚。「這就是愛麗絲，」他說，「她就是這麼好的人，從以前到現在都是。」

他的眼神緬懷過往。「孩子小的時候，我下班回家，我們會在客廳舉辦家庭舞會。」他抹去淚水，「我到現在還是會哭，妳應該覺得很誇張吧？」

我搖頭。「不會。她生病的事眞的很不幸，如果是我，一定會一整天哭不停。」

他轉頭看我。「確實很不幸，」他的語氣有些激動，「我和吉爾要給她一個美好的夏季。坐船遊湖、外出用餐，在沙灘上喝酒欣賞夕陽西下。跳舞。我們要盡力讓她快樂，她值得。」

蓋瑞端著一盤下酒菜出來，把盤子放在我和傑森面前。「吃吧，孩子。」

我對他微笑，拿起一片義式臘腸放進嘴裡，這時我才發現，時間早就過了三點。

「怎麼沒有人來？」我問蓋瑞，「歡樂時段不是已經開始了嗎？」

他隨手用抹布擦拭吧台。「露安決定今晚不對外開放，只有住房的客人。」他看看我又看看傑森，然後又回頭看我。「希望有助於讓新來的女士安頓。」

傑森點頭。「人多的時候愛麗絲會緊張，」他說，「我希望讓她慢慢融入新環境，不要給她太大的壓力。露安很好心，今天特別取消了歡樂時段，從這裡到主街都能聽到失望的哀嘆。」

我笑了一下。我們繼續聊天，我問他女兒和外孫的事，他問我母親的事。

「妳爸爸呢？」傑森問，「還在世嗎？」

我喝一口酒，不太確定該如何回答這個問題。媽媽去世時，我的父母結縭超過六十年。他們的婚姻是靈魂伴侶的完美結合。兩個人在一起真的好幸福，總是歡笑不斷，像在演歌舞喜劇那樣一搭一唱。她過世時，他的很大一部分也跟著走了。失去她之後的每一天，他的生命力一點一滴消失。他依然獨立生活，但我已經能夠看出不祥的預兆。我不願意深入思考。

「今年夏天他去英國了，」我終於說，「康瓦爾，我弟弟帶他去那裡尋根。他很喜歡研究那些，追溯我們的祖先，他發現十三世紀時，我們家族的先人曾經住在那裡。」

「哇，」傑森說。「眞是太有意思了！也有助於讓妳父親放下喪妻之痛。」

這正是此行的目的，我很感激弟弟安排這趟旅程。這樣我也可以利用夏季整理情緒、療癒悲傷，不必擔心爸爸是否會悲傷過度。

就在這時候，多明尼克出現了，愛麗絲挽著他的手臂。站在嬌小的愛麗絲身旁，他更顯得壯碩魁梧。

愛麗絲笑容滿面，但我看出其實她在發抖，雖然非常輕微。

「傑森！你在這裡呀。」

「我在這裡，親愛的，」傑森對她燦爛微笑，「這裡每天都有歡樂時段，今天只有我們，不過明天鎮上所有人都會來。」

「所有人？」

「噢，其實只有幾個人而已，」我對她說，同時揮手，「大家都很和氣。我也是才剛來到鎮上，所以我們可以一起當新面孔。」

這時愛麗絲轉頭看我。

「布琳。」她露出大大的笑容，非常得意。「黃色貴婦房。」

「妳記得！」

「我應該不會忘記妳。」愛麗絲說，注視我的雙眼深處，彷彿看進了我的內心。

「親愛的，要不要來杯葡萄酒？」傑森送上一杯白酒。

愛麗絲瞇起眼睛。「我可以喝嗎？蕾貝卡從來不准我喝酒。」

傑森微笑。「呵，反正她不在這裡，有何不可？」

# 第7章

那天夜裡我輾轉反側。即使我身心俱疲，睡意仍遲遲不來。我的腦子裡有太多念頭。愛麗絲得到早發性阿茲海默症，對她自己和家人而言都是悲劇——疾病非常殘酷，但身旁所有的人都給予深厚的愛，這兩件事加在一起，讓我反覆不停思考。我很想知道我是否能夠愛一個人到那種程度，又會不會有人那樣愛我。

這時，住在走道對面的神祕男子飄進我的腦海。我明明才剛認識多明尼克，卻有種莫名熟悉的感覺，就好像我的骨骼深處記得他。

我在腦中回想人生各個階段——中小學、大學、第一份工作，甚至是和姊妹淘的春假旅遊——我努力尋找是不是曾經和他有過交集，我們是不是曾經在哪裡見過。小時候的遊戲場？墨西哥度假勝地坎昆的酒吧？他是不是上物理課時坐在我旁邊？是不是我們上班的地方很近，所以早上在公車上看到過他？我陪伴媽媽做化療的時候，他是不是也在隔壁病房陪伴病人？沒有用，依然毫無頭緒。

我感覺自己逐漸飄進夢鄉，這時突然聽到有人喊我的名字。

「布琳，」那個聲音單薄微弱，「布——琳——」

我屏住呼吸。聲音是從哪裡來的？房間裡面嗎？月光從窗口照進來，一道光束照亮黑暗。白窗簾在微風中飄動。

「開門出來，」那個微弱的聲音說，「我在走道上。」

我考慮了一分鐘——應該回應嗎？——但最後我還是下床了。一定是愛麗絲，就像昨天晚上一樣。我穿上睡袍，站在門口仔細聽。沒有動靜。我打開門鎖、轉動門把，想出去先抓住她，以免她跑去露台或一樓。我打開門，探頭查看走道。

「愛麗絲？」

愛麗絲不在走道上。沒有人。月光從露台門上的窗口灑落，照亮整個走道。我看到露台門鎖上了門閂，但我還是走過去張望外面一下，擔心她會陰錯陽差被鎖在外面。她不在，露台與下面的街道都空無一人。

我的視線回到走道。一片安靜祥和，屋裡的所有人都在睡夢中。

一定是作夢。我告訴自己，沒有人叫我的名字。我走回房間，忽然一道光照亮走道。不是月光，是燈光。

怎麼回事？一股恐懼根植我的胃部尖端，用力扭絞。

燈光是從淋浴室旁邊的那個壁龕式房門照出來的。有人醒著。過夜的客人？或許剛才是那個人的聲音？但過夜客怎麼可能知道我的名字？爲什麼要趁我在走道上的時候開燈？一點道理也沒有。

我躡手躡腳往燈光走去，快到門口時停下腳步。我探頭張望角落，愛麗絲站在那裡，只穿著睡衣。

「愛麗絲？」我輕聲呼喚，「妳不睡覺在這裡做什麼？」

「這件事很要緊。」她說，眼神清澈，聲音有力。此刻的她完全沒有那種雛鳥般的脆弱。「妳一定要進這個房間看看。」

「愛麗絲，我送妳回房間，」我說，「妳應該在睡覺才對，傑森會很擔心。」

「不用麻煩了。」愛麗絲對我微笑。我察覺她的臉龐點亮溫暖光彩。「我馬上就回去。妳沒聽見呼喚，所以我不得不叫醒妳來看。布琳，進去那個房間。」

壁龕裡的房門打開了，裡面的燈亮著。

「有人在嗎？」我輕聲問，擔心會吵醒其他房客。

我慢慢走向打開的門。「有人在嗎？」我再次問。

我知道不該走過去。住在這裡的房客大半夜開著門、亮著燈，雖然奇怪，但不關我的事。我應該直接回房，上床睡覺。但我身不由己，感覺就好像有什麼東西推著我過去，呼喚我，就像剛才呼喚我的名字那樣。

每走一步，我的心跳就變得更劇烈。到了門口，我一手扶著門框探頭進去。

吉爾與傑森的套房風格和我的房間彷彿屬於不同的年代，這個房間也一樣，感覺像維多利亞時代的豪宅。

那張床讓我忘記呼吸。閃亮的巨大木質床頭板和床尾板，雕刻著精細繁複的樹葉圖案。玫瑰色的印花百納被與許多抱枕堆起的舒適小窩，讓床鋪顯得更加完美。

雕花床頭櫃上的檯燈，感覺至少有一百年的歷史，相疊的兩個精緻淺綠色玻璃圓燈罩繪有紫色與藍色花朵。兩個圓燈罩都透出柔和光線，讓我想起小時候外婆放在房間裡的油燈。

每次想要聽外婆說往事的時候，我就會點亮那盞燈，我們會一起抱著腿坐在她的床上，她述說她的祖母與曾祖母的故事，以及她童年的生活。家中手足眾多，她負責的工作是每晚上床睡覺前一一確認所有油燈與蠟燭都熄滅了。她經常說這是全家最重要的工作。

但剛才在走道上吸引我過來的並非檯燈的光。壁爐裡燃著熊熊烈火，爐床往房間突出一英尺左右，壁爐正面也是同樣的石材，在爐口上方形成圓拱。蘇必略湖石。我想著。剛才一定是搖曳的火光吸引了我的注意，召喚我過來。

我看著爐火舞動搖擺，這時才發現壁爐前有一張搖椅。剛才有嗎？我不確定，但現在我發現搖椅正輕輕晃動。

「布琳。」

我猛轉過身——有人在我身後？——但是沒有人。當我重新轉身面向壁爐時，搖椅上坐著一名年老的婦人，正對我微笑。

那名老婦穿著印花睡衣，肩膀上披著毛衣，玳瑁框眼鏡——很亮眼的單品——後面有雙清澈的棕眸，神彩閃耀地看著我。她的臉上有歲月留下的許多皺紋，但神情和善。不知爲何，我總覺得她很熟悉。老婦的腿上放著一本精裝版的小書。

我無法動彈，只是站在原處呆望那名老婦。爲什麼這棟房子裡的每個人感覺都好熟悉？感覺好像她是阿姨或遠親。

「剛才是妳叫我的名字嗎？」我問她，「妳有什麼事嗎？」

她微笑，拿起放在腿上的書，朝我遞過來。

我上前，到了能拿到書的地方，從她手中接過。書名讓我立刻鬆手，彷彿書著火了，書落在地上。

《紋身人》。

# 第8章

醒來時，汗濕的床單亂七八糟纏在身上，羽絨被掉在地上，抱枕東一個、西一個。浴室燈開著，冰箱門還沒關好。

*怎麼會這樣？難道我半夜起床找東西吃？*

我戴上眼鏡，看看時鐘。快要九點半了。我伸個懶腰，聆聽生活中的各種聲響，窗外的街道十分熱鬧——華頓開張做起生意，觀光人潮來了。

通常我不會睡到這麼晚，但是昨晚睡得很不好，所以並不覺得奇怪。我下床，先把冰箱門關好，接著去廁所洗臉。接觸到清涼的水，舒服又刺激。

我的肚子咕嚕叫，迅速換好衣服，隨便梳一下頭髮。我不記得蓋瑞供應早餐到幾點，但我希望至少能點個雞蛋。短短幾分鐘後，我已經走出房門，打算下樓去廚房，但我臨時往那扇壁龕門走去。昨夜一定只是作夢而已，我只是想確認一下。

我躡手躡腳走向那扇門，熟悉的緊張與恐懼籠罩，我伸手轉動門把。打不開，上鎖了。

當我看到門上的號碼——5——我的胃一陣痙攣，匆匆離開下樓。我非常想找人作伴，任何人都好。

用餐的客人不多，但已經沒有空桌了，於是我坐在吧台前。蓋瑞出來，一手端著咖啡壺。我面前的餐墊上放著一個倒扣的杯子，他把杯子放正，倒入咖啡。旁邊的小銀罐裡裝著鮮奶油，我加了一點，然後用顫抖的手端起咖啡喝了一口。

他蹙眉看我。「昨晚沒睡好？」

「可以這麼說。」我又喝一口咖啡，「要不是我作了詭異的夢，不然就是……」我沒有說完。實在太荒謬，我無法說出口。

「不然就是什麼？」

我放下杯子。「蓋瑞，聽說這裡鬧鬼，是眞的嗎？」

他低聲笑。「我有說不完的故事。」

我瑟縮。「恐怖故事？」

「怎麼了？」他靠在吧台上，「發生什麼事了嗎？」

「我不確定。」我捧著咖啡杯，享受杯子的溫熱觸感。

我午餐時間要去赴約，於是只點了炒蛋和一片吐司。蓋瑞驚駭的誇張表情逗得我大笑，稍微沖淡了昨夜的恐懼。他端著我的早餐從廚房出來，把盤子放在我面前，然後用圍裙擦手。其他客人全都離開了，餐廳裡只剩下我們兩個。他過來坐在我旁邊，自己倒了一杯咖啡。

「好，這樣說吧，這棟房子有一百五十年的歷史，」他說，「可能還不止。」

我注視他的雙眼。「眞的？」

他點頭。「這棟房子歷史悠久。妳應該知道早年這裡原本是宿舍吧？」

「知道，露安跟我說過。」

「所以啦，有很多人住在這裡，也有人死在這裡。其中有一些人並不是善終。這棟房子剛落成的年代，環境很刻苦。那時候住在這裡的人主要是北歐移民，他們爲了討生活而投身捕魚、伐木、採礦，他們和土生土長的美洲原住民之間，呃，委婉地說，關係不太和諧。」

我點頭。

「小可愛，這棟房子有股躁動不安的能量，從以前就是這樣。當年那種劍拔弩張的氣氛，那個充滿創傷的艱辛時代，依然遺留在這裡。超過一百個人曾經把這裡當作家。有時候他們會回來，他們會從另一個世界穿越過來。」

我看著他的眼睛。「穿越？」

他點頭，表情嚴肅。

「眞的會把人嚇得半死。妳遇到了嗎？妳遇到靈異現象？」他問。

我告訴他，我剛來的第一天，洗澡時聽見敲打聲，而且多明尼克也聽見了。

蓋瑞點頭。「嗯，這很常見，尤其是有新房客的時候。」

我在考慮要不要告訴他昨晚的事。我低頭凝視杯子回想，他一手按住我的肩膀。

「還有其他事，對吧？」

我搖頭。「我一直作奇怪的夢。也可能不是夢，我不知道。」

「儘管說吧，我不會認爲只是胡說，布琳。」

「我聽到有人在我的房門外喊我的名字，所以我起床開門去查看。我發現另一個房間的燈亮著，我看見——」

我說不出口。我絕對不會說出關於愛麗絲的部分。

「哪個房間，布琳？」他的表情嚴肅鄭重。

「五號。我聽說過……那個女人的事。冬天結束，露安準備開門營業的時候，發現的那個女人。我好像看見她了。」

蓋瑞伸手扒一下頭髮。「布琳，一定只是夢而已。我不是不相信妳——最相信這種事的人就是我——但五號房的門上鎖了。裡面沒有人，今年整個夏季都不會有。露安對這種事很迷信。她打算一直封閉那個房間，直到查出那位女士的身分，得知她在這裡做什麼。這是對她的尊重。」

我點頭，但心中仍有疑慮。「好吧。」我說，吃掉最後一口吐司。我看看時鐘。剛過十點。我和凱蒂約好中午在渡輪碼頭見面，一起去島上吃午餐。「謝謝，蓋瑞，感謝你願意跟我聊這些。」我把餐巾放在盤子上，跳下吧台凳。

「隨時歡迎。」他對我眨眨一隻眼睛，「我不知道這麼說能不能安慰妳，不過妳才剛到一個新地方幾天而已，難免會作奇怪的夢。這樣很正常，不用太擔心。」

我不確定，我只希望不要再發生了。

淋浴、更衣之後，我稍微提早出發前往渡船碼頭，想順便處理一件事。

我打開讀吧書店的門，清脆的鈴聲響起，貝絲從倉庫出來。

「早安！」她對我說，「華頓今天也是好天氣呢！」

「嗨。」我說。她的笑容讓我感到溫暖。

「昨天沒有歡樂時段，整個鎮上的人都嚇呆了。」她笑著說。

「我知道！民宿來了一位新的夏季房客，露安希望給她一點喘息的空間適應環境。」

我不確定該透露多少，這不是我該隨便說的事。

「昨天下午傑森帶愛麗絲來過，」貝絲說，「現在大家都知道狀況了。其實他要我幫忙把消息傳出去，他不希望帶她出門的時候有人說閒話。」

「愛麗絲非常可愛。」我說。

「真是太可憐了。」

那一刻，我們有相同的感受，內心充滿同情，哀傷，遺憾。

「好！」貝絲緩和氣氛，「妳只是來打招呼，還是有什麼我能幫忙的事？」

「妳有沒有《紋身人》這本書？」

「雷・布萊伯利（Ray Bradbury）的作品？我查一下。」貝絲在電腦上點選了幾下，迅速確認庫存。「有！」接著帶我去科幻區，從書架上取出單薄的平裝書。「我非常喜歡這本書，第一次讀應該是在大學的時候，我一直忘不了。」

我從她手中接過那本書，手感覺刺刺痲痲的。

「謝謝。」我看著封面，上面畫著一個打赤膊的男人；他坐著，背朝外，背上的皮膚完全被紋身覆蓋。「我從來沒讀過。說來有點丟人，我自己教文學——」

「噢！」貝絲搶著說，「妳是老師？」

「對，」我說，「我在明尼亞波利斯的大學教書。我知道這本書，但是，我也不知道爲什麼沒讀過。大概是我對科幻題材不是很有興趣，所以一直沒有納入書單。最近有人……」我卡住一下，「……推薦這本書，所以我想說不定很有意思。」

「這是一本短篇故事集，」她回到櫃台結帳，「妳知道情節設定嗎？」

我搖頭。「不知道。」

「這本書寫作的時間應該是四〇年代晚期或五〇年代早期，開頭的敘述者是一個遊民——那個時候還稱爲『流浪漢』。他坐在營火前吃晚餐，豬肉燉豆子，這時另一個人加入。敘述者覺得有點奇怪，因爲那時是夏天，晚上還是很熱，但那個人穿著長袖羊毛襯衫，所有鈕釦都扣上，連領口也沒鬆開，但敘述者對自己說不關他的事。那個人問敘述者能不能一起在火邊過夜，敘述者表示歡迎。準備睡覺的時候，那個人脫掉襯衫，露出身上的紋身。那些圖案美麗繽紛又神祕。」

我倒抽一口氣。難怪傑森和吉爾會幫多明尼克取那個綽號。

「那個人告訴敘述者，他身上的那些圖案——他這樣稱呼那些紋身，是一個女人刺的，後來他才知道原來她是穿梭時空的女巫。」

「哎呀，這可不妙。」我打趣。

「沒錯。遇上穿梭時空的女巫絕不會有好事。刺上那些圖案之後，那個人才驚覺這些並非只是單純的紋身。那些圖案有魔法，會動、會述說自身的故事，而那些故事詭異又恐怖。

那個人告訴敘述者，夜裡千萬不要看他，不要看那些說故事的圖案，更不可以看那個人背上的空白處，因爲他自己的故事會出現在那裡。然而，他當然看了，對吧？誰都會看，不是嗎？他無法壓抑。接下來的內容就是當他們兩個躺在火邊時，那些紋身述說的故事。」

「哇，」我低頭看手中的書，「我等不及想讀了。」

「其中有一個故事讓我頭腦爆炸。」貝絲向我靠過來，「有一家人，他們的房子基本上就是現代的智慧住宅，布萊伯利稱之爲『幸福人生家園』。孩子的房間是虛擬實境室。這麼說吧，結局很慘。」

我瞠目結舌。「妳剛才說這本書是在**哪個**年代寫的？」

「對吧，這就是重點！書裡的每個故事都有共同的主題，探討科技與人性的衝突，完全是我們現代人面對的問題！他竟然在七十多年前就想到了，實在太不可思議。那個時代就連電視機也不太普及，他竟然在探討虛擬實境的危險性？」

「哇，」我重複，「究竟誰才是穿梭時空的人？女巫還是雷．布萊伯利自己？」

「沒錯，我每次都這麼覺得。」貝絲給我一個溫暖笑容，「我總覺得跟妳很投緣，我就知道一定不是沒有原因。等妳看完再來找我，我們繼續討論。」

我將書放進包包，離開書店去渡船碼頭和凱蒂會合。經過前幾天夜裡發生的怪事，能聊聊我最愛的話題——書——讓我覺得又恢復正常了。我一定會讓那樣的談話延續整個夏季。

# 第9章

我站在渡船甲板上，水花輕輕噴在我的臉上。我和凱蒂剛從華頓的碼頭出發，花二十分鐘坐船前往科雷特島吃午餐。我之前去過科雷特島，但已經沒什麼印象了，不過我知道那裡的氣氛悠閒，平常有幾百人定居，但一到暑期觀光旺季，人口會暴增十倍。

島上有各種住宿選擇，有高級度假村也有露營區，一般的設施更是五花八門。船塢中，價值好幾百萬的遊艇旁邊停著破破爛爛的小漁船。華頓比較類似鱈魚角[5]，科雷特島則是嬉皮風。

島上最熱門的店家吉米酒吧，幾年前慘遭祝融，老闆只是簡單用布圍起來，類似馬戲團帳棚，根本沒有費事整修就重新開張營業。經常會有露營客穿著泳裝和短褲進來，沒穿鞋，坐在吧台邊或排隊等候使用廁所裡的兩個淋浴間。

喜歡偏僻度假地點的名流很喜歡來科雷特島，這裡沒有狗仔隊，也沒有窺視的眼光。經常會看到電影明星騎腳踏車在鎮上出沒，他們頭戴棒球帽、身穿牛仔褲，盡可能打扮得像平常人一樣。每次在大型場館開演唱會都門票秒殺的歌手，興致來的時候會在

5　譯註：Cape Cod，美國東北岸鄰近波士頓的觀光勝地，以歷史風情與戶外活動聞名。

吉米酒吧登台，舉辦不插電演唱會，為客人帶來驚喜；暢銷作家則租下湖濱房屋尋找靈感。

科雷特島的街道上有幾家特色小餐廳，一家以早餐聞名，另一家則選用當地食材，還有一家是以披薩打響名號；也有一家專做高級料理，此外還有一家咖啡館，當地人早上都會聚集在那裡。

還有沙灘。整個蘇必略湖的沙灘只有這裡水是暖的，任何人都能舒適游泳。水底是岩石，所以水很淺，要走過大約整座美式足球場的距離，才會出現平常的冰涼湖水。那種感覺相當超現實，在蘇必略湖中行走，水溫有如洗澡水，但一過了那道隱形的邊界，水溫就會瞬間驟降。

在渡船上，從華頓出發才一分鐘，整個視野就變了。我站在甲板上，可以看到廣大蘇必略湖上散布著綠意盎然的諸多小島，湖水蕩漾，彷彿擁有生命。渡船在引擎聲中前進，華頓漸漸變小。

「我永遠看不膩。」凱蒂說。她勾著我的手臂，一起眺望無邊無際的湖面，遠處的水平線上點綴著長滿松樹的岩石島嶼。

「真的很……我在想該怎麼形容才對，」我說，「**浩瀚**這個詞或許可以。」

她點頭。「我就知道來湖上會對妳有幫助。」我們一起欣賞風景，她指著一隻飛掠而過的鸕鶿。鸕鶿降落在水面上，隨波漂浮。

「真有趣。」我對她微笑。我想不起來多久沒說過這句話了。

下船後，我們沿著碼頭往市區前進。兩人邊走邊聊，各自述說這些年的遭遇。她的新丈夫是華頓的警察局長，她也告訴我她表哥賽門目前進行的計畫，以及哈里森居最近才開放租借的宴會廳。

「你跟凱文有聯絡嗎？」我問。凱文是她的前夫，因爲他外遇，導致兩年前他們的婚姻破裂，凱蒂因此回到華頓。他們結婚時我出席了婚禮，我從來都不喜歡那傢伙。

她搖頭。

「那段婚姻感覺像是好久以前的事了，」她沉思著說，「就好像是另一段人生。」

我懂那種感覺。我自己不久前才和交往二十年的男友分手，恢復單身。我媽生病之後，我原本的人生畫下句點。爲了照顧媽媽，我拋下所有事、所有人——包括男友。照顧父母導致我們聚少離多，造成關係出現裂痕。每當有人問起我們分手的原因，我都會這樣說。不過事實上，當我回家時，他總是因爲我長時間不在而對我發脾氣。看著媽媽進行一場最後勢必會輸的戰鬥，這讓我下定決心，人生太短，不快樂的事連一分鐘都不該忍受，能擺脫就該盡快擺脫。

我深刻思考之後領悟到，其實我已經很久沒有在這段關係中感到快樂了，就這樣經過很多年。我愛這個人，但我實在不太喜歡他。於是，和媽媽談過之後，我開始找房子。我已經整整二十年沒有做過這件事了。那天我拿到新居的鑰匙，第一次打開門，因爲行李還沒到，裡面空蕩蕩的，就像我內心的感受。

最終，我沒有找到我所尋覓的快樂；我依然不快樂，現在還多了寂寞。我不知道是否能找回以前的生活，甚至不知道是否還想找回來。突然間，我失去了牽住我的定錨。我像那隻鸕鶿一樣漂泊無依，任由波浪將我帶往下一個地方。

我和凱蒂去碼頭邊的餐廳，一邊吃午餐一邊欣賞船隻進出。

我們點了兩份沙拉、開了一瓶葡萄酒，凱蒂對我舉杯。「祝妳在華頓的夏季過得愉快。」她說。我們碰杯，各自啜一口。「露安那裡妳住得還習慣嗎？」

我決定不要說出民宿的怪異之處。今天陽光普照，昨夜寂靜時分發生的怪事感覺遙遠又不真實。

「簡直像是一場小型肥皂劇，」我說，「我剛入住就認識了傑森與吉爾。」

「賽門是吉爾的老朋友，」她說，「他們的婚姻很美滿。」

「沒錯，」我認同，「妳知道他們目前的狀況嗎？」

她蹙眉說：「不知道。」神情流露關切。

因爲傑森已經帶愛麗絲去鎮上認識大家了，所以說出來應該沒有洩密的疑慮，於是我告訴凱蒂他們不尋常的生活狀況。

「哇，」她搖頭說，「眞不敢相信賽門竟然沒有告訴我，說不定他也不知道。吉爾可以接受？」

「不只是接受而已，一開始就是他的主意。」

「哇。」凱蒂重複，喝了一口酒之後眺望湖面。

「我知道。他們願意這麼做，眞的很了不起。」

他們的善舉證明了愛就是愛，只是此時我的人生很缺愛。

「羅伯特有沒有和妳聯絡？」凱蒂問，羅伯特就是我交往二十年後分手的男友。

我搖頭。「最近沒有。我聽說他有新對象了，是個二十五歲的瑜伽老師。」

凱蒂低頭。「Namaste[6]。」

我們一起放聲大笑。「妳也只能笑了，不然就會哭。」她幫我斟酒，「我完全懂，這一年妳實在太難熬了。」

她說得沒錯，過去一年的點點滴滴在我腦中閃過，有如電影畫面。

我和羅伯特在家裡衝來衝去，互相大吼大叫。我經常不在家這件事讓他心中的怨念沸騰。爲了逃避他的憤怒，我回家的時候都睡客房。而我則感到難以置信，我媽都快死了，他竟然因爲我必須照顧她而大發脾氣。我和媽媽談過我的感情問題，媽媽敦促我離開他，於是，貌合神離那麼多年之後，我終於決定和他分手。

媽媽過世令我傷心欲絕；兩個月後，我再次收到噩耗。我心愛的愛斯基摩雪橇犬——羅伯特要走了所有東西，也包括牠——一天早上醒來時全身癱瘓，獸醫診斷出牠的脊椎上長了腫瘤。獸醫注射安樂死藥物的時候，我握著牠的一隻前爪，羅伯特握著另一隻。牠漸漸離去的過程中，我們反覆說著有多愛牠。這件事雖然令人心痛，但我們關係也因此破冰，兩人重拾文明友好的相處模式，我相信心愛的狗狗會希望我們和平相處。

6 譯註：印度人問候的合十禮，經常作為瑜伽課的禮儀。

而現在更是雪上加霜，我無法決定是否該重回職場。我熱愛教學，但我發現自己可能已經沒有心力教下去了。我父親的眼神充滿迷惘，變得像小孩一樣。

「感覺像是遭受攻擊，眞的就是那種感覺。那一切發生的當下，我去看醫生，那位醫生認識我超過二十年了。她問我最近的狀況，於是我告訴她。

她聽完之後呆住一下，把我的病歷放在辦公桌上，然後說：『妳贏了。』我問她那是什麼意思，她說：『每天都有病人向我述說他們的壓力來源，但我從來沒有遇到過有人同時發生這麼多大事：跟交往多年的男友分手、搬家、展開新生活、照顧重病的母親、然後失去母親、對事業產生疑慮、失去心愛的寵物。』」

凱蒂只是凝視著我。「噢，布琳，感覺太不眞實了，就好像宇宙在惡整妳，不放過妳生活的任何一個部分、妳愛的任何一個人。」

我點頭，一直蓄勢待發的眼淚又湧了上來。我伸手抹去。

「醫生有沒有給妳什麼建議？」凱蒂問。

「她關心了一下我的狀況，說了一些關於創傷後壓力症候群的事，然後問我要不要服用抗憂鬱藥物。我決定試試看，所以現在持續服藥。」

凱蒂點頭，捏捏我的手。「妳爸爸還好嗎？」

我搖頭聳肩。「比我預期中來得好。之前我眞的很擔心失去我媽之後，他連一天也撐不下去。」

「像他們那樣的婚姻……」

「我知道，一生只有一次。」

我腦中浮現一個畫面，在他們居住那個小鎮的酒吧裡，我爸媽一起說著以前的往事，逗得所有人哈哈大笑。我從來沒有看過其他人像他們那樣相愛，我自己的愛情也難以企及。他們是真正的靈魂伴侶，能夠找到彼此是一種福氣。

「我弟弟在英國康瓦爾租了一棟房子，他們整個夏天都會住在那裡。」我說，「康瓦爾是我爸祖先的故鄉，他一直很想去。他們要用這幾個月的時間造訪墓園尋找祖先的墳墓，並且打聽在世親戚的下落。」

「讓他放下喪妻之痛。」凱蒂說。

「傑森也這麼說。」

「而妳選擇來這裡。」

我點頭。他們邀我一起去，但我真的很需要放空；我也需要放下喪母之痛，專心重建我的人生。

「這個地方能夠治療妳的傷痛，」她說，「我知道。我剛來這裡的時候身心俱疲，但是在這裡找到了人生真愛。」

「可惜我似乎沒有希望了。」我嘀咕，撥弄我的沙拉，想讓氣氛變得輕鬆一點。

「聽說鎮上的話題人物就住在妳對面的房間呢。」她笑咪咪地看著我。

我感覺臉發熱。

「妳臉紅了！」她大笑。

我忍不住也跟著笑。「他簡直帥到沒天理，」我說，「而且他不只長得好看，性格也很好。和他聊天很愉快，只是要先習慣他的……」

「他的什麼？」凱蒂咯咯笑。

我雙手抱頭。「臉，胸膛，肩膀。」我承認。

我抬起頭，凱蒂對我搖搖一隻手指。「小心點，」她說，「尼克在留意他。」

「什麼？」我放下叉子，「爲什麼？」

「其實不是什麼大事，不然我之前就會警告妳，但尼克特別注意他，因爲他的外型符合一個案件關係人，那個人……」她遲疑一下，深吸一口氣——「牽涉到明尼亞波利斯的一起案件。」

我感覺胃部尖端糾結。「什麼案件？」

凱蒂搖頭。「我不能說，我根本不該提起這件事。」

「他是案件關係人？凱蒂，我就住在這個人的對面，我們共用浴室耶，眞是的。露安知道嗎？」

「她知道，」她說，「尼克在鎮上看到他，立刻暗中告訴她。一般不會這麼做，不過呢，華頓鎮是個大家庭嘛，對吧？」

「她怎麼說？」

「她嗤之以鼻。」凱蒂吃了一口沙拉，「妳也知道露安的個性，更何況尼克雖然留意這個人，但並沒有要調查他，不必擔心。」

「他真的很和善，凱蒂。」我不只嘴上這麼說，心裡也真的這麼想，但我究竟有多了解多明尼克？其實我對他一無所知。我們只是一起喝咖啡，聊了一些無關痛癢的事。

她瞇眼看我，皺起眉頭假裝斥責。「殺人魔泰德．邦迪[7]也很和善。」

我差點被沙拉噎死。「什麼？」

凱蒂大笑。「開玩笑的。」

「別鬧了。他到底做了什麼？牽涉進什麼案件？」

她一臉無奈。「我已經說太多了。」

「凱蒂，我一定要知道。」

凱蒂深吸一口氣再吁出。

「只是……有一份報告裡提及的關係人，外型描述符合妳的男人——」

「他不是我的男人！」我搶著說。

「**那個**男人。」她說，「有人看到他和一位女性在一起，後來那位女性死掉了。」

我再次放下叉子。「真的假的？」

我已經很多年沒有對任何男人動心了，好不容易遇到一個稍微有點感覺的對象，而他竟然是命案嫌犯？這實在太扯了。

「呃，」她說，「可以說是真的，也可以說不是。重點是，那位女性是自然死亡，所

7 譯註：Ted Bundy，一九七三～一九七八年在美國多處犯案的連環殺人凶手，慣用手法是以文質彬彬的外表誘騙被害人。

以其實沒有什麼問題。但是她的子女表示，曾經看到一個外型類似多明尼克的人——妳必須承認，很少有人符合那樣的外型——曾經去醫院探望她兩次。他們不知道那個人是誰，而且她走得很出乎意料。」

「醫院。也就是說，她本來就生病了？」

「這就是問題所在。她只是入院接受一個小手術，但是出現併發症，必須留院觀察兩天。」

「就是那個人去探望她的時候？」

凱蒂點頭。「後來她死了，就那麼死了。」

我的胃打結。我不知道該如何看待她剛才告訴我的事。她大概從我的表情看出我不確定該怎麼解讀這個消息。這件事眞的重要嗎？有眞憑實據嗎？她伸手過來握住我的手。

「如果尼克眞的擔心，相信我，他會盡全力調查，但是他並沒有這麼做。我只是想告訴妳一聲，因爲妳和他住得很近，我認爲妳有權知道。」

「可是，」我開了個頭，卻不確定想說什麼，「也就是說，那位女性的子女表示有位外型類似多明尼克的人曾經去探望。如果只是這樣，警方爲什麼會找上他？感覺少了什麼。警察應該不會只憑隨口說說的描述，就神奇地找到那個人，還抓他去問話，對吧？」

凱蒂點頭。「尼克先看到那份報告和外型描述，然後才在華頓鎭上看到多明尼克，」她說，「有時候就是這麼巧。」

「說到尼克，」我說，「冬天死在露安民宿的那位女士，他有沒有查出線索？」

這下換凱蒂驚訝了。「噢！妳知道那件事？」

「大家都在談，」我說，「爲了尊重死者，露安鎖上那個房間，今年夏季不出租，要等到查出死者的身分才會重新開放。」

「我好像也不該說這件事，不過呢，反正根本沒有線索，也就沒差了。」凱蒂說，「華頓一直出現死去的女性，又查不出她們的身分和遭遇，尼克快煩死了。」

「以前也發生過？」

凱蒂點頭。「事實上，就是因爲那個案子我們才會認識。下次再跟妳說那件事。露安民宿的案子非常奇怪，因爲我們住在這裡，整個冬天我們都在。露安冬季暫停營業的期間，我們經常開車經過。不只是我們，冬天留在鎮上的人都會守望相助。沒有人察覺露安民宿有任何異常。沒有燈光，什麼都沒有。」

我消化一下這件事，喝一口酒。我身邊發生了太多神祕事件，而我才剛到這裡兩天而已。眞不知道這個夏天還會發生什麼事。

吃完午餐，我們漫步在島上逛了一圈，造訪各家店舖，聊著不同的話題，但我的思緒一直飄向多明尼克，以及五號房的那位女士。

# 第10章

第二天一早，我發現愛麗絲在走道上遊蕩。她站在露台門的窗口前張望，一手放在眼睛上方，遮擋早晨的陽光。

「嗨，愛麗絲。」我的語氣有點太過開朗。愛麗絲在我夢中的樣子浮現眼前，我感到一陣寒意，但我不懂怎麼會這樣。

她猛轉過頭，神情戒備。

「噢，是妳啊！妳住在黃色貴婦房。」她微笑，驚懼的表情消失，換上喜悅的模樣。

「不要告訴我妳的名字，我想一下。」她瞇著眼睛注視我片刻，「蕾貝卡？」

聽到愛麗絲用她女兒的名字叫我，我心痛不已。

「我是布琳。」我勉強擠出笑容。

「布琳，對喔。」

「要不要和我一起去露台？」

愛麗絲點頭，感覺有些困惑。我帶她走出去，一起坐在露台椅上。

「今天天氣很好。」愛麗絲眺望水面，「湖面閃亮亮的，眞美。」

「對呀。」我吁一口氣，欣賞湖上風光。

我們坐在那裡，沉默片刻。

「傑森在哪裡？」她問我。

我對她微笑。「我不知道。不過不用擔心，他很快就會出現了。」

她也對我微笑。「他很快就會出現。」她重複我說的話，注視我的雙眼。接著她的笑容漸漸消失，表情變得憂鬱。「現在我害怕很多事。我不知道爲什麼，感覺就好像傑森不在的時候，各種不好的事就會躲在暗處等著我。」

我靠向她。「愛麗絲，妳知道嗎？」

她努力想微笑，嘴唇顫抖。「知道什麼？」

「不要害怕，妳和我在一起很安全。我保證，只要有我在，絕對不會發生不好的事。即使眞的有不好的東西躲在暗處，也休想過我這一關。」

她的眼睛閃動淚光，握住我的手。「我相信妳，妳是鬥士。一直以來妳必須扮演這樣的角色。妳保護妳媽媽，所以我相信妳也會保護我。」

我不知道該如何回應，她說得沒錯。媽媽人生最後那一年，我確實覺得自己像戰士——我甚至對朋友這麼說過——我爲她奮戰，讓她能得到必須也應該進行的治療。

但是愛麗絲怎麼會知道？

「四顆頭插在木樁上，陳列在復健中心外面。」她說，無神地眺望大湖。

我倒抽一口氣。「愛麗絲，妳剛才說什麼？」我問她，「可以再說一次嗎？我好像沒有聽清楚。」

她露出大大的笑容。「妳把四個護士的頭插在木樁上。」

我呆望著她很久、很久，就這樣過了漫長的一分鐘。她怎麼可能知道？她說的那件事其實是一個笑話（雖然有點沒品），只有我和好友瑪麗兩個人知道。我媽媽出院之後住進復建中心，在那裡發生了一件令人憤慨的事，我向瑪麗描述我處理的方式時，她說出那句打趣的話。

媽媽過世前的一年，因爲器官衰竭而住院兩個月，她的狀況好不容易穩定下來——簡直是奇蹟——醫院將她轉送到復建中心。因爲她的肌肉幾乎徹底消失，因此醫生希望透過復健讓她能重新自行活動，這樣回家之後才能重拾生活。然而，她住進復建中心之後的狀況很奇怪。每天我和爸爸去探望時，她都在睡覺，根本沒有進行復健活動。那裡的人讓她整天打嗎啡點滴，每天都這樣，因此她一直處在睡眠狀態，飄浮在另一個世界，而不是在這個世界重新站起來。

一開始我沒有質疑，我以爲大量睡眠也是復健的一部分，讓她先養好體力，然後再開始鍛鍊。結果並非如此。兩週後，她的照護團隊聯絡我，要去我參加照護討論會。但事實上完全不是討論會，在場的人只有四個護士——我每天都去探望媽媽，所以每個我都多少見過——加上我，五個人圍坐在一張桌子旁，我媽媽的病歷放在正中央。

護士長卡拉清清嗓子。「似乎無法以委婉的方式說明這件事，」她開始說，「但我們必須討論是否該將妳母親轉到我們的長照病房。」

我蹙眉。「我不懂，」我說，「她來這裡是爲了接受物理治療，重新恢復肌肉的力量，讓她能夠行走、移動、自行更衣，這樣她才能回家。這是醫生給的目標，不是嗎？」

四個護士同時以憐憫的眼神看我。「恐怕我們必須調整目標了，」卡拉說，「她對治療沒有反應。」她靠過來，用偷偷摸摸的語氣說，「她完全拒絕努力。」

我縮了一下，彷彿被她燙到。「什麼意思？她拒絕努力？」我的音量有點太大，一一看著其他護士。

「這是我們的規定。」卡拉接著說，「事實上，保險公司要求我們這麼做。復健病房的病患必須積極配合治療，記錄必須呈現進步的過程，病患的狀況持續改善，這樣才能滿足保險的條件。假使沒有改善，我們就必須將病患送往長照病房，否則保險會停止給付。」

「爲什麼？很抱歉，但我眞的不懂妳的意思。」

「除了我剛才說的保險問題，也要考量床位問題。」卡拉繼續，「如果妳母親不肯配合復健，那麼我們就必須請她讓出床位給願意積極配合的病患。」

「這樣啊，」我緩緩說，思考她們說的話，「那麼，如果她要換到樓上的長照病房，還能繼續復健嗎？她還能得到所需要的治療，讓肌肉恢復力量，然後回家？」

卡拉擺弄她面前的紙張。其他人低頭或轉頭不看我。

「可以嗎？」我催促。

「長照病房的病患不會得到同樣的復健治療。」她終於開口，「之前我不是說要調整目標？長照的目標不是讓病患回家，而是盡可能讓他們舒適。妳只要簽一些文件就好，今天我們就能讓她換過去。」

休想。想到媽媽因為這些人施打嗎啡而持續沉睡，憤怒從我心底深處冒出，我從來沒有感受過那種狂怒。

「妳們給她打嗎啡點滴，」我怒吼，「她一直在睡覺！先停止注射嗎啡，否則談什麼『努力』、『進步』根本沒意義。」

她們一臉錯愕看著我，彷彿不明白我在說什麼。「那是醫囑要求的，」其中一個說，「我們只是執行而已，我們不能隨便——」

我搶白：「醫生上一次來是多久以前的事？我媽從醫院轉來這裡之後，我從來沒有見過他。」

死寂。她們面面相覷，不停搖頭。

「我媽住進來多久了？兩週？上次醫生來看她是什麼時候？」

「他每週會來巡視一次，」卡拉說，「他認為——」

「妳沒有眼睛嗎？」我逼問，「妳是護士！不分日夜她都躺在床上一直睡，妳竟然有臉跟我說她拒絕配合復健？」

她們瞪大眼睛看著我。

「我要求立刻停止施打嗎啡。」

「我們不能因為家屬的任性要求就擅自改變醫囑。」卡拉強硬起來。

噢，看來要開戰了，是吧？我準備好了。我傾身向前，雙手放在桌面上。

「我的看法是這樣的，」我對她們微笑，「我明白，相較於讓病人只住短短幾個星期接受復健治療，幫助他們重新站起來出院回家，把病患轉到長照病房，讓他們躺在那裡過完餘生，這樣才能賺更多錢。」我齜牙咧嘴。

「妳不懂——」

我舉起一隻手要她閉嘴。我的怒火安靜下來，變成默默沸騰的復仇。

「給我聽清楚了，接下來的安排會是這樣。」

她們在座位上動了動。

「明天早上九點，我會再來一趟。希望到時能看到我媽媽停掉嗎啡，下床坐在椅子上吃早餐。等她吃完，我會陪她去做物裡治療，畢竟那是我們付錢要妳們做的事。」

「我們不能擅自停藥。」

「當然可以。妳們休想繼續用嗎啡讓她昏睡，連一天也不行。我們付了錢，妳們就要提供治療。要是明天我來的時候發現她還像現在這樣躺在床上沒有反應，我就會打電話給我的朋友約翰．史坦尼屈。妳們知道約翰是誰嗎？他是地方檢察官。」

她們又慌張了一陣，互使眼色。

「在我看來，妳們的所作所爲就是虐待病患。如果我拜託約翰出手，他會展開全面調查。我保證會讓這件事登上各大報的頭版，附上妳們四個的照片。」

我的手機就放在面前的桌上，於是我拿起來，啓動相機。

「各位小姐，笑一個吧。」喀嚓。

她們四個都沒有說話。我推開椅子站起來，走開時回過頭說：「明天早上九點見。」忿忿不平的淚水刺痛眼睛。

我上車準備回家。快到家的時候，我在距離幾個路口的地方靠邊停車。我熄火，讓淚水洩洪，一直哭到再也沒有眼淚。爸爸在家，我不希望他看到我崩潰的樣子。他拜託我全權管理母親的醫療事宜——他受到太大的打擊，實在無力應付——我去和醫療人員見面，回家時必須擺出開朗正向的態度。我擤擤鼻子、戴上眼鏡，希望他不會發現我的眼睛紅腫。

那天晚上，我和好友瑪麗一起坐在家中後院。我告訴她白天發生的事。

「噢，」她笑嘻嘻說，「難怪下午我開車經過復建中心的時候，看到外面立著四根木樁，上面插著四顆頭。我還在想是怎麼回事呢。」

她臉上壞壞的表情加上那番荒謬至極的話，啓動了我內心的開關，我開始狂笑，笑到停不下來。這是那種「在氣氛嚴肅的教堂裡發出不合時宜的笑聲」那種感覺，就好像有什麼東西附身，不肯離開——大概是太需要釋放壓力。我和瑪麗一起笑到哭出來。

沒錯，這個笑話很沒品，但有時候，在壓力過大的狀況下，爲了避免發瘋，只能以荒誕作爲解藥。我們討論著，太多和我媽處境相同的病患，沒有人願意挺身而出爲他們爭取應得的照護，這實在很悲哀。很多人在生命的盡頭落得孤孤單單，只能任由醫療體制擺布。

至少我的威脅很管用。第二天我到病房時，果然看到我媽媽下床坐在椅子上吃早餐。那天我陪她去做復健，接下來幾個星期每天都陪她去，直到她恢復體能可以回家。

那之後，她繼續活了一年。那是很美好的一年，她經常和我爸一起去兩天一夜小旅行，也會招待親戚，沉浸在所有人給她的愛中，一次也沒有抱怨過。但最後病魔還是占了上風。

我已經很久沒有想起那天的事了。我看著愛麗絲，她眺望湖面，波光瀲灩，彷彿湖水有生命，正在跳舞。她的臉龐一派純眞，轉頭對我微笑。

她怎麼可能知道那件事？

# 第11章

傑森在門口探頭張望。「嗨，親愛的！妳在這裡啊！我跟妳說過我要打電話，一轉眼妳就不見了。妳沒事吧？」他走到露台上。

「我和布琳在一起。」愛麗絲對他說。她注視我許久。「布琳。只要有布琳在，我絕對很安全。」接著她假裝說悄悄話，在我耳邊說，「重複名字會讓我比較容易記住。」

「太好了！」傑森說，對上我的視線，「不過我們該走了，吉爾已經出發去碼頭了。」

就在這時，多明尼克從露台門走過來，端著他的法式壓濾壺和一只杯子。

「大家早啊，」他將咖啡壺放在桌上，轉身看著我說，「我泡了一大壺，想說今天早上或許妳會陪我一起喝。」

「噢！」我從椅子上站起來，「太好了，我去拿杯子。我本來想下樓去，但蓋瑞的咖啡……」我做個鬼臉。

傑森哼了一聲。「別說了，根本是餿水！」他笑著對我揚起眉毛，再拍拍多明尼克的肩膀。「早安，爵士。」

多明尼克對他微笑。「你也早。」他轉向愛麗絲，「愛麗絲夫人，希望妳昨夜安眠。」他執起她的手輕輕一吻。

她咯咯笑。

「布琳是我的戰士，你知道嗎？」她說。

「妳非常幸運。」多明尼克笑道，「我多希望能有像她那樣的戰士和我同一陣線。」

「走吧，親愛的。」傑森扶她從椅子上站起來，「湖在等我們呢！」

他們離開之後，我回房拿馬克杯和鮮奶油。我和多明尼克一起坐在露台上，喝咖啡欣賞湖水。

「剛才是怎麼回事？」我問他，「愛麗絲，她好像很害怕。」

他深吸一口氣，再長嘆一聲。「她感覺到自己正漸漸消失。我看過其他罹患阿茲海默症或失智症的人有同樣的狀況，通常發生在初期到中期階段。他們感覺得到自己被邪靈占據。在徹底被吞噬之前，他們已經知道了。」

「我還是第一次聽到有人說阿茲海默症是邪靈。」我對他說。

「看來妳沒有見過病患家屬，他們只能眼睜睜看著疾病漸漸奪走他們心愛的人。」

他眺望著湖面繼續說下去：「有些病患就好像沉入了……我不知道什麼，多維宇宙，另類世界，超脫涅槃。他們太接近死亡，難免會沾染。在那種時候，他們就會離開我們一下子。身體依然在這裡，但同時心靈去到另一個世界。他們不認識我們，不記得我們的名字，也不記得我們一起經歷過的人生。但不久之後，他們又毫無預兆地冒出來，重新把頭探出水面。他們回到我們的世界，知道我們是誰，會喊我們的名字。他們短暫變回自己，非常短暫，然後又重新回到深淵。」

他深呼吸。「我們難免會想知道，他們在深淵的時候究竟去了哪裡。」

我伸手按住他的手。「感覺你似乎親身經歷過，很遺憾。」

他握住我的手，十指交扣。我感覺彷彿觸電了，同時感到活力充沛又平靜安心，就好像我的血壓下降但心跳加速。我已經不記得多久有這種感覺了。

他凝視著我搖頭，我幾乎可以看見他的痛苦回憶被甩出來。

「我經歷過太多了。」他鬆開手，重新握住咖啡杯，喝了一口。

我猶豫要不要告訴他愛麗絲剛才對我說了奇怪的話，以及她出現在我夢中的事，但最後決定算了。那些事太詭異離奇，不適合說給認識不久的人聽。更何況，要說明那件事，就必須解釋當時的狀況，而我實在不想說。回憶在腦中盤旋我可以接受，但是說出口就會感覺太眞實，此時此刻我不想面對。

他打斷我的思緒。「妳今天有什麼計畫嗎？」

「沒有。我原本考慮租艘皮艇，但現在又覺得很麻煩，要換防寒衣，還要划槳。」

「我懂。這個地方讓人發自內心想要安靜下來。今天我也沒事，有點想去島上的沙灘；沙子、太陽、湖水、一本好書。要一起去嗎？」

二十分鐘後，經過一場血戰，我終於成功將泳裝拉上，我已經至少三年沒穿過泳裝了。我穿上罩衫，收拾好替換衣物、梳子、毛巾、平裝小說——不是《紋身人》——全部塞進托特包。我們坐上多明尼克的豪華轎車前往渡船碼頭。他把車開上遊艇，熄火之後拉手煞車。我們走上搖搖晃晃的金屬梯，去到上層甲板。兩人站在欄杆旁看著華頓漸漸遠離，最後從視野消失。

到了島上，我們把車開下船，在街上兜風，經過許多商店以及咖啡店，今天人潮已經開始聚集了。我們經過小船塢，一位老先生正在清洗他的船，狗狗在一旁監督，車子接著開上通往沙灘的道路。沿路的風景中穿插著度假屋——有些富麗堂皇、有些簡單樸素，公路與湖岸之間隔著一大片草地。天空一片深藍，陽光柔和，萬里無雲。我把頭往後靠，吁一口氣。

多明尼克駛離公路，把車停在沙灘邊的停車場。我們走下蜿蜒的長長木梯到湖邊，選了一個靠近高大松樹叢的位置。沙灘旁邊竟然長著松樹，感覺很不搭，不過話說回來，這個地方本來就很魔幻，再怪的事也不奇怪。

我們攤開大沙灘巾鋪在溫暖的沙地上。想到要在這個俊美的男人面前脫掉罩衫，露出穿著泳裝的眞實肉體，讓我非常難爲情。然而，當多明尼克一脫掉上衣，我立刻將拘謹拋在腦後。

我知道他的肩膀與胸膛都很寬，但不知爲何，脫掉上衣之後，感覺更是壯碩無比。他的手臂和胸膛肌肉健美，腹部如岩石般結實。光是這樣就已經足以令人目瞪口呆，但他身上的刺青更是令我忘記呼吸。

他的手臂與軀幹每一吋都刺了圖案。一隻手臂上刺滿奇特的古老符號與象形文字，另一隻手臂上的圖案則是一個被蛇纏住的女人，一隻狼和一隻獅子並排趴臥。五花八門的臉孔與動物——那是烏龜嗎？符號、文字以及看起來很古老的武器裝飾他的胸膛與腹部。我看呆了，嘴巴張開，移不開眼，就像那本小說裡的描述一樣。

多明尼克轉身拿放在托特包裡的東西，露出後背。那裡的圖案令我不禁驚呼出聲。他的背部中央刺著一隻甲蟲。巨大的翅膀伸展向兩邊肩胛，在頸子底端交會，彷彿捧著太陽。翅膀上裝飾著繁複鮮豔的圖騰，由各種形狀組成——深紅、藍、綠、紫——感覺像古埃及藝術，或是教堂的彩繪玻璃。

沿著他的脊椎，世界各大宗教的符號整齊排列在甲蟲身上。基督信仰的十字架、猶太教的大衛之星、伊斯蘭教的新月與星星、印度教的不殺生手印、巴哈伊信仰[8]的九芒星、道教的太極，還有很多奇特陌生的符號，我認不出屬於哪些宗教。

他轉身發現我看呆了，我的表情令他開懷。

「我認為最好一開始就讓人看個夠，」他的眼神閃耀光彩，「通常第一次看到的時候，大家都會有點……受驚。」

這時我才驚覺自己的嘴巴開著。我結結巴巴發出兩個聲音，但還是說不出話。

他的笑容變得比之前更開朗，並且發出一聲嗤笑。「我經常看到那種反應。」

我終於說出話來：「我有好多問題，但我甚至不知道該從何問起。你的背——噢，多明尼克，這是藝術，讓人忘記呼吸。我可以再看一次嗎？」

多明尼克翻身趴著，下巴放在前臂上。我盤坐傾身靠近，仔細欣賞圖案設計。光是那隻甲蟲便展現出精密的細節與高超的美感。那對翅膀！我難以一窺堂奧。很想摸他，用手指沿著那些細膩的線條移動，描繪那雙翅膀，但我才剛認識這人，那樣觸碰他感覺太過冒犯。我想要尊重他身上的藝術，欣賞崇拜，而不是物化。

「爲什麼刺甲蟲圖案？」我終於問。

他抬頭看我，悠悠一笑。「很多人看過我背上的甲蟲，也發表了各種意見，但是從來沒有人問過我爲什麼。謝謝妳問我。」

「既然這個圖案占據了你身上這麼大的面積，想必對你別具意義。」

他笑了一下。

「可以這麼說。那是聖甲蟲，在古埃及，那是最重要的宗教和神祕符號。」

我剛才就覺得有埃及元素，看來我的想法沒錯。

「聖甲蟲有很多象徵意義，其中一個是太陽，而古埃及人崇拜太陽。」

因此他的頸部底端才刺了太陽。

「但不只這樣而已，聖甲蟲也象徵轉化、重生、保護、不朽；輪迴，永生。配戴聖甲蟲珠寶的人感覺自己受到保護，知道他們會再次復活。」

我不知道該如何回應。

「古埃及的葬禮儀式會使用這種蟲，因此亡者能在保護下轉生。」

雖然我們坐在陽光照耀的地方，我依然感到一股寒意。

「你有埃及血統？」我問他，「還是喜歡神祕學跟傳說？」

8 譯註：Baha'i，一八六三年創立於伊朗並在中東地區傳播。其基本教義可概括為「上帝唯一」、「宗教同源」和「人類一體」。

他翻身坐起來。

「呃，我絕對有非洲血統，但很可能不是埃及。」他開心一笑，「不過我確實很喜歡神祕學和傳說，但我最感興趣的是轉化的部分。對我而言這是最重要的。」

「你所謂的轉化，意思是人生的轉變？」

「可以那麼說。」他站起來，「我要去泡一下清涼的蘇必略湖水，要來嗎？」

看來他不希望我繼續問下去，我尊重他的意願。我自己遇到太愛探問的人時，也會轉移話題閃避。

他伸出手，我握住，同樣的狀況又發生了：觸電的感覺。

他拉我站起來，一起走向沙灘。

到了水邊，溫暖柔軟的沙地變成小石塊。這裡和蘇必略湖其他地方都一樣，湖底遍布石塊。石頭表面平滑，赤腳踩在上面也不會痛，幾乎像鋪路用的圓石。

我和多明尼克走進水中，天氣溫暖，湖水十分清涼，但又不像其他地方的湖水那麼冰。我撿起一顆石頭遞給他。

「這裡沒有聖甲蟲，但是有這個，」我說，「有些人相信帶湖底的石頭回家，就能將大湖的靈力一起帶回去，可以庇佑、開運。和你的聖甲蟲差不多。」

我把石頭拋向他。他接住，放進口袋。

「好運不嫌多。」接著他雙腳一踢，漂浮在水面上。

他突然消失了。我東張西望尋找，他到底去哪裡了？我正在專心觀察湖面找他，他突然從我身後冒出來，抱住我的腰把我舉起來，接著往上一拋，讓我重重落入水中，激起很大的水花。

我一沉入水中，時間彷彿停止下來。在清澈透明的水裡，我睜開眼睛，看到湖底的石頭宛如馬賽克拼貼畫：灰色、棕色、黑色、白色、淺褐色；斑點與純色的石頭交錯。

我抬起頭，看到水面上的多明尼克，他的身影隨波蕩漾。湖水在我耳邊低語，如此祥和，如此寧靜。我眞希望能長出魚鰓在水底呼吸，這樣便能永遠待在這裡。這感覺就像子宮裡的嬰兒快要出生的那一刻，新世界模糊朦朧，即將來臨。

我浮上水面，大笑著說：「長大以後就沒有人對我那樣做了。」

「既然我下去了，妳也要下去，這樣才對。」

我們站在及腰的水中，互相凝視微笑，同樣的電流又再度在兩人之間來回傳遞，彷彿握著一條高壓電纜。從他的表情看得出來他也有同樣的感受。

他靠近我，再次攔腰將我抱起，但這次他沒有把我扔進水裡，而是將我抱緊，雄壯的臂膀環抱著我。我舉起手臂抱住他的頸子，雙腿纏著他的腰，他往湖水深處走去。每走一步，水就更深，最後水深到達他的胸口，這時他雙腿一踢，讓我們浮起來。

我們的四肢以慢動作交纏，湖水讓我們能夠如此接觸，如果是在陸地上一定會感到遲疑——至少我會。在湖水裡沒有問題，我的雙腿纏著這個男人，他的雙手緊擁著我，我們的身體彼此接觸。

我們就這樣漂浮，隨著水流移動，直到撞上這座沙灘聞名的冰水牆，分隔深處的冰涼湖水與近岸的溫暖湖水。那道分隔有如眞實的冰牆，常來游泳的人都知道。我們漂了過去。

「哇，見鬼了！」多明尼克大喊，他一鬆手，我落入水中，夢幻般的漂浮驟然結束。我游上水面，一邊噴水一邊笑到無法自已。兩人手忙腳亂趕緊回到溫水那邊，他一路不停嘀咕。

「我的波賽頓啊，那到底是什麼鬼東西？」他氣急敗壞地說。

「不是波賽頓，麻煩說吉雀古米（Gitche Gumee），」我大笑，「他是這座湖的偉大神靈，稍微尊重一下。」

我們涉水回到岸上，他說：「好吧，吉雀古米剛才放大絕了，那裡簡直像南極一樣，我可不是什麼海豹。」他瞪著水面，表情如此憤慨與驚駭，我狂笑不止。

「那是這座海灘很知名的特色，」我說，「隱形牆。」

「隱形牆？剛才那個就是？竟然這麼過分？完全沒有警告。他們該立個牌子才對：『注意前方冰得要命隱形牆』！」

他繼續抱怨，我笑得更厲害了。

「沒有警告！就這樣把毫無懷疑的無辜民眾拐下水；而且我是從加州來的，像喬治亞州一樣是南方。妳知道加州有什麼嗎？大海。不要誤會，海水也是冷的，但是太平洋裡沒有那種**隱形牆**！我們有海豹，但是沒有突然冒出來的冰水。」

我彎下腰，好久沒有笑得這麼痛快了。

「妳和一個毫無防備的人一起游泳，心裡很清楚知道一旦碰上**隱形牆**，他的蛋蛋就會被凍得掉下來——妳明明知道！妳竟然只是漂浮在那裡，像美人魚一樣寧靜快樂——啦啦啦，好開心——但妳一直都知道我們會被波浪帶去冰山。」

我努力控制呼吸。「對不起。」我嗄聲說，抹去笑出來的眼淚。

「噢，我看得出來，看得出來妳有多抱歉。」現在他也笑出來了，眼眸中光彩舞動，「對不起個頭啦，妳根本不是真心的。」

兩人涉水上岸，回到沙灘上，倒在沙灘巾上。我們面對面側躺，我還是笑個不停。

「千萬不要動歪腦筋，」他接著說，「本來我或許會吻妳。事實上，我都計畫好了，但現在不可能了，沒了，小姐。男人的寶貝真的會縮小！希望我的雄風還有回來的一天。」

我笑得太用力，全身都在抖。我抹抹眼睛。「我的壽命好像延長十年了。」我說。

「那我的使命就達成了，美人。」他伸手撫摸我的濕髮，「我覺得很有道理，如果壓力和悲傷會減短壽命，那麼歡笑就能增長。」

我們安靜下來，氣氛越來越曖昧。他的身體離我很近，我能夠感受到他釋放出的能量。我想要那個吻，我想要移動過去，親吻他完美的嘴唇，體會與他唇舌相接的感受。但我甩開這個念頭。和前男友分手之後，我再也沒有和任何人交往過，我欠缺練習。我們已經不在水裡了，現在倒覺得非常害羞。

我清清嗓子。「現在你想做什麼？」

「我只知道我絕對不要再下水，說什麼都不要。」他惡狠狠瞪湖水，「不過我有帶書。」

我坐起來。「我也有！」

「眞有默契。」他伸手拿他的托特包。

我帶的書是懸疑驚悚小說——在紋身人面前讀《紋身人》感覺太奇怪，於是我帶了另一本書；他的則是眞實犯罪小說。他往後傾，一隻手肘撐起上身，腳踝交疊，翻書。我還在努力找尋舒服的姿勢，他伸手摟著我，將我拉入懷中。

「我是很舒服的靠墊。」他說。

我轉頭對他微笑。「眞的可以？」

「儘管靠。」

於是我伸展身體，背靠著他的胸膛。兩人一起坐著，頭與頭相距只有幾吋，各自讀書，湖水不停拍岸，就這樣過完了一下午的時間。老實說，比起小說情節，我更享受靠近他的感覺。湖中的「隱形牆」打破了我們之間的藩籬。

靠在他廣闊的胸膛上，讓我感到安心呵護，準備好迎接我來華頓尋覓的轉化，彷彿他是我的聖甲蟲。

# 第12章

時間接近黃昏，我和多明尼克收拾東西，爬上那道長長的蜿蜒階梯，回到停車場。我在更衣室脫掉濕答答、滿是沙的泳裝，簡單沖洗一下，擦乾之後換上我塞進托特包的洋裝和涼鞋。我迅速梳好頭髮，洗去沙子、整理乾淨。我看看鏡中的自己，最多也只能這樣了。

我和多明尼克同時走出更衣室，我穿著洋裝，他則是短褲配V領黑T恤。

「哇，看看妳，」他說，「一轉眼的時間而已，妳就已經這麼漂亮了。」

「現在呢？」我問，「回露安民宿嗎？」

「當然不，」他得意微笑，「有美女作伴，我才不要這麼早回去。」

我感覺臉頰發燙。「我猜就算少了我們，大家一定還是很歡樂。不過呢，你應該知道吧？要是我們沒出現，絕對會成爲歡樂時段的八卦主角。」

他大笑。「不如乾脆多給他們一點話題吧。我們去吉米酒吧，來杯成人的飲料，或許順便吃個晚餐？」

我覺得非常理想。

我們上車，他開車回到市區，一手放在我的大腿上。這樣不會太快嗎？我不知道該把自己的手放在哪裡，只好交疊放在腿上，就這樣一路到了吉米酒吧，望見用馬戲團帳棚充當的屋頂。

太陽依然高懸——現在才五點左右——但纏繞在帳棚柱上的小燈泡照亮整間酒吧。我看到很多印著標語的牌子：「乖女孩無法創造歷史」，「只有良法值得遵守」。還有其他很多，全部掛在火災之後殘存的木牆上。

每張桌子上都放著不同尺寸、形狀的蠟燭。除了帳棚之外的所有東西都很粗獷，彷彿簡直像流落荒島的人就地取材手作而成——吧台本身是原木，吧台凳則是樹樁；地上的寬木板鋪得亂七八糟，彷彿急就章不在意細節。這家店讓我想到小飛俠故事裡「遺失男孩」的窩，有如置身在一棵大樹的樹幹裡。

我看看四周的其他客人，有些穿泳裝，有些穿嬉皮風洋裝，有些穿短褲配T恤。他們也像是遺失的人，正在尋找小飛俠。或許我也像他們一樣。

我們找到座位，服務生無聲無息出現。

「兩位要喝什麼？」她說，「先跟你們說一下，後面的停車場有一輛塔可餅餐車，就快開始營業了，所以今天晚餐的菜色就是那個。演出的藝人想上台的時候就會上台。我們不收塑膠卡，只收現金。不過你們兩個看起來也不像塑膠人，所以應該沒問題啦。」

我和多明尼克相視而笑。

「有沒有當地產的啤酒？」他問。

「我們有斑點牛生啤。」她說，臗部往外一推。

「我要一杯。」他說。

她轉頭看我。「兩杯吧。」我說。

多明尼克揚起眉毛。「妳不像愛喝啤酒的人。」

「入境隨俗嘛。」我聳肩。

酒來了，他舉杯說：「敬美女爲伴的美好一天。」接著露出電影明星的笑容。

我羞紅著臉和他碰杯。

「謝謝你。」我說，「今天眞的好愉快，我已經很久沒有這麼開心了。」

「美女，這不就是重點嗎？」他的表情暫時變得嚴肅，「要享受人生。人太容易陷入自我和他們的狗血劇，不然就是受困於哀傷和悲劇，以至於忘記要欣賞身邊的美好事物。」

「甚至忘記美好的事物就在身邊。」我想起過去幾年我眼中的世界有多黯淡，「我自己也是這樣。」

「大家多少都有過這種時候，不是嗎？」

我們彼此凝視，我迷失在他俊美的容貌中。造物主最完美的作品就在我眼前。他的臉龐既像天使也像惡魔，略帶邪氣的笑容、舞動神彩的雙眼、強而有力的鼻子和唇、雪白耀眼的端正牙齒、宛如雕塑的下顎線條。他同樣目不轉睛看著我。

「現在我懂得欣賞身邊的美好事物了。」他說，呼應我的想法。

我舉起手摀住臉，想要阻止臉紅。我不記得多久沒有男人說我美了。

喝完第一杯啤酒之後，他去後面的停車場點餐，堆滿所有配料的塔可餅加上超邪惡起司玉米片配酪梨醬與莎莎醬。

「如果我後半輩子只能吃一種食物，那麼我一定會選起司玉米片。」我說，從小山般的玉米片當中拿了一片，上面滿是起司。

「我呢，一定會選我奶奶的焗烤花椰菜，」他說，「滿是香濃起司的療癒美食。」

我們坐在那裡許久，慢慢吃著大分量墨西哥美食，進一步了解對方，聊各種瑣碎的小事，政治、小鎮八卦、喜歡的電影、有趣的旅行。

他問了很多關於我的人生與童年的事，我毫不隱瞞地告訴他——生長在溪邊的郊區，外婆和我們住在一起，關於我出身背景的所有事，以及其他更多事。

「你呢？說說你的故事。」我對他說。

「沒什麼好說的。」他咬一口玉米片，「很平凡，妳比我有意思多了。」

「噢，應該不會喔。」我傲笑看著他，「你在哪裡長大？」

「這裡那裡，」他低頭看盤子，「很多不同的地方。」

我喝一口啤酒，從杯緣望向他。

「例如哪裡？剛才在沙灘上，你說你來自加州，對吧？」

他坐立不安。「我不喜歡談我的過去，」他說，「往事無法定義我。」

我本來想說「好吧」然後就算了，但顯然我無法就這樣算了。

「我認爲人的過去，無論好壞，無論是平淡或恐怖，都會影響性格的塑造，」我說，

「但我不認爲過去能夠定義一個人。」

他注視我的雙眼許久。

「我最早的記憶是在家中客廳找到一把槍，我拿起來擊中我父親的胸口，那時我才四歲。這個故事多少能讓妳理解我爲什麼不想說吧。」

我無言以對，只是繼續凝視他的雙眼，伸手握住他的手。我怎麼可能體會那種感受？我的童年有如童話故事，而且不是格林的恐怖童話。我認識的人從來沒有發生過不幸——不誇張。小時候我們家和鄰居家都沒有人死去。沒有人破產，沒有人失去家園，沒有人失業，沒有小孩失蹤，沒有同學受到嚴重霸凌；我的家人也沒有。

左鄰右舍相處融洽，守望相助。沒有鄰里鬧劇，沒有惡鄰居；所有小朋友都自由在外玩耍，從來不會擔心有危險。夏季的夜晚，我們會玩「星光月光」遊戲[9]，躲在黑暗中等待朋友找到我們，完全不怕會有陌生人。我父母的婚姻幸福美滿，爲我們打造了快樂的生活，有外婆在更是開心。每天我放學的時候，她都會敞開懷抱跑到門口，很高興看到我回家。每天都有剛出爐的熱餅乾。

整體而言，我的人生算是一帆風順，直到幾年前才開始出狀況。感恩滲透我的內心，我已經很久沒有這種感覺了。

然而，在這間嬉皮酒吧裡，坐在我對面的這名美好男子，他的人生卻一開始就是

9　譯註：Star Light, Moon Light，在天黑之後進行的兒童遊戲，基本上和捉迷藏差不多，一個人當鬼去抓其他人，遊戲時，大家會喊口號：「星光、星光，今晚你要被鬼抓。」

夢魘，不知道之後的人生他又經歷了多少磨難。他的表情令我心痛不已。我在他的眼眸中，可以清楚看見那個四歲的孩子。

「他是不是——」

多明尼克搖頭。「子彈貫穿他的肩膀，他沒死。那個老混蛋現在還生龍活虎呢。」

「我可以問嗎？爲什麼會把上膛的槍放在四歲小朋友能拿到的地方？你父親是警察？」

他嘆息。「怎麼可能？妳眞的想聽？」

「當然想，但如果你不想說也不必勉強。」

他的表情苦澀。「我原本想等妳更了解我一點再說，」他說，「如果能永遠不說更好，妳知道。」

一股保護欲襲上我的心頭。顯然往事只會造成他的痛苦，我不需要知道。傑森跟我說過，華頓有太多愛管閒事的人，我決心不要變成那樣。

「你覺得明尼蘇達雙城隊表現如何？」我笑著說，「今年他們戰績很出色，大家都說可能有機會打進職棒世界大賽。」

他的表情變得很溫柔，我第一次看到他這樣。

「謝謝。」他說。他注視冒著泡泡的啤酒片刻，接著抬頭看著我說：「雖然我的童年大多是惡夢，但也有愛與歡樂。我小時候有很多年的時間住在奶奶家。」

「她愛你。」

他的眼眸閃爍淚光。「她對我的愛可以直達月球再折返，她經常這樣說。」

「而且她會做焗烤花椰菜。」

「全天下最好吃的。」

「她還健在嗎？」我靠近他。

他搖頭。「她時時刻刻都在我心上，但她幾年前就上天堂了。」

就在這時，樂團上台了，一陣忙亂之後樂器就位：吉他、小提琴、斑鳩琴、低音大提琴、爵士鼓。歌手的麥克風彷彿來自一九三〇年代——裝在架子上的銀色方塊——他背在肩上的吉他造型也很符合那個年代。他們開始演奏，曲風結合藍草音樂[10]與鄉村音樂，所有人停止交談安靜聆聽。很多人走進舞池，有些成群結隊，有些成雙成對，還有一個嬉皮獨自扭腰擺臀。

多明尼克站起來，牽起我的手，不知不覺間，我們隨著音樂跳起兩步舞，他不時把我拋出去轉圈，又拉回他懷中。現實變得朦朧起來。

小燈串與蠟燭，另一個時代的音樂，這個男人莫名熟悉的臉龐緊靠著我。感覺彷彿我們暫時脫離了時間的長河，誤闖傳說中在涼爽秋夜的精靈國度，徹夜與精靈共舞，沒有察覺時間已經過了幾年、幾十年，甚至幾百年。

10 譯註：Bluegrass，美國民間音樂的一種，鄉村音樂的分支。靈感來自於英國與愛爾蘭民俗音樂混合藍調與爵士。

# 第13章

我們回到露安民宿時天已經黑了。時間超過十點，餐廳打烊，打掃乾淨準備迎接早餐的顧客。多明尼克帶著我穿過餐廳走向通往樓上的門，兩人躡手躡腳上樓，不想吵醒別人。

二樓走道上，傑森與吉爾的房門底透出燈光，他們還沒睡。整棟房子安安靜靜。我瞥一眼五號房的門，一片漆黑。我還沒有告訴多明尼克兩天前那個夜裡發生的怪事，我自己也不願回想。

他的房間到了，但他沒有停下腳步。「我陪妳走到妳的房間。」他低頭對我微笑。我的房間就在前面而已，到了門口，我的心在胸口怦怦狂跳。我實在太久沒有做過約會這種事，有點生疏了——我們今天是約會嗎？——我不確定下一步該做什麼。請他進去？會太快嗎？這樣做明智嗎？要不要玩一下欲擒故縱？我不知道該怎麼做。

他拿走我手中的鑰匙，開門之後開燈，大致看一下房間裡的狀況。窗簾在清涼微風中飄動，一切都像我離開時一樣。

「看來沒問題。」他說。

我們靠得很近，雖然之前在湖中四肢交纏，在吉米酒吧也跳了很久的舞，但現在感覺不一樣。我不確定該不該，但我全身每個細胞都好想觸摸他。

「今天眞的好開心，」我對他說，「謝謝。」

「我也是。」他的聲音很低沉。

他雙手環住我，將我拉過去，我對他抬起臉。他的臉頰與我相貼，我聞到他麝香混合辛香的香氣，令人安心。我在他懷中融化。他吻上我的唇，這個吻的力量傳遍全身。我的心在胸口狂跳，這是我二十年來第一次和不是前男友的人接吻，我細細體會。他後退，手臂依然擁著我。我一心只想和他更貼近。

「我一整天都在等吻妳的機會，」他說，「老實說，不只是今天而已。」

「我也是。」我低聲說，整個身體內部都在輕顫。

他一手探進我後頭的髮絲間，握住一綹，端詳我的臉。

「布琳、布琳、布琳。」他的音調似乎降低了八度，「我該走了，就到這裡吧。現在先這樣。」

我點頭。「嗯。」

「明天早上在露台喝咖啡？」

「我一定會去。」

他把我拉回懷中，淺淺微笑，凝視我的雙眼，然後再次吻我。接著他露出那個電影明星的笑容，對我眨眨一隻眼。

「明天見，好好睡。」他出去之後關上門。

我鎖好門之後轉身，房間感覺變得黯淡，空空蕩蕩，彷彿他的存在不只減少了房裡的空洞，也填滿了我內心的空洞。

第二天早上，眼睛還沒睜開，我就察覺到雨的氣味。我賴床一下，享受來自雨水、青草、泥土、大湖的清新氣息。房間裡多了一股涼意，讓我想要窩在羽絨被中，就這樣睡一整天。一波雷鳴滾滾穿透天際。我伸個懶腰，大口吸進帶著各種芬芳的空氣，再呼出，吸進、呼出。

敲門聲打斷了我的冥想。我下床，裹上浴袍，一開門就看到多明尼克站在門外，拿著法式壓濾壺和一只馬克杯。

「今天不能在露台喝咖啡了。我想乾脆帶著咖啡來找妳好了。」

「哇，客房服務耶！」我對他微笑，用手稍微整理一下頭髮，希望不會太嚇人。我心中默默慶幸至少身上穿著柔軟的新睡衣，而不是平常穿的破舊T恤。「真是一天最美好的開始。」

我把門整個打開，請他進來。正要關門時，他說：「還是別關比較好，現在就變成華頓的八卦主角有點太快。」

我猜其實現在已經是了，但我完全不在乎。我拿出馬克杯和鮮奶油，兩人在窗邊小桌旁坐下，下雨的聲音有如催眠曲。

聽著屋外的大雨，我不禁再次感到好奇，不知道他從小經歷過多少狂風暴雨。我對他了解不多，其實真的很少，儘管如此，我們之間的那種感覺彷彿永恆。可以說我完全不了解他，又對他瞭若指掌。

我對他微笑，內心湧出一種全然陌生的滿足感。即使才短短幾天，我已經漸漸習慣一早就見到他。

「昨天眞的很開心。」我喝一口咖啡，從杯子上緣對上他的視線。

他微笑。「嗯，眞的。接下來我們應該還會經常這麼開心，至少我希望會。」

「昨天我們聊了很多我的事，」我緩緩說，「我知道你不喜歡談往事，所以我不打算問。那麼現在的事呢？我甚至不知道你從事什麼工作。」

他露出大大的笑容。「東做一點，西做一點。」

我揚起眉毛看他。

「是嗎？感覺好像不太正派，你該不會是逃亡中的連環殺人犯吧？」

他嗤笑。「不、不、不、不，」他說，「不是那樣。這麼說吧，我幫助那些面臨轉變的人。」

又是語焉不詳的回答，這次我不會就這樣算了。我愛上這個人了，愛情來得太快——幾乎像猛摔一跤——我即將讓這個人進入我的生命，我必須知道他究竟是怎樣的人。如果他不肯說，只好忍受一整個夏天在走道上偶遇時的尷尬。更何況，凱蒂說她老公認爲他涉及可疑的死亡事件……

「類似悲傷諮詢？安寧治療？勒戒人員？」

「呃，絕對不是勒戒人員。」他笑了一下，「嗯，有時候是悲傷諮詢、有時候是安寧治療。不過有時候也幫助那些已經因爲失足而付出代價的人重回正軌。當那些人面臨毫無資源的困境時，我可以提供。」

「你說的是更生人？」

他點頭。「嗯，這些全部集合在一起，我幫助很多種客人。我最深刻的信念是人生苦短。實在太短了，布琳，妳絕對無法體會。」他停頓一下，「我不該那麼說，妳當然懂。妳才剛親身經歷過，所以絕對更清晰、更深刻。」

我點頭，希望眼淚不要流下來。

「那些來找我的人往往處在人生谷底。如果我能幫助他們重回幸福人生的道路，我就幫；如果我沒能力幫，也會設法找到有能力的人。」

我還是不太清楚——那些人如何找到他？他是附屬於慈善機構的諮商師嗎？還是他有自己的基金會？——但我感覺到這個人不會輕易說出任何事，我幾乎可以看見他升起防護罩。

「那麼，你整個夏天都待在華頓是爲了什麼？」我問，「我知道、我知道，這是大家最愛的問題，不過——你像我一樣在休假研究嗎？」

「布琳，我來這裡是爲了妳。」

他的笑容開闊又溫暖，但我感到一股惡寒。我們坐著，互相對望片刻。

「什麼——」

他大笑，打破沉重的氣氛。「好啦，那是有史以來最爛的把妹招數。」

我放下咖啡杯，發現手在抖。他也看到了。「你不知道我剛才想到多糟糕的狀況！」我終於說，「你剛才說你幫助需要轉變的人，而我現在正處在那樣的狀態中。我還以爲有人聯絡你來找我。或是僱用你，不然是——」

他舉起一隻手制止。

「今天早上我怎麼一直說蠢話？」他說，「哇，我眞的是個神經超粗的混蛋。」

我搖頭。「我不懂。」

「好吧，我說那句蠢話其實只是想要浪漫，撩妳一下，完全沒有考慮到妳最近人生中的那些事，妳明明都告訴我了。」

我擠出笑容。

「不用在意，只是剛好太符合我的狀況。我應該不是你的輔導對象吧？」

他笑開懷。「喂，小姐，我不會吻輔導對象好嗎？也不會和他們一起游過隱形牆。」

這句話終於逗得我露出眞正的笑容，我笑出聲。

「老實說，我來這裡的理由和妳差不多。」他將剩下的咖啡倒進兩個杯子裡。「從事我的這種工作，會讓人燃燒殆盡。我有點，呃，應該可以稱之爲耗竭。我沒有妻子或家人可以幫我恢復精神，有時候我需要放下一切稍事喘息，呼吸新鮮空氣，欣賞身邊的美好事物，讓自己沉浸在紅塵的各種喜樂中，吃義大利麵。我需要補充能量，然後才能繼續付出。」

「我完全懂。」我說。

就在這時候，響亮的雷鳴打破了我們之間平靜的氣氛，一道閃電驟然劃過天際，暴雨宛如簾幕，被狂風吹得斜斜落在街道上。

「我喜歡精彩的大暴雨。」多明尼克說。

「我也是，不過這下不能去沙灘了。」

「是啊，眞可惜，划皮艇的人也要失望了。」

他對我微笑，暴雨如注，雷聲撼動整棟房子，一段雨夜的記憶在我的腦海邊緣浮現；至少感覺像記憶，但不可能是。

我和一個男人在一起，我知道他是多明尼克。我們兩個從一棟紅磚樓房衝出來，跑進一條小巷。他牽著我的手，兩人狂奔，一起大笑回頭看身後。他把我推進一扇門躲雨——兩人都全身濕透——他吻我，大雨滂沱，閃電照亮夜空。

「又一家出色的地下酒吧被迫關門，」他在我耳邊低聲說，「眞是太令人傷心了。」

「我們差點被逮到，」我說，「你怎麼知道警察要來了？」

「男人的直覺。」他露出頑皮的笑容。

多明尼克的聲音——眞實世界中的他——將我從幻想中拉回。

「布琳？」

我喝一口咖啡，手在顫抖。

「妳剛才神遊去哪裡了？」多明尼克問，「妳呆住了一下子。」

我伸手撥一下頭髮。「我也不太清楚。」我說。

這時他對我笑，一模一樣的頑皮笑容。

# 第14章

這時傑森探頭進我的房間。

「嗨，兩位小朋友！」他看看我又看看多明尼克，然後又轉回來。

我舉起杯子。「我們只是在喝咖啡。」

「看得出來。」傑森說，「昨天的歡樂時段你們兩個都沒出現，大家都在猜你們怎麼了。」

多明尼克大笑。「該來的終於來了。」

我也跟著笑，但感覺紅暈爬上臉頰。「我們去島上玩了一天。」我說。

「噢～」傑森把這個字拖得無比漫長，抑揚頓挫齊全。「是喔？我懂了、我懂了、我懂了。我等不及要告訴吉爾。」

傑森喜孜孜的表情讓我和多明尼克一起尷尬大笑。

「嘿，」傑森說，「說到去島上，我要請妳幫一個大忙。」

「沒問題，」我說，「什麼事？」

他欣喜的笑容變成難爲情的瑟縮。

「等雨停了，我和吉爾要去科雷特島看一棟房子，我們在考慮要買下來，」傑森說，

「我們要去和房仲見面。我在想，或許看完房子可以留在島上吃個午餐，享受一下兩人世界。」

我點頭，不太明白他要我幫什麼。

「我知道這個要求有點過分，」他接著說，「不過，我們出門的時候，妳可以去陪愛麗絲嗎？」

「噢！」我揚起眉毛，「當然可以。」

「眞的？」傑森說。

我聳肩。「我很樂意，完全沒問題。」

傑森握住我的雙手。「太感謝了。我請了鎮上的一位太太來幫忙——我不想說**喘息服務**，但……」他沒有說完，只是搖頭。

「昨天我們試用了一天，但愛麗絲不喜歡她。她一直跑出去想要找我。」

我皺起臉來。「這可不行。」

「是啊，」傑森說，「我們打算之後再試一次。她的名字叫喬絲琳，她人很好，所以我不懂爲什麼愛麗絲不喜歡她。不過我覺得既然她還不適應看護，或許不該長時間把她交給喬絲琳照顧。」

「當然。」我說。

「但是她很喜歡妳。」他看看我又看看多明尼克，「你們兩個她都很喜歡。和妳在一起她覺得很安心。我也不知道，或許是因爲妳就住在同一個走道的房間裡，她覺得妳像家人。我只是在想，說不定和妳在一起，她就不會一直想知道我在哪裡，想出去找我，我只是覺得……」

他嘆息，抬頭看我，眼神尋求幫助。

我想要給他此刻所需要的援手，讓他能支撐下去。

「你不用解釋，你和吉爾絕對需要屬於你們自己的時間。你們一定要去。」

「照顧病人會吸光一個人的生命力，兄弟。」多明尼克開口，「布琳說得沒錯，偶爾出去享用午餐、晚餐。幫忙陪她對我們而言不算什麼，對你們卻非常重要，這樣能讓你們重新振作精神。你們必須充電，這樣才能給愛麗絲長遠的幫助。我和布琳剛才還在聊類似的事。」

他對上我的雙眼，笑了一下，似乎有點靦腆。

傑森大聲嘆息。「噢，你們兩個眞是上帝派來的天使。」他接著說，「我們出門的時候，妳可以來套房陪她，看兩部電影，這樣好嗎？愛麗絲在那裡最安心。我們的壁爐上方有大螢幕平面電視。因爲天氣太差，所以我們生了火。我們會準備好午餐、下酒菜和葡萄酒，妳盡情享用吧。」

「眞的不必——」我準備婉拒。

「噢，絕對有必要，小姐。」傑森微笑，「這是我們的一點心意。」

「如果妳想要，我可以去陪妳，」多明尼克對我說，「我們可以來場三人派對。」

我的房間原本因爲暴雨而顯得陰暗，這瞬間突然變得無比光明。

「那麼，十點半？我們套房見？」傑森問。

「沒問題。」我說。

傑森離開之後，多明尼克對我說：「今天早上我要處理一些事。妳準備去傑森和吉爾的套房時，過來敲一下我的房門，下午我們可以作伴。」

我對他點頭。他對我開朗一笑之後便離開關上門。

那麼，十點半。我還有兩個小時多一點的時間，足夠帶本好書去泡澡。我拿起兩天前在貝絲那裡買的《紋身人》，走向泡澡室，希望這次五號房的女士不會來打擾我。

# 第15章

十點半，泡完澡出來，我穿上緊身牛仔褲、白T恤，戴著藍、白、綠玻璃珠串成的項鍊。我一走出房門就發現多明尼克靠在他房門邊的牆上。

他穿著黑色V領T恤搭配灰色運動褲，腳下是舒適的拖鞋。他沒有刮鬍子，平時有型的山羊鬍變成落腮鬍。他聳肩微笑。

「太休閒嗎？今天早上我有點忙，妳知道，沒心情弄全套。」

我笑嘻嘻看著他。「全套？」

他揚起眉毛。「噢，我要出門絕對會全套弄好好，男人可不能邋遢。不過呢，既然今天沒有要外出，所以……」

「我覺得這樣很好看。」我說。

「妳也打扮得很不賴。」他伸手撥弄我的項鍊，再往上移動捧著我的臉頰。

走廊盡頭，傑森打開房門。「嗨，你們兩個。愛麗絲，快看誰來了。」他的語氣有點太興奮，不過我能理解。

我們快步走進他們的套房，滿臉笑容。壁爐裡的火很旺，愛麗絲窩在旁邊的單人沙發中，腿上蓋著一條鉤織毯。

「嗨，愛麗絲！」我對她說。

「布琳，黃色貴婦房，」她對我說，接著轉頭看多明尼克，「還有大巨人，我的騎士。」

多明尼克大笑。「這樣形容也沒錯啦。」他走過去鞠躬，伸出一隻手。她把手放上去，他舉到唇邊。「愛麗絲夫人，今日甚是吉利，妳可安好？」

愛麗絲咯咯笑，臉頰浮現紅暈。

我和傑森在多明尼克身後相視一笑，傑森用拇指和食指比個愛心，放在他的胸口，對我燦爛微笑。

吉爾從臥房出來。看到多明尼克與愛麗絲演出的那一幕，他感動嘆息。

「親愛的，要記得穿防水外套，」他對傑森說，「看來雨不會那麼快停。」

愛麗絲顫抖。「你們要出去？」

傑森走過去，坐在愛麗絲前方的腳凳上。「親愛的，記得嗎？我和吉爾要去島上處理一些事。天氣太差了，沒辦法帶妳去。」

她呆望著他。

「記得嗎？妳要留在這裡，我們幾個小時以後就回來。」

「我要留下來？」

「對呀！」傑森的語氣略嫌太開朗，「所以我請多明尼克和布琳過來，他們下午會在這裡陪妳，等我們回來。我們不希望妳一個人在家。」

「多明尼克和布琳。」愛麗絲重複。

「沒錯，親愛的。你們三個一起吃午餐、看電影，然後妳可以睡個午覺。和他們在一起，妳很安全。」

愛麗絲對我微笑。「我知道。」

「好！」傑森吻一下愛麗絲的臉頰，「我們出門嘍。」

傑森與吉爾拿起掛在門邊的外套。

「那是為你們準備的。」傑森指著廚房流理台，那裡放著一大盤下酒菜，起司、肉類、蔬菜、沾醬、鹹餅乾。冰桶裡放著兩瓶葡萄酒，旁邊有三只酒杯。剛才進來的時候我沒有發現。

「傑森，你不用這麼客氣。」我說。

「當然要嘍，傻瓜。」他說，「如果你們想去樓下餐廳吃午餐，記在我的帳上喔，愛麗絲喜歡鮪魚起司熱壓三明治。」

「噢！」愛麗絲高興起來，「真的很好吃，他們會放酪梨。」

她頭腦記憶的方式很有趣。我很好奇是否有科學因素，或者只是隨機，每個人都不一樣，端看哪些腦細胞睡著了。

他們離開之後，多明尼克去倒酒。他朝愛麗絲的方向一撇頭，表情提出疑問。我聳肩。歡樂時段傑森會讓她喝一兩杯，所以我猜應該沒有壞處。我去廚房把那盤下酒菜端出來，也拿了一些餐巾紙，再回客廳走到愛麗絲的座位旁，將托盤放在腳凳上，位置剛好在長沙發與雙人沙發中間。

多明尼克將酒端給愛麗絲，我們一起碰杯。

「敬愉快的下午。」他的聲音很柔和，感覺充滿撫慰的力量。

傑森提議我們看電影，但我只想聊天，我認爲愛麗絲也一樣，因爲她靠向我，眼神充滿期待。

「愛麗絲，」我說，「跟我說說妳女兒的事，一個叫珍恩、一個叫蕾貝卡，對吧？」

她笑得燦爛。「沒錯，珍恩和蕾貝卡。傑森說現在她們兩個已經當媽媽了，不過我很難相信，我還很年輕呢，竟然已經有幾個外孫了。」她笑著說，「蕾貝卡的孩子不止一個，好像是四個，但珍恩好像只有一個。」她眼神放空，似乎努力想在心中看見家人。

她其實不必在記憶中尋覓。我看到茶几上有一張照片，裡面的人應該是傑森、愛麗絲、他們的兩個女兒、女婿、一群孩子。我站起來走過去拿起相框給她看。

「這是你們的全家福，對吧？」

她仔細研究相框裡的照片，眉毛皺在一起。

「呃，那是我，那是傑森。不過我不知道這兩個女人是誰。那兩個男的我也不認識，那些孩子也一樣。妳確定他們是我的家人？」

我跪在她身邊。「這是妳的女兒蕾貝卡。」我指著前幾天見過的那個人，「這是妳的女兒珍恩。」

她蹙眉看照片。「她們好老，已經是大人了！我的女兒還很小。不過他們感覺很幸福和樂，對吧？」

「沒錯，愛麗絲。妳養大了兩個很出色的孩子，現在她們有自己的丈夫和孩子了。」

愛麗絲注視我的雙眼片刻，又回頭看照片。她指著其中一個外孫。

「他會早死，」她說，「癌症。珍恩無法承受打擊，但到時候我也不在了，沒辦法幫她。」

我倒抽一口氣，急忙看多明尼克一眼，他匆匆搖頭。

「愛麗絲夫人，」他緩緩取走她手中的照片，面朝下放在桌上，「告訴我們妳和傑森是怎麼認識的。」

愛麗絲開心地笑。「我們高中就在一起了，傑森跟愛麗絲分不開，我都不記得多久了。高二那年的舞會，他邀我跳舞。那天我穿著粉紅色雪紡禮服；他穿西裝，打了粉紅色領帶，配得剛剛好。我們就這樣在一起。我再也沒有喜歡過別人，他真的好帥。」

「我敢說妳年輕的時候也很美，」我對她說，「現在妳依然很美。」

她一手按住臉頰。「這就難說了。」她微笑，眼睛注視著多年前的那個晚上。

「剛開始的時候，傑森很不會跳舞。」她笑呵呵，「你們真該看看他那時候的樣子！說不定你們看過，說不定你們也在現場，我不確定。那時他又瘦又高，手長腳長。不過後來他變得很會跳了。」

多明尼克微笑。「愛麗絲夫人，妳喜歡跳舞嗎？」

「我喜歡。女兒小時候，傑森下班回家，我們會放音樂辦舞會，就在我們家客廳，」

她說，「每天晚上我們放各種音樂，從老派的大樂團爵士樂到六〇年代的貓王搖滾樂。」

「誰負責選音樂？妳還是傑森？」多明尼克引導她。

「通常是我選。我喜歡在他回家的時候放音樂。我在廚房，晚餐快好了，我會去客廳，他和兩個女兒跳舞，大家一起跟著音樂唱歌。夏天時，我們會去外面，鄰居也會加入。」

「感覺很好玩。」我說。

「沒錯。」愛麗絲說。

「你們那時候最喜歡哪些歌手？」多明尼克對我微笑，我的眼睛閃耀笑意。

「傑森喜歡艾瑞莎・弗蘭克林[11]，我們兩個都很喜歡她，經常放她的歌曲。我們會和孩子一起跳舞，所有人都笑得好開心。我們讓她們累壞了！」

「我也很喜歡她，她是靈魂樂天后，」多明尼克說，「不過我從來沒有在家裡聽她的歌和我媽一起跳舞。你們給了孩子非常特別的回憶。」

此刻愛麗絲身在另一個時空。她眼裡浮現當年的情景，晚上在客廳跳舞，哼唱熟悉的旋律。多明尼克拿出手機滑了一下，很快就響起艾瑞莎・弗蘭克林的歌聲。他站起來，對她伸出一隻手。

他帶著她轉圈，房間裡飄送著愛麗絲記憶中的音樂，他們隨之搖擺，兩個人的臉龐

11 譯註：Aretha Franklin，美國女歌手（一九四二～二〇一八），風格橫跨流行樂與靈魂樂，活躍於一九六〇、七〇年代。

都因爲眞心的喜悅而發亮。

這一幕實在太可愛，我的心都融化了，但同時也太悲傷，令我心痛不已。這個男人究竟有多神奇？他總是讓我忘了呼吸。

她倒回椅子上，笑個不停。「要是不管她們，那兩個孩子可以跳一整夜。」

「啊，你們是不是有時候會放任一下？」多明尼克笑著問。

「噢，別鬧了，那只是晚餐前小小開心一下，迎接爸爸回家。」她笑著看我們兩個，淚光閃爍，再伸手抹去淚水。「傑森在哪裡？他應該要回家了。」

「愛麗絲，差不多再過一個小時他就會到家，」我說，「他已經在路上了。」

她微笑著倚在椅背上。「他在回家的路上，也就是說，距離不遠了。」她看看多明尼克又看看我。「你知道，傑森是我一生的最愛。」

「妳有沒有和其他人交往過？」我問她，「愛麗絲，妳很美，我相信一定有很多人追妳，想要和妳交往。」

她搖頭。「沒有，我覺得沒意義。」這是整個下午她最清醒的一刻。「一生能找到一份摯愛，就已經夠幸運了。我擁有心愛的人三十多年，曾經滄海難爲水。我有兩個女兒，這樣就夠了，她們依然有媽媽。」

「還有外孫子女，對吧？」

她蹙眉看我，雙手一撐站起來。「我該回家了，」她說，「我們聊多久了？我女兒很快就要回家，我要去接校車。」

我和多明尼克對看一眼。我不確定該如何回應，幸好他及時反應。

「愛麗絲，今天傑森會去接她們。」他聲音低沉地說。

她看著他，我第一次看到她眼神如此空洞的模樣。「怎麼可能？傑森在上班。」

多明尼克搖頭。

「今天不用。今天他會提早回家，他答應去接女兒，讓妳來找我們聊天。」

她倒回椅子上，眼睛左看右看。

「你們是誰？」

「我們是妳的朋友，」多明尼克說，給她一片加了起司的餅乾，「我是多明尼克，她是布琳。」

她將起司餅乾放進口中，一臉深思地咀嚼著。

「布琳，」愛麗絲端詳我的臉，尋找熟悉的痕跡，「保護我的人。」

「沒錯，」我對她微笑，「我就住在前面——」我想說「黃色貴婦房」，但沒有機會說出口。

她猛轉過頭看我，瞳孔縮小到幾乎消失，只剩一片朦朧的藍。

「妳是五號房的那個人。」

# 第16章

我們兩個都沒有逼愛麗絲解釋。老實說，我不想知道究竟是什麼意思。我們只是選了一部電影來看，愛麗絲靠在多明尼克胸前打瞌睡。

「該讓她上去睡嗎？」他對我低語。

我點頭。「這樣比較好。」

他輕輕搖醒她。她惺忪對他微笑，任由他帶她上樓。

他開門扶她進房。

「這是我的房間，」我聽見她說，「傑森已經不跟我睡了，我們分房了。」

我用顫抖的雙手拿起酒杯喝了一口，然後再喝一口。幾分鐘過後，多明尼克從愛麗絲的房間出來，輕聲關上門。

他下樓過來坐在我旁邊。我說：「剛才好怪。」

「哪裡怪？」

「可以說全都很怪。」我不知道還能說什麼。

「妳大概沒有和阿茲海默患者相處的經驗，」他說，「其實這是典型的狀況，他們會在過去與現在之間搖擺，就好像他們同時活在過去與現在，有時候甚至是未來。所謂的線性時間在他們身上不適用。」

這句話讓我打起冷顫，卻不知道爲什麼。「這究竟是什麼意思？」

「她剛才說要回家去接校車的時候，我懷疑她很可能眞的回到那時候了。至少她的一部分在那裡，她的靈魂說不定其實重回那一刻了。」

我只是呆望著他，不知道該如何回答。

他輕笑。「好吧，在下雨的午後說這種話好像有點裝神弄鬼，不過我經常這麼想。就好像，到底是誰的心智有問題？我們還是他們？說不定眞正看清的人是他們，不是我們。」

「說到這個……」我不確定該怎麼說下去。

我在意的並非愛麗絲回憶或回到過去，而是之前那件與她有關的奇異事件，我沒有告訴任何人，也沒有告訴他。

「你一定會覺得我瘋了。」我終於說出口。

他自嘲地笑笑。「剛剛我才說相信她回到了三十年前，雖然肉體和我們一起在這個時空，但其實回到了當年。妳還擔心**我**會覺得**妳**瘋了？」

他壞壞的笑容讓我忍不住也對他笑。

「女人，妳有心事，」他說，「快點說吧。」

我有點慌亂，不知道該告訴他多少。「感覺好像她知道不該知道的事。」

他蹙眉看我，然後往前靠。「什麼意思？我不懂。」

我告訴他那個「木樁插頭」的笑話，以及在復建中心發生的那場戰鬥。

他笑了笑。「我欣賞那位叫作瑪麗的朋友，」他說，「那些人竟敢欺負妳愛的人，我眞同情她們。」

「唉，應該的。」我微笑看著他，「不過重點是，愛麗絲怎麼會知道這件事？」

他搖頭。「妳問倒我了。」

「還不只這樣。你有沒有聽到剛才她怎麼說那個外孫？他會早死？而且是癌症。」

他一手搭在我們之間的沙發椅背上。「我有聽到，」他說，「我的看法是，說不定那個孩子現在正在受兒童癌症所折磨，她只是以外婆的立場表示擔憂。」

我點頭，但心中有個聲音告訴我不是那樣。

但我不能去問傑森，他的壓力已經夠大了。

「或許吧，」我讓步，「不過後來她又說我住在五號房。」

他聳肩。「我不懂，她只是弄錯了而已。五號房封鎖了。」

我深吸一口氣再吁出。「多明尼克，我眞的去過五號房。」

「怎麼會？」他問，「露安給妳鑰匙？我沒想到她會給妳。她很迷信——」

我搖頭，他停住。「不是，」我說，「前幾天晚上，我半夜醒來，因爲有人喊我的名字。我出去走道上，愛麗絲在那裡，她說想給我看一個東西。後來她不見了，消失了。我看到淋浴室旁邊的壁龕透出光，我過去看，結果……」我說不下去了。

他靠近我。「結果怎樣？」

「五號房的門開著，光是從那裡透出來的。我進去，看到……」我深吸一口氣，「多明尼克，我看到冬天時死去的那位女士。」

他瞪大眼睛。「妳看到她死掉的樣子？」

「不是，」我緩緩說，「她坐在壁爐邊的椅子上，我認爲喊我名字的人就是她。」

「有其他人和她在一起嗎？」

「沒有，只有她一個。」

我隱瞞了一個部分：她給了我一本書，書名是他的綽號。他不必全都知道。

「布琳，一定只是作夢而已。」他的聲音溫和低沉，「我不是說妳瘋了，但是露安把五號房鎖起來了。」

我搖頭，但注視他的雙眼。

「聽我說，」他接著說，「會不會其實是妳在夢遊？對吧？雖然在作夢，但同時又沒有。就算妳眞的走到五號房前面，也不可能打開門。」

「不是我開的，」我爭辯，「門本來就開著，就好像她在等我進去。」

儘管如此，我還是決定讓步。他的說法其實很有道理。

「假設眞的全都只是一場夢。感覺就好像愛麗絲知道，因爲當時她就在現場，她說我是五號房的那個人。我眞的去過！雖然只是一場夢，雖然我搞不清楚是怎麼回事。從那晚之後，我一直很不安。」

「妳認爲妳看到了死在五號房那位女士的鬼魂？」他問我，「她有沒有……怎麼說……告訴妳什麼？」

我搖頭。「沒有。」

「唉，那場夢還眞沒用。」他淘氣地看我一眼。我用抱枕扔他。

「下次再夢見鬼魂，記得要發問！刺殺甘迺迪總統的幕後主使是誰？五十一區的眞面目是什麼？美式足球聯賽球員在比賽前的禱告，上帝有沒有聽見？如果有，他是不是有偏愛的球隊？因爲我覺得愛國者隊占盡上風。」

我笑到東倒西歪。「你想問鬼魂這些？」

「當然嘍。」他大笑，眼睛發亮，臉龐像小孩一樣洋溢喜悅。「妳想問鬼魂什麼？」

「我會要他們詳細描述死後的世界。」

「噢，妳想知道這個？」

「每個人都想知道吧？」

其實我最想知道媽媽、蘭迪、外婆過得好不好。我不想破壞氣氛，現在的感覺太愉快，我們輕鬆歡笑。和這個男人在一起就是這樣。

這時我才想到，他將歡笑帶回我的世界。這個領悟讓我一下子愣住。他散發出對生命的熱愛，滲透進我心中以哀痛、悲傷、失落所築起的高牆。和他在一起的時候，我能夠輕鬆歡笑、由衷喜悅，我已經很久沒有這樣了。

多明尼克從沙發站起來。「我去看看愛麗絲夫人。」他上樓走到她的房門前，小心翼翼將門打開一條縫隙，沒有發出聲響。他看看裡面，再同樣安靜無聲地關上，彷彿在察看哭鬧之後好不容易入睡的幼童。

他對我點點頭。「睡得很熟。」他下樓，回來坐在我身邊，「她看起來像睡美人。」

「我很想知道她夢到什麼。」我說。

多明尼克看看錶。

「還要再過一兩個小時他們才會回來，」他說，「看個電影好嗎？」

他把腳放在腳凳上，手臂搭在我們之間的沙發椅背上。

「靠著我。」他說。

就這樣，窗外依然暴雨如注，天空不時傳來雷聲轟鳴，我依偎在他懷中，輕聲嘆息。此時此刻，那所有神祕謎團感覺都不重要了——愛麗絲、五號房的女士，甚至是多明尼克不肯說的過去。

電影剛演完，傑森和吉爾開門進來，防水外套濕答答，雨傘也在滴水。

「今天眞的很不適合去島上，」吉爾說，「不過能透透氣還是很不錯。」他們把外套掛在門邊的勾子上。

「你們去看的房子如何？」我問。

吉爾和傑森對看一眼，傑森神情無奈。「不理想，我們應該不會買。不過這不重要，你們的狀況還好嗎？」傑森一臉怕怕地說，「有什麼需要讓我知道的事嗎？」

我和多明尼克一起站起來。

「很順利！」我說，「我們聊了一下天，然後一起吃下酒菜，後來她說睏了，所以就先上樓去睡。」

「她沒有企圖脫逃？」傑森問，「平常只要我不在，她就會亂跑、焦慮，至少看護這麼說。」

多明尼克搖頭。「一點問題也沒有。她問了一下你去哪裡了，不過我們的回答讓她很滿意。我們聊得很開心，她眞的非常可愛。」

傑森從廚房搬出一張椅子，沉沉坐下，鬆了一口氣。吉爾過去幫他按摩肩膀。

「看吧？」吉爾說，「我就跟你說不會有事。」

「完全沒事！」我說。「眞的，傑森，沒有發生任何麻煩，我們都很開心。」

傑森扒一下頭髮，我看見他的眼睛閃爍淚光。

「我終於放心了，我眞不知道該怎麼感謝你們。」

「不用謝，」多明尼克說，「今天很愉快。」他一手按住我的後腰，「我們先走了。你們應該很想休息一下，把腳放在壁爐前面烘暖，下雨天坐渡船一點也不好玩。」

就在這時候，愛麗絲從房間探出頭。

「你回來了！」她對傑森說。

傑森撐起身體站起來。「看吧？我說很快會回來，現在就回來了。」

愛麗絲轉頭對看我們。「今天很愉快。」她說出和多明尼克一樣的話。

「沒錯，愛麗絲，眞的很愉快。」他對她微笑。

她看看多明尼克又看看我，然後又回頭看他。

「你們有看到嗎?」她問。

我和他對看一眼。「什麼?」我說。

「你們之間的光，」她說，「很美。你們一進來我就看到了，是你們靈魂結合發出的光。」

但她的笑容旋即消失，表情變得陰沉，瞳孔縮小。

「如果是我，應該會問鬼魂我在那個世界的位子準備好了沒，」她的語氣單調，「我很快就會加入他們了。」

# 第17章

我和多明尼克告辭，出去之後關上門。兩人往前走，因爲大雨下個不停，走道感覺黑暗陰鬱。到了他的房間門口，他轉身對我揮揮手指。

「別說，」他說，「我知道妳一定等不及想說，不過別說。」

「說什麼？」

「『我就說吧。』」

我注視他的雙眼片刻，才開口：「我絕不會說過那種話。好啦，我會。我就是那麼小心眼，不過我很高興不只我一個人發現。」

「嗯，我無法否認，」他說，「我之前去看她的時候，她睡得不省人事，不可能聽到我們說話。」

「你和阿茲海默症患者相處的經驗比我多，」我說，「你有沒有看過這種狀況？感覺就好像她有……我不願意說**靈視力**，那樣太靈異，但是我眞的不知道還能用什麼詞形容。」

他搖頭。「我沒有看過。」他一字一頓作爲強調，「我還在努力試圖理解。她會不會原本就有通靈能力？妳知道嗎？那個，很多人有感應，對吧？」

他說得很有道理。我沒有想到那裡去，不過說不定愛麗絲眞的原本就有通靈能力。這種事並沒有那麼罕見，有些人就是會有，或許這就是答案。

他低頭看看手錶。「我得去打兩通電話，」他說，「歡樂時段妳會下去嗎？」

「嗯，應該會。」

他對我眨眨一隻眼。「好，我應該會加入。」

我站在走道上，看著他回房間關上門。但一轉眼他又出來、走向我。他將我拉進他的懷中，親吻我的唇；又將我壓在牆上熱吻，那樣的力量、迫切、激情令我忘記呼吸。那個吻不是調情而已，他很認眞。

他稍微後退一點點，淺淺一笑。

「我不能沒有吻妳就離開。」他的聲音溫柔而低沉，「晚點見。」

說完他就進去了，留下我獨自站在走道上，靠著牆壁氣喘吁吁。

我回到房間，從床頭櫃上拿起書，窩進舒適的抱枕堆裡。三點一到，我唉聲嘆氣。樓下應該已經有客人在排隊進酒吧了。我舒舒服服躺在床上讀書，其實很想整個晚上都躺著不動，但凱蒂說過會帶她丈夫來，於是我努力振作，赤腳走進洗手間整理儀容。

我洗一把臉，伸手要拿毛巾的時候，在鏡子裡瞥見一個東西——也可能是人。我的身後有動靜，一個黑色的影子一閃而過。我確定沒看錯，猛轉身拿起眼鏡。

「有人嗎？」沒有回應。我走出洗手間幾步，看看四周，心臟怦怦亂跳，手中依然拿著毛巾。「有人嗎？」

我深吸一口氣，慢慢吁出。看來沒人。應該只是想像力作祟。我回到洗手間，補一下妝，然後刷牙。我的眼睛不停往鏡子看，但鏡中只有房間裡的東西。我的內心深處發寒，突然感覺喧嘩吵鬧的歡樂時段也不錯。

幾分鐘後，我下樓——沒看到多明尼克——加入開心談笑的鎮民。

我走到吧台前，對上蓋瑞的視線。

「她來了！」他的聲音沙啞，每個字都像在咳嗽，「昨天妳沒來，大家都很想妳呢！葡萄酒？」他沒有等我回答，直接遞給我一杯。

「謝謝。」我對他微笑，喝了一口酒。

我觀察酒吧。露安和每個人打招呼，她從頭到腳都穿著單寧布料，亮片牛仔外套，連鞋子也是單寧布材質。貝絲和一個我不認識的女人在聊天，非常專注。我記住等一下有機會的時候要找她說話。今天有很多我不認識的人；傑森、吉爾和愛麗絲都沒來，多明尼克也沒出現。我告訴自己稍微坐一下，然後就回房間去。

門發出喀喀聲響打開，凱蒂進來了，有兩個男人和她一起，其中一個想必是她的丈夫尼克。

另外那個人有點眼熟。我以前見過他，我確定。凱蒂對上我的視線，露出微笑，他們三個繞來繞去穿過人群。那兩個男人去吧台，凱蒂走向我，她雙手摟著我的腰，用力抱了一下。

「妳知道吧？現在妳可是鎮上的話題人物呢，」她在我耳邊呵呵笑，「聽說昨天妳和紋身人一起去島上了。」

我大笑。「哇，這也傳得太快了。」

「妳在開玩笑嗎？露安看到你們兩個帶著托特包和沙灘巾上車開往渡船碼頭，這等於發射信號彈。」

凱蒂向她丈夫與另外那個人揮手，他們過來加入。

「尼克，這位是布琳．魏爾德。」凱蒂捏捏丈夫的手臂，「布琳，這是我老公尼克。」

她抬頭看他，「說出口的感覺還是很奇怪。」

「快點習慣吧，寶貝。」他低頭對她微笑，「妳後半輩子都得這麼說了。」

他轉頭看我，伸出一隻手。「歡迎光臨華頓，」他說，「就像那句俗語說的，凱蒂的朋友就是我的朋友。她跟我說了很多妳的事。」

「謝謝！」我說，「我也聽說了很多你的事，終於能見到本人，眞是太開心了。」

另外那個人站在尼克身後，隔著他的肩膀對我笑。

我瞪大眼睛。「噢！」那種恍惚的熟悉感終於有了答案，「你是賽門！」

他硬是擠開尼克。「我還在想妳會不會不記得我了呢。」他親吻我兩邊臉頰。「凱蒂第一次的婚禮距離現在好久了，那是我們最後一次見面吧？妳都沒變，和當年一模一樣，眞是討厭死了。想要不被討厭，就快點告訴我妳是怎麼保持永恆青春的。」

我大笑。*華頓總是有這麼多歡笑。*我心裡想。

露安側身走過來，擰一下他的手臂。

他用誇張的悄悄話對我說：「如果妳想逃離她的魔爪，隨時歡迎來我們民宿。」

「搶別人的房客是惡劣的行爲喔。」露安嗆他。

歡樂時段正式展開。我們聊島上的八卦，今天下不停的大雨，以及讓賽門與凱蒂疲於應付的恐龍新娘。

「新娘的媽媽才最恐怖，」賽門心有戚戚焉，「媽媽永遠最恐怖。」

尼克很少加入交談，但我感覺得出來他平常就是這樣。聽的時候多，說的時候少。

我一直分神留意通往樓上的門，但多明尼克沒有出來。我很好奇他去哪裡了。不過沒過多久，傑森和吉爾帶著愛麗絲來了。我發現她的視線來回移動，觀察擠滿人的酒吧。我感覺到她全身散發恐慌的暗流，也發現她用力握住傑森的手臂。

他們走過來，賽門嚷嚷著：「你們終於出現了！」他直接走向愛麗絲，握住她的手。「妳一定是愛麗絲吧？眞高興妳來華頓和我們一起度過這個夏季。我好愛妳的珍珠項鍊喔，親愛的！超典雅，讓妳的打扮更亮眼。」

愛麗絲對他燦爛微笑，傑森也一樣。

「親愛的，這是我們的朋友，賽門，」傑森告訴他，「以後妳會常常見到他。」

「賽門，」她說。「好，我好像相當喜歡你。」

「剛才一看到妳，我就知道妳很有品味。」他逗趣奉承。

我看出愛麗絲明顯鬆了一口氣。

我們一起聊天，享用露安端著走來走去的下酒菜。然而不久之後，我察覺愛麗絲越來越渙散。賽門、傑森與吉爾聊得正開心，凱蒂與尼克在和其他人說話，只有我察覺到愛麗絲的眼神不安、雙手顫抖、神情驚恐。

我走到她身邊，握住一隻顫抖的手。「愛麗絲，妳還好嗎？需要我幫忙嗎？」

她注視我的雙眼深處。

「她快死了，」她小聲對我說，「我好像不該說，可是她快死了。」

我的胃糾結。「誰，愛麗絲？」

她緊抓住我的手。「現在正在發生。」

我想要用眼神向傑森示意——看來應該帶愛麗絲回樓上了。但我沒有機會，因爲就在這時，賽門與尼克同時從口袋拿出手機放在耳朵邊接聽。

賽門離我最近，所以我能清楚聽見他說的話。「嗨，強——」接著就沒了。他默默聽對方說話，眼睛瞪得越來越大。「噢，我的天，」他壓低音量說，「我馬上回去。」

尼克隔著幾個人的頭頂望著賽門，對他說：「你可以不用急著回去，和凱蒂一起留在這裡。」

賽門依然拿著手機在聽。「你瘋了吧？」

「怎麼回事？」凱蒂問，來回看著他們兩個。

「走吧，」尼克說，「我的警車停在外面。」

「民宿出事了。」賽門匆匆對我們說，拉著凱蒂的手跟著尼克出去。

他們三人全部離開。

外面的馬路傳來警笛聲，我看到一輛救護車和一輛消防車呼嘯而過，警示燈照亮地面上被雨水打濕的鵝卵石。警笛聲響徹酒吧，所有人都安靜下來，救護車與消防車往山丘上的民宿急馳而去，警笛聲漸漸變小。

「究竟出了什麼事……？」露安輕聲說。我們全都很想知道答案。

那之後沒多久大家就散了，因爲所有人都不安又憂心，想要快點回家或店鋪尋求安慰。很快就只剩下傑森、吉爾、愛麗絲和我，加上露安與蓋瑞，以及在廚房裡的員工。

「多明尼克去哪了？」傑森問。

# 第18章

我的胃糾結起來。我不知道多明尼克去哪裡了。我應該要知道嗎？重要嗎？

我心中有一部分很想跑上樓去敲他的房門。說不定他睡著了？他之前說過歡樂時段會來跟我會合吧？難道沒有？現在想想，我無法確定。不過他的吻傳達了那個意思。不是嗎？

然而我心中的另一個部分完全不想這麼做。我眞的想去敲門，然後發現他不在嗎？到底爲什麼我要去敲門？我領悟到我不想知道，心中頓時冷靜下來。

傑森帶愛麗絲上樓，原本我也要跟著上樓，但吉爾碰一下我的手臂。

「要不要留下來再喝一杯？」吉爾問我，眼神充滿盼望，幾乎是懇求。我不想留下來，但我感覺到他想要說說話，甚至是需要。

「好啊。」我說，坐在他旁邊的吧台凳上。

「傑森，我晚點再上去。」吉爾說。

我們在吧台前默默坐了片刻，蓋瑞送來我們的酒，把沒吃完的歡樂時段下酒菜也端來。起司、鹹脆餅乾、義式臘腸，蔬菜棒配兩種沾醬，足夠讓我充當晚餐。

「應該不會這麼快知道哈里森居發生了什麼事吧，」我說，「說不定永遠不會知道。」

「賽門說等確認狀況之後就會告訴我，」吉爾說，「我在想，可能有人心臟病發之類的。」

我認爲他的猜測應該沒錯，但我的胃依然糾結，想換個話題。

「照顧愛麗絲還順利嗎？」我問他，拿起一塊起司放進口中。

吉爾聳肩。「照顧家人是應該的，不是嗎？」雖然他不想表現出悲哀，但眼神出賣了他，「不過我不打算撒謊，眞的很辛苦。」

我按住他的手。「我知道。」

「她不太清楚我是誰、爲什麼會在這裡，」他說，「傑森沒有告訴她，我能理解，但是有時候我覺得自己很多餘。」他喝了一大口酒。蓋瑞過來幫吉爾添酒，又迅速離開，整個過程都很安靜。「明明他是我的丈夫，我卻變成第三者。」

原本我想重複「我知道」，但其實我不懂那種心情。

「這是你從來沒有經歷過的狀況。」

這時他終於忍不住了，眼淚落下。

「傑森是她一生的摯愛，」吉爾因爲啜泣而哽咽，「但也是我的。」

我也跟著熱淚盈眶。

太多想法同時壅塞在心中，眞希望我能梳理開來，好讓吉爾舒坦些。

「你所做的犧牲，讓愛麗絲在人生最後階段，還保有一點自我的時候，能夠和最愛的人一起度過。也就是說你暫時讓出位子——雖然你依然在——讓她能夠在離開人世前實現夢想。」

吉爾吸吸鼻子，用餐巾紙摀住臉。

「你也讓傑森能夠得到一些……我不知道該稱之為什麼，慰藉？平靜？他跟我吐露過心事，離開愛麗絲讓他感到沉重的歉疚。」

吉爾點頭。「他為了尋覓人生中屬於自己的幸福，傷透了她的心。其他人或許不會覺得有什麼，但傑森……他非常善良，非常正直，他是個徹頭徹尾的好人。他確實因為那個決定而萬分內疚，妳說得沒錯。」

「真的非常感人，你願意為愛麗絲犧牲，」我接著說，「也為傑森犧牲，我從來沒看過這麼無私的愛。」

他嘆息，對上我的雙眼。「我不可能不這麼做，我從小所受的教育……這是應該的。要照顧家人，必須以榮譽與尊敬相待。」

「但應該不容易。」我說。

「對我而言確實很難。」吉爾說，「但我愛傑森，我從來沒有如此愛過一個人，這樣做才對。無論是對他、愛麗絲、他們的女兒、外孫，最終而言，對我也一樣。」

我一手摟住他的肩膀，吉爾的頭和我靠在一起。

「如果我需要逃離一下，可以找妳聊聊嗎？」

「當然，」我說，「我也住在這裡，所以在我看來，我們在同一條船上。」

他拉起我的手，把臉埋在我的衣袖上。

「多明尼克也一樣。」我接著說。光是說出他的名字，就讓我的胃翻跟斗，「跟阿茲海默症患者相處這方面，他經驗豐富。今天他把她照顧得很好。」

「我們眞的很感激，」吉爾說，「傑森請了一個人，以後會來擔任類似看護的工作。」

「他跟我說過愛麗絲不喜歡她。」

「是啊，」他說，「我們不想造成妳的負擔，但愛麗絲和妳在一起很安心。妳願不願意偶爾幫忙陪她，讓我們可以喘口氣？」

「沒問題，」我說，「吉爾，我可以問你一件事嗎？」

「當然可以，布琳，儘管問。」

「你可能會覺得很怪。」我難爲情地說。

「親愛的，我和老公的前妻住在一起，而且她以爲他們還是夫妻。」吉爾笑著說，抹去眼淚。

「好吧，」我說，「你知道不知道……傑森有沒有說過……」我一臉尷尬，「……愛麗絲有通靈能力？」

吉爾呆望著我許久。「噢，老天，妳也感覺到了？」

我鬆了一口氣，終於安心了。「沒錯！她跟我說了一些眞的很奇怪的話，」我急急忙忙說，「就好像她知道一些事，她不可能知道的私事。」

「我懂，」吉爾說，「她也對我們做過同樣的事。不過不只這樣。」

我屏住呼吸。

「感覺就好像她入侵我的夢，」吉爾悄悄說，「說出來感覺眞的很像神經病。」

「一點也不會。」我注視他的雙眼。

我們之間的空氣變得沉重。

「妳也夢到她？」他輕聲問。

我點頭。「不過，感覺好像……」我沒有說完。我不確定該如形容我想表達的感覺。

吉爾幫我說完。「就好像在夢裡的時候，她沒有阿茲海默症。她的神智徹底清醒，完全是她自己。」

「幾乎可以說由她主導，」我說，「就好像她是夢境的導演。」

吉爾大聲吁氣。「請妳留下來聊聊眞是做對了，我還以爲是我有毛病。」

「我也是！」我說，「我都開始懷疑自己是不是瘋了。」

他搖頭大笑。「我感同身受。」

「你有沒有跟傑森說過？」

吉爾喝了一口酒。「每次我一提起，傑森就要我別說了。即使她就在我們面前說出只有我們經歷過、她絕對不可能知道的事，他依然不肯承認。我問他愛麗絲以前有沒有通靈能力，他生氣了。會不會是極爲敏銳的女性直覺？這種說法老套又刻板，對吧？不過我眞的很需要一個解釋。」

「傑森有沒有夢見她？」

吉爾搖頭。「我不知道。就算有，他也沒有告訴我。之前我說夢見愛麗絲，他根本不肯聽。」

我轉頭看他。「你認爲是怎麼回事？」

他搖頭。「就好像……」

「什麼？」

「好吧，」他嘆息，「我就直說吧。在我看來，因爲她現在的狀況，導致陽間與陰間的屛障變得太薄。」吉爾低頭看酒杯，「就好像屛障變得破破爛爛，所以她能看到另一邊。」

我感覺手臂冒出雞皮疙瘩。

「多明尼克的想法也差不多，」我告訴他，「他認爲，當愛麗絲處在……怎麼說？譫妄狀態？她會說一些像是要去接小孩之類的話。他認爲那不是幻覺，而是她眞的回到了過去，不只是回想起過去的那一刻，而是眞正重新經歷過去，但同時也和我們一起經歷現在的這一刻。就好像一般的時間概念在她身上不適用。」

我考量接下來要說的話。「你知道有時候她會神遊，感覺不是眞的在……這個時空？」

吉爾點頭。「阿茲海默症的患者好像普遍會這樣。」

「感覺就好像她沉浸在……什麼東西裡，跑去其他地方了。或許她就是在那裡回到了過去。」

吉爾發出有點勉強的笑聲。「妳知道我們說這些話感覺有多瘋狂嗎？但我們卻非常認眞地在討論，她會不會眞正回到了過去，當年她還是年輕主婦的時代，忙著烤餠乾讓小孩坐校車回家的時候有點心吃。」

我點頭。「多明尼克也這麼想。」

「我認爲他說得沒錯。當人生接近盡頭的時候，天知道會發生什麼事、開啓什麼門？」

我們對望許久。

「以愛麗絲的狀況，說不定還能活上二十五或三十年，」他說，「我希望她不會活那麼久。不只是因爲我自己，我知道說這種話很不應該，我也不想當壞人，但是……」他蹙眉。

「我懂。」

「她的身體很健康，心靈也很強壯。現在她的身體完全沒問題，只是大腦出了差錯，等到她再也認不出家人——我很難想像傑森和兩個女兒會有多傷心，她的外孫也一樣；而且在她逐漸變成的那個新的自己深處，原本的愛麗絲也會很難過。」

「我希望我永遠不會變成那樣，成爲子女的重擔。」我冷笑一下，「說不定我根本不會有子女。」

「噢，親愛的，」吉爾說，「妳想要有就可以有，不要放棄。」

我聳肩。

吉爾站起來。「我好像該回房間了。」他嘆息。

「加油。」我對他說，「別忘記，如果你需要聊聊，我就住在同一條走道上。」

他捏一下我的肩膀，走向通往樓上的門。我看一下時間，因爲發生了很多事，感覺應該很晚了才對，但其實才剛過四點。有一些事我等不及要去做，現在還有很多時間。

# 第19章

我跑上樓拿皮包，接著出門在路上逛。雨已經停了，但是路面的鵝卵石依然閃耀水光，空氣中飄送著鮮花、湖水與雨的氣味。太陽從烏雲間露臉，灑落一道道金色光芒。

我推開讀吧書店的門，迎客鈴的聲音現在已經變得熟悉了。貝絲從倉庫探頭出來。

「嗨，妳來啦！」她說，「《紋身人》合妳的胃口嗎？」

我愣了一下才領悟到她說的不是多明尼克。

「非常喜歡！」我說，「我利用泡澡的時間一口氣看完了。」

她大笑。「妳也喜歡在泡澡的時候看書呢！」

「沒錯，」我笑了一下，「我真的很喜歡這本書，我在考慮要放進今年的課程裡。」

其實我之前根本沒有想到，只是突然說出口，但這個想法令我興奮。我等不及想知道學生對這些短篇故事的看法。我一瞬間領悟到：這是期待回去上班的好理由。

我嘆息。「妳知道，我已經很久沒有這麼盼望新學年開始了，」我告訴她，「想到要重回校園，我一直提不起勁來，實在無法覺得開心，甚至懷疑自己到底還有沒有教書的動力。現在我竟然等不及想知道學生對《紋身人》這本書會有什麼看法。」

「這就是書本的力量。」貝絲說。

「這就是書店老闆的力量。」我說。

她微笑。「我正準備喝茶，要不要一起？」

我點頭，她回到倉庫，端著兩杯熱騰騰的茶出來。我喝了一口，滋味鹹香辛辣。

「薑黃生薑茶，」她說，「包治百病。」

我靠在櫃台上。「妳有沒有聽說哈里森居發生了什麼事？」

貝絲搖頭。「我相信消息一定很快就會傳遍整個鎮——在華頓沒有祕密——但現在還不知道。」

「我也沒有聽說。」我說，「我本來考慮晚一點打電話給凱蒂，但後來決定還是不要打擾她。希望那裡的所有人和所有東西都平安無事。」

「我也是。不過妳來這裡應該不是為了打聽這個。」她揚起眉毛，「想要找下一本好書？如果是，我可以推薦幾本喔，今年夏天我愛上了通俗小說。」

「我一直很喜歡精彩的懸疑故事，」我說，「不過，其實我想找關於阿茲海默症的書籍。」

她蹙眉看我，但很快就想通了。「啊，」她說，「愛麗絲。」

「今年夏天我會經常和她相處，」我說，「和其他人在一起的時候，她會非常緊張害怕，但是不知為何，她覺得和我在一起很安心。吉爾和傑森今天下午得出門一趟，所以找我去陪她。」

「妳不介意？」

「完全不會，」我說，「她很可愛，陪她一點也不麻煩。我告訴他們，以後也很樂意幫忙，他們偶爾需要休息一下。」

貝絲雙手抱胸靠在書架上。「妳感覺是個大好人，」她說，「我只是不想看到妳陷進去太深。說到底，那是傑森和吉爾的問題，愛麗絲是他們的責任，不是妳的。」

「我知道。」我才剛照顧完一個病人，現在竟然又莫名其妙照顧起另一個病人。

「那麼，妳想多了解阿茲海默症，先知道一下可能會發生什麼狀況？」

「不只是這樣。其實……」我深吸一口氣，「我想知道阿茲海默症與通靈能力的關聯，有這種書嗎？我在網路上稍微找了一下，什麼都沒有。」

聽到這裡，她揚起眉毛。「可以說明一下嗎？」

「我知道，感覺很詭異，但是愛麗絲對我和吉爾都說過一些奇怪的話。」我開了個頭，卻不知道該如何結尾，「我只是希望能有屬於現實世界的解釋。」

貝絲走向電腦、戴上眼鏡。「我一下子想不出來，不過讓我查一下。」她敲鍵盤，搜索庫存。她從鏡框上緣看我。「我這裡也沒有。」

「至少我試過了。」我聳肩。

我道謝之後開門回到街道上。我本來就知道即使問了也很可能沒結果，但我多少還暗暗希望能出現一兩本介紹類似案例學術研究的書籍。

我告訴自己要再上網搜尋，但內心深處的一個東西讓我明白，在露安民宿發生的那些詭異事件，絕不可能有符合眞實世界理性的解釋。我突然想到，這並非露安民宿第一次發生難以解釋的事件。

回到露安民宿，我看到蓋瑞在側邊的院子用木柴生火，火堆上放著巨大的鑄鐵鍋。四周擺著幾張野餐桌和不同款式的露台椅。一桶啤酒放在冰上，旁邊還有幾瓶葡萄酒與酒杯。

「嗨！」他大聲對我打招呼。

「這是在做什麼？」我問他。

「沸煮魚（fish boil）。我們每個星期五固定會做這道菜，今晚是這一季的第一次。」

我的表情流露嫌棄，逗得他哈哈大笑。

「別這樣嘛，沒那麼糟糕。」他嗆咳著說。

「連廚神茱莉雅．柴爾德都沒聽過這道菜吧，沸煮魚究竟是什麼？」我問他，提心吊膽地看著那個大鍋。

「這是湖區的傳統菜色，」他說，「和我一起去廚房，我慢慢說給妳聽。六點半客人就要來了，偏偏今天加斯和亞倫都不在，所以我很需要人手幫忙準備。露安答應會幫忙，不過說眞的，她在廚房只會幫倒忙。」

我不太懂他到底在說什麼，於是跟著他從後門進廚房，一路暗自偷笑。

蓋瑞把一件圍裙拋給我，這時有人在餐廳那邊喊他。是多明尼克。

「嗨，老兄，你知不知道——」

蓋瑞打開廚房通往餐廳門的雙向門，探頭出去。

「噢！我只是想問你有沒有看到布琳。」

「她和我一起在廚房。」蓋瑞告訴他，雙手在圍裙上抹了抹，「快進來吧，沒事做就來幫忙。」

多明尼克順從地跟隨蓋瑞進廚房，我正忙著繫上圍裙，蓋瑞拿起另一件圍裙拋給多明尼克。

「我們要洗碗？」多明尼克說，「我保證不會賴帳。」

「不就好幽默？」蓋瑞嗤笑，「今晚會有很多客人來吃沸煮魚，偏偏加斯請病假，我看根本是宿醉吧。」

我對多明尼克微笑，手裡拿著刀。他看著我，眼神綻放光彩。

「告訴我該做什麼吧。」多明尼克說。

「歡樂時段之前我已經先把菜絲沙拉做好了，所以這邊沒問題了。我負責處理魚，」蓋瑞給我一個裝滿紅色馬鈴薯的巨大碗公。「你們兩個負責那堆。」

「怎麼處理？」多明尼克問。「對半切？切片？」

蓋瑞一臉驚恐。「不、不、不，」他急忙說，「只要把頭切掉就好，一點點就好喔！」他拿走我手中的刀，切掉一個馬鈴薯的頂端。「像這樣。」他將馬鈴薯丟回碗裡。

「知道了，」我說，「為什麼只切掉頭？」

蓋瑞瞇眼看我。「你們眞的從來沒有聽過沸煮魚，對吧？」

我和多明尼克對看一眼，然後一起搖頭。

我們切馬鈴薯的同時，蓋瑞一邊殺魚一邊告訴我們沸煮魚的歷史。

「早在這個地方還很新的時候，就有這道菜了，」他說，「密西根湖那邊的多爾郡一直在跟我們爭是誰先開始做這道菜。不用想也知道，當然是我們啊。」

他冷哼一聲，繼續說下去。

「一開始只是爲了餵飽一大堆人，像是伐木工人和附近湖上的漁夫，所以做出簡單、快速又便宜的菜色。現在這道菜變成地方特色美食，眞的很有意思。這一帶和密西根湖那邊的民宿都會舉辦沸煮魚活動。」

「用的是哪種魚？」多明尼克邊切馬鈴薯邊問。

「白身魚——當天現撈的蘇必略湖白身魚，半小時前才送來。我們把魚和馬鈴薯、玉米一起放進大鍋裡煮，搭配菜絲沙拉和麵包。沸煮魚就是這樣啦！旺季的時候，我們每週五都會做沸煮魚。這道菜的重點在於要抓住煮沸的最佳時機，而我早已精通這門藝術了。這不算自賣自誇吧？」

露安探頭進廚房。「他是不是又在自誇說他是沸煮魚大師？」

我和多明尼克忍俊不禁。「像是他有專利權一樣。」他說。

「我沒有對傳統不敬的意思，」我說，「不過這道菜聽起來有點……呃，**噁心**這詞不太好……」

露安狂笑。「噢，妳慘了，妳自找的喔。」她抹去笑出來的眼淚。

「噁心？」蓋瑞重複，「噢，親愛的丫頭，搞不清楚狀況的傻丫頭。」

「可是那些東西全都放在一起煮，最後不會全都有魚腥味嗎？」

「啊哈！」蓋瑞指著我，「妳點出了沸煮魚最神奇的一點，不會。這位茱莉雅．柴爾德女士，絕對不會全都是魚腥味。等一下要沸溢的時候，妳就會知道爲什麼了。」

露安去外面招呼逐漸聚集的客人，我和多明尼克切完馬鈴薯之後剝了幾十支玉米的皮，在工頭的指揮下，將玉米切成兩段。蓋瑞在櫥櫃裡翻找一陣，拿出一個巨大的銀色籃子，形狀和大鍋一模一樣，感覺經常使用。

「好，」他說，「好戲登場啦。」

他將籃子交給多明尼克，接著端起裝馬鈴薯的大碗，把整盒鹽塞在腋下，這時露安再次探頭進廚房。

「客人開始來了，」露安對蓋瑞說，「狀況如何？」

「一切順利，」蓋瑞說，「妳已經上酒了嗎？」

「所有人都拿到啤酒或葡萄酒了。」露安回報。

「很好。可以幫忙融化奶油嗎？千萬不要把整棟房子燒了。」蓋瑞對她說。

「我不能保證，」她從櫥櫃拿出一個小鍋，「不過我有買保險，所以安啦。」

我和多明尼克跟著蓋瑞從後門出去，看到野餐桌旁已經坐滿了人。

「嗨，大家好，」蓋瑞高聲對他們說，「派對開始嘍！」

他指揮多明尼克將籃子放進大鍋沸騰的水中，然後放進馬鈴薯，再灑一大把鹽。

「之所以要切掉馬鈴薯的頂端，」蓋瑞大聲對我說，讓客人也能聽見，「是爲了讓鹹味進去，這樣才會連裡面也有味道。馬鈴薯會在自己的皮裡面煮到鬆軟美味。」

我點頭，有道理。

「這道菜要分幾個階段進行。馬鈴薯煮到半熟的時候，放玉米。」他解釋給所有人聽。「這基本上就是一齣舞台劇，他站在舞台中央，享受每一刻演出。「玉米半熟的時候，放魚。全部煮熟之後，就要來沸溢啦。」

「沸溢是什麼？」多明尼克問。

「重頭戲！」蓋瑞露出大大的笑容，「兄弟，那就是大家等著看的熱鬧，等一下你就知道了。」

趁著煮馬鈴薯的時間，我們幫蓋瑞分送餐盤、餐具、紙巾。露安從廚房出來，手中的托盤裡裝著分菜用的器具。蓋瑞一聲令下，多明尼克將玉米放進沸騰的鍋中。我幫露安從廚房拿出幾個裝滿菜絲沙拉的大碗，一桌一碗，另外還有幾盤檸檬片、融化的奶油、裝在籃子裡的麵包。

我停下腳步欣賞四周的熱鬧場面。我一向很喜歡招待大批朋友，但過去幾年很少這麼做了。當我媽的病況惡化之後，更是再也沒有這種盛會。而現在，這些人——蓋瑞、露安、多明尼克——雖然我認識他們的時間不長，但感覺已經像是一家人了。我們合作擺出這場饗宴招待這麼多人，我心中洋溢感激。

「魚！」蓋瑞大喊，不到一分鐘，多明尼克端著一大盤白身魚從後門出來。

「放進去！」蓋瑞下令。

多明尼克將魚倒下去，滾滾沸騰的大鍋冒煙並發出滋滋聲響。

「現在呢，」蓋瑞對所有人說，「這裡有兩位沸煮魚新手。」他朝我們的方向一撇頭，「還有其他人是第一次嗎？」

兩個人舉手。

蓋瑞說明沸煮魚的由來，然後問：「有人知道爲什麼要在水裡放鹽嗎？」

「調味？」有人大聲說。

「對，但還有別的目的，非常重要，」蓋瑞說，「有人知道嗎？」

「鹽會讓魚油浮上表面，」一位年長女士說，她的聲音很單薄。我猜想她應該參加過不少次沸煮魚餐會。

「正確答案！」蓋瑞說，「各位小朋友，給你們上一堂化學課。鹽會增加水的質量，雖然我也不懂那是什麼意思，總之增加了以後呢，魚油就會浮上來。有沒有看到水面上那些浮末？想仔細看的人儘管過來。」

幾個人——包括我——提心吊膽地接近大鍋。水面上確實冒出浮末。

「那就是魚油。要清掉魚油，就要用沸溢這一招。爲什麼不會整鍋都是魚腥味？這就是祕訣，清除魚油。」他刻意看著我。

「各位，現在重頭戲要開始了！」蓋瑞接著說，幾個小朋友歡呼。蓋瑞左看右看。「煤油放哪去了？」

我和多明尼克憂心忡忡地對看一眼。「煤油？」他用嘴型問。

「接下來會很嚇人喔，請大家後退。」蓋瑞掃視人群，「想看沒有問題，只是千萬不要太靠近，懂了嗎？」

「懂了！」有人大喊。

「包括你們在內。」蓋瑞我們說，隨即舉起一罐煤油。

「你該不會要把煤油倒進火裡吧？」多明尼克的問題引來觀眾一陣歡笑。

「菜鳥。」蓋瑞的回答激起更多笑聲。「大家後退！」

他小心翼翼在火堆上潑一些煤油。轟的一聲，橘紅烈焰吞噬整個鍋，湯汁急速大滾，浮末溢出，順著大鍋外側流下，讓大火燒得更旺。

我往後跳，緊緊抓住多明尼克的手臂。

瞬間爆燃之後就結束了，火勢減弱。

我鬆了一口氣，這才發現原來我一直屏著呼吸。

多明尼克驚恐的表情讓我忍不住大笑。

「蘇必略湖這裡的人不是鬧著玩的。」他瞪大眼睛，「剛才那可是很嚴重的狀況呢。」

「大塊頭，快過來，」蓋瑞對他說，「幫我把籃子從水裡拿出來。」

「現在？」多明尼克問。「你確定不會再冒出地獄烈焰？」

蓋瑞嗤笑，很多客人也跟著笑，他拿出一根長竿，穿過籃子兩邊的提把。

「來，」他對多明尼克說，「你拿那邊。」

他們合力將籃子從大鍋中提出來，稍微停頓一下，讓多餘的水瀝乾，然後扛到放菜的大桌上。他們小心將馬鈴薯、玉米、魚盛出來放在大盤子上。用餐的客人開始排隊。

「大家快來拿吧！」蓋瑞大聲說，先幫我和多明尼克各裝一盤。「謝謝你們幫忙，孩子，別忘了去拿菜絲沙拉。」

所有桌子都滿了，於是我和多明尼克走向後院的大橡樹，樹下有兩張露台椅。我們坐下之後，露安過來，將飲料放在椅子扶手上。她吻一下我的前額，然後拉長身體也吻一下多明尼克。

「你們兩個最好了，」她對我們說，「謝謝你們這麼幫忙。」

「不用客氣，」我對她說，「眞的很好玩。」

「沒錯。」多明尼克說。

「你們如果想來打工，我們隨時歡迎。」

隨後她去招呼其他客人，記下他們點的飲料，確定大家什麼都不缺。

我吃了第一口魚肉。出乎我的意料，魚肉鬆軟細緻，沒有一絲腥味。

「好好吃喔，」我說，「因爲是水煮的，我還以爲會爛爛黏黏或有其他噁心的口感。」

「我懂！」他說，「妳快試試馬鈴薯，一點魚腥味也沒有。」

就在這時候，我抬起視線望向二樓，發現有一個房間的窗簾動了，有人在看我們。

我在心中迅速思考。我的房間位在建築的另一頭。多明尼克的房間和那兩間短租房面向另一邊。傑森與吉爾的套房在最遠處，他們的露台和窗戶俯瞰街道。

如此一來，只剩下五號房了。

# 第20章

我們自告奮勇要幫忙整理，但露安和蓋瑞強勢拒絕。

「沸煮魚爲什麼都用免洗餐具？就是爲了這個，孩子。」蓋瑞說，「整理很輕鬆，只要把那些免洗餐具全部扔掉，然後把分菜用的餐具放進洗碗機，一轉眼就搞定啦。」

確定不需要我們幫忙之後，多明尼克從椅子上站起來，對我伸出一隻手。我握住，他拉我起來。「要不要散個步？」他問我。

於是不久之後，我們便在華頓的街道上漫步。夜色漸漸變深，我發現渡船碼頭排隊的人漸漸減少，船班也變少了。看來去島上通常是白天的活動，我回想和多明尼克在那裡度過的神奇一天，依然能感受到我們漂浮在湖上，多明尼克的四肢與我交纏。

多明尼克彷彿感應到我的心思，他送上臂彎，我勾住。我們在和睦的氣氛中安靜走了一陣子，看著店員打烊關門，將「營業中」的牌子換成「休息中」，最後上鎖，同時餐廳漸漸熱鬧起來。

我考慮要不要說出看到五號房窗簾晃動的事，還有之前我房間出現的靈異現象，但最後決定還是算了。自從來到這裡，怪事一樁接一樁，我都快被淹沒了。一開始是半夜敲門，然後蓋瑞警告我到處都有鬼魂，又出現五號房女士的那場夢——也可能不是夢，甚至還有愛麗絲的種種詭異言行；現在又多了這個，感覺實在太超過。我想聊聊現實的事。最後我說：「今天我開始考慮回去教書了。」

「喔？妳之前不是想到就覺得煩？」

「沒錯，」我承認，「之前我一直在考慮到底要不要回去，但今天我突然開始期待新學年，我很久有沒有這種心情了。」

他轉頭微笑看著我。「太好了，布琳，我眞的爲妳感到開心。」

我聽出了這句話的言外之意。我的狀態改善了，我終於在哀悼的盡頭看見光。人生就在前方，也在此時此刻。很長一段時間，我只是麻木度日，什麼都不想，然而今天充滿了喜悅、神祕、希望與歡笑。事實上，前幾天也是。

我們不知不覺走到湖邊，找了一張長凳坐下。湖水醞釀著滿滿的生命力。我深吸一口氣，將湖的力量吸進體內。

「今天歡樂時段我以爲你會來。」我想起愛麗絲說的話，感覺已經像上輩子的事了。

「我知道。」他說，「今天我下去得比較晚，結果所有人都走了。蓋瑞說哈里森居出事，所以大家早早散了。」

我點頭。「我朋友凱蒂來了，還有她老公警察局長，加上她的表哥賽門，他是哈里森居的老闆。她老公和表哥同時接到電話，然後外面就傳來警笛聲。好像是一輛消防車和一輛救護車。看來一定出事了。」

多明尼克搖頭。「感覺不太妙，妳有沒有聽說什麼？」

「沒有，」我說，「歡樂時段的人潮散了之後，我去書店，但貝絲說還沒有消息。」

他笑著說：「以這個鎮的標準而言很不尋常，這裡的消息傳得很快。」

「我深切感受到了。」

他瞄我一眼。「我們可以走去哈里森居看看，聽說那裡有酒吧。我們可以只是單純去喝一杯。」

「你好壞。」我笑了一下。「我不想打擾，萬一眞的有人急病或受傷呢？雖然可以確定發生了緊急狀況，但我們不知道是怎麼回事。」

「全華頓只有妳一個人不想打聽別人的事。」

我知道他只是開玩笑，但他的語氣讓我感到一股寒意。他錯了，我非常想知道哈里森居發生了什麼緊急狀況，也很想知道為什麼多明尼克那麼晚才去酒吧。

我望向天空，看到幾朵烏雲飄過來。

「看來又要下雨了，」我說，「這裡的天氣變化很快。大家都說蘇必略湖有專屬的氣候系統，但我不懂是怎麼運作的。」

這句話逗得他笑出來。

「如果眞是這樣，看來蘇必略湖在叫我們快點回露安民宿，不要去煩哈里森居的人。」多明尼克微笑站起來，「妳說那個神叫什麼來著？吉雀古米？」

「區區人類哪敢違背湖神的旨意。」我也站起來。

我們往露安民宿走去。零星雨點落下，我思考著身邊這個人如何幫助轉變中的人。

我們認識的時間不久，但他始終支持我，總是對我說鼓勵的話，守護我走入這個美麗新世界。

他說過我不是客戶——感謝老天——但他明明在休假，卻得這樣幫助我，會不會覺得煩？我知道有些醫生很討厭參加雞尾酒會，因爲總是會有人找他們訴說自己身體的問題。多明尼克是否也有同樣的感受？我在心中默默記住，下次談到我生命中發生的那些事，「轉變」的部分我自己煩惱就好，把心思專注在此時此地以及未來。

露安民宿就快到了，我開始感到遺憾，我們一起度過的夜晚就要結束了。但多明尼克突然給我一個驚喜。

「要不要看個電影？」他說。

「當然好。」我說。

餐廳已經打烊了，於是多明尼克拿出鑰匙打開大門。我們走進去，餐廳裡沒有燈光，整整齊齊準備迎接早餐時段。露安和蓋瑞都不見人影，非常安靜。多明尼克帶我穿過空無一人的餐廳上樓，一股電流竄過我全身。

到了他的房間門口，他開門，轉身對我說：「我全身都是沸煮魚的味道，我想先換一下衣服。」他害羞微笑。

「噢！」我說，「好主意，我也去換衣服，五分鐘後再過來。」這段時間足夠讓我稍事梳洗再刷個牙，非常完美。我回到房間，打開衣櫥翻找，拿出衣服打量一番之後又扔到一邊。該穿什麼呢？睡衣好像有點……太冒失。最後我選定黑色內搭褲和粉紅色的柔軟T恤，然後走進洗手間。

我脫掉身上的衣服，用洗手台的熱水打濕毛巾簡單擦洗，抹去一天的氣味。洗臉、擦保濕乳液，然後刷牙、梳頭。我穿上內搭褲和寬鬆T恤，最後照一下鏡子，應該沒問題。我穿上拖鞋開門出去。

到了他的房門前，我輕聲敲了敲，他開門邀請我進去。他穿著白T恤搭配灰色運動褲。

這是我第一次進到他的房間，果不其然，這裡的裝潢風格和其他房間不一樣。厚實陽剛的家具是這個房間的重點。櫻桃木床鋪非常大，有四根柱子，床頭板前方擺著許多深紫、綠色、白色的抱枕。梳妝台的台面是深紫色大理石，圓形的鏡子似乎是古董，鏡面老舊、變形，滿是歲月的痕跡。窗邊的角落放著一張使命風格單人沙發與腳凳。

深色木牆板上掛著高桅船圖片。一張蘇必略湖導航圖掛在粗獷的木畫框裡，感覺像是舊穀倉木板做成的。瓦斯壁爐上掛著平面電視，多明尼克按下啟動鍵，畫面亮了起來，整個房間沐浴在搖曳的柔和光線中。窗外，雷聲轟鳴。

「我喜歡精彩的大雷雨，」他說，「儘管來吧。」

我不確定接下來該做什麼。我站在窗邊，忽然不知道手該怎麼擺。交握放在前面？插腰？和一個俊美到誇張的男人共處一室的時候，手到底該做什麼，我怎麼忘記了？

正當我要落入焦慮深淵的時候，多明尼克解救了我，他坐在床上，用幾個抱枕墊著靠在床頭板上。他拍拍身邊的空位。

「我不會咬人。」他露出那個迷人的笑容，每次都讓我忘記呼吸。「至少不會咬得太用力。」他大笑，沙啞磁性的笑聲讓我整個人裡裡外外都熱起來。

我上床坐在他身邊。心跳如此激烈，我確定他一定能聽見。他一手搭在抱枕堆上，我窩進他懷中蜷起身體。他轉頭看我，露出微笑。

我們就這樣坐在床上許久，彼此凝視。我們說好要看電影，但我實在想不出該怎麼提起這件事。與他如此接近，我什麼話都想不起來，只是注視他的唇，希望能再次感受他的吻。

我恍恍惚惚伸出一隻手指，描著他嘴唇完美的輪廓，接著將他拉過來，熱情激吻，就像他之前吻我時那樣。是今天？還是昨天？在這棟房子裡，時間似乎融化了，尤其是我和他在一起的時候。

他後退，一隻手肘撐起身體，另一手撫摸我的頭髮。「布琳，布琳，布琳，」他說，「我該拿妳怎麼辦？」

我清清嗓子。「你不是說要看電影？」

他伸手拿起遙控器。我們選了一部浪漫喜劇，互相依偎。他一手摟著我，我窩在他懷中，一手放在他的胸前。

電影演到一半，我察覺他沒有在看電視，而是在看我。

「情節沒有讓你感覺到愛？」我的臉發燙。

「噢，我有感覺。」他的聲音比平常低了八度，渾厚低沉，彷彿不是從他的身體裡發出來，「但不是因爲電影。」

我們同時往下躺，他用一隻手肘斜倚在我身體上方，臉距離我只有幾吋；另一隻手輕撫我的頭髮，凝視我的雙眼，流露出我不曾在他臉上看過的神情。他的眼眸深處燃燒著濃烈情感。我很清楚這一刻的意義，我絕不會放過。

因爲之前那段愛情長跑，二十年來，除了前男友，我沒有和其他人睡過，而他早已對房事失去熱情。我想不起來多久沒有這樣的心情了。此刻我在這裡，躺在床上，我所見過最俊美的男人如此接近，我非常緊張，彷彿初體驗。在某些方面，確實是如此。

多明尼克脫掉上衣，我忍不住倒抽一口氣。去沙灘那天我已經看過他的刺青了，即使如此，在那一刻，他身上的圖案依然令我忘記呼吸。我伸手撫摸他的肩膀，滑下他的手臂，橫過他的胸膛，等不及想知道那些圖案會述說怎樣的故事。

他低頭吻我的頸子，一開始很輕，但漸漸變得強烈，彷彿激情掌控了他。他終於吻上我的唇，同樣迫切激烈，奪走我的呼吸。

我迷失在他的激情中，也解放了我自己埋藏已久的激情。

之後我們躺在床上，被褥糾纏，壁爐中的火發出爆裂聲響。現在不適合枕邊情話，兩人都氣喘吁吁。我的整個身體從內部感到震撼。

多明尼克睡著了，但火光照亮他身上的紋身，令我看到入迷。那些圖案如此細膩精緻，在搖曳的火光下，彷彿隨著火焰舞動搖曳。我深深著迷、渾然忘我。我蜷起身體躺在他身邊，視線從他的手臂移動到胸膛再向下到腹部，最後再回到手臂。

這時我突然發現不對勁。之前在沙灘上的時候，我不是看到他手臂上有隻獅子嗎？現在怎麼不見了？所有圖案感覺都很陌生，像是第一次看到。這裡有張新的臉孔、那裡有個新的符號，一棟房子，一座壁爐。

一定只是我的想像力作祟。那些圖案覆蓋他全身，他的軀幹、雙臂、後背、雙腿。在沙灘上那次，我很努力克制，避免看得太仔細——我不想一直盯著他，而且心情害羞又緊張——所以一定是我沒有看清楚，才會沒發現這對四肢交纏的情侶，對吧？那個女人是美人魚嗎？

我的視線移動到一名年長婦女的圖案上，她坐在搖椅上微笑，腿上放著一堆編織用品，樣貌和藹可親。旁邊的圖案是兩個小孩朝向日葵花海奔去。這個畫面乍看之下似乎很平和，但緊接著陰影落在上面。他們是往那裡跑去，還是從那裡逃開？

我不知道我盯著多明尼克身上的圖案看了多久，努力想尋找更深層的意義，但看著看著，眼睛感到疲憊，我把頭枕在他的胸前。一定是我過度解讀。我想著。我太認真讀《紋身人》那本書，而且傑森和吉爾又用書名當作多明尼克的外號，所以把他投射進書裡，也把書投射在他身上。在我的想像中，人與書之間的界線變得模糊。我知道最好不要越陷越深，一切都是我的頭腦在搗蛋，在明明沒有關聯的地方製造出關聯。多明尼克全身滿是美麗的圖案，剛好符合書名，就只是這樣罷了。我並沒有眞的期待圖案會活過來說故事，就像書裡那樣，但我的視線也沒有離開圖案太久。

我甩開那些傻念頭。多明尼克只是一個普通人，神祕、美好、激情；雖然充滿驚喜，但他只是普通人。雖然他的過去不清不楚，甚至可能黑暗危險，雖然他四歲就開槍擊中父親；雖然他可能有點防備、封閉，沒錯，甚至害怕，因爲他曾經見識過太多可怕的事，甚至自己也做過。他奉獻人生幫助其他人轉變，就像他自己曾經脫胎換骨，拋開那個對父親開槍的小男孩，以及導致這種創傷的那種生活。他絕對不是科幻小說中的人物，他是有血有肉的人，而且值得尊敬與仰慕，因爲他克服困境成爲有用的人。

我眨眨眼睛閉上，又猛然睜開。在火光中躺在他身邊，感覺如此自在，彷彿我們早已在人生中做過無數次，爲什麼？我從第一次見面就覺得他很熟悉，好像我們一直都在這裡，像這樣躺在一起，爲什麼？

「因爲我們一直都在一起。」多明尼克在睡夢中喃喃說，彷彿聽見我的心思。

我的呼吸放慢，雙手擁著他。很快就飄進夢鄉。

# 第21章

紛亂的影像在我腦中飄過。乍看之下有如散亂在桌子上的照片，但圖案會動，而且栩栩如生。

一個畫面出現，一開始模糊朦朧，但很快就變得清晰。我在一個樸素小農舍的廚房裡。低矮的屋頂，刷白粉的牆壁，沒有上漆的木地板；石造爐床的火焰上方，一個鑄鐵鍋掛在木桿上。屋子正中央擺著一張厚實的桌子。我看到兩扇門。不知為何，我知道其中一個房間是臥房。我猜另外一間也是，但我不確定。

我在廚房削晚餐要用的馬鈴薯，這時厚重的木造大門打開了，一名男子走進來，一陣帶有鹽味的冷風也跟著吹進來。他的身材高大雄壯，深色眼眸，落腮鬍，穿著羊毛長褲和深色羊毛外套。他關上門對我微笑，我立刻明白，他是多明尼克。不一樣的臉、不一樣的身體、不一樣的人種，但絕對是多明尼克。

「妳的男人回家嘍。」他說。他的聲音也不一樣，濃濃的英格蘭南部口音，我一時間完全聽不懂，骨髓深處卻明白每個字的意思。他環抱住我，將我拉進懷中。即使我的靈魂深處熟悉這個人，還是受驚了一下。我把臉埋在他的頸彎，吸進他的香氣。

「這位先生，你可終於回家了，」我逗他。像多明尼克一樣，我的聲音是我自己的，但也不是。「你的女人等你好久了，整天望著大海。」

他抱緊我，吻有海水味。「老婆，就算海再大，也無法讓我們分開。」他在我耳邊呢喃，「家裡有這麼棒的女人在等我，說什麼我都要回來。」

接著，畫面變了。我們在床上，緊緊裹著紅色印花百納被，被子底下兩人四肢交纏。他告訴我今天發生的事，他在鎮上遇到的人。述說的時候眼睛神彩飛揚，表情非常調皮，語氣逗趣生動。我笑到肚子痛，把頭靠在他胸前，抹去笑出來的眼淚。他也在笑，我們之間那極致的美滿喜悅非常眞實，幾乎觸手可及。

生命的目的就是這個。我在夢中告訴自己。這就是我們存在的意義，找到能讓靈魂合而為一的人。

畫面再次改變。現在我們比較老了，我在男人的臉上看到皺紋，眼角的魚尾紋證明他的人生充滿歡笑。他的頭髮花白，落腮鬍夾雜銀絲，依然俊美無儔；當他看著我，眼睛依然閃耀光彩。

他在外面的懸崖邊上，和我們年幼的兒女在一起，教他們打水手結。我站在家門口，看他笑著逗弄孩子，他的愛與幽默讓學習水手結這件嚴肅的事變得有趣，讓他們永遠不會忘記。我的心漲滿愛意。

「快進來吃晚餐，」我大聲叫他們，「燉肉煮好了！」

孩子奔向我。「快去洗手，」我對他們說，「要洗得很乾淨喔。」

我的丈夫將我攬進懷中，吻一下我的頸子。「遵命，夫人。」

我笑著打一下他的手臂。

這個場景消失，另一個出現。我獨自站在農舍外面，現在我才看到那是棟一層樓平房，由深色石材築成，兩扇豎窗面向大海。房子位在斷崖上，俯瞰波濤洶湧的黑暗海洋。一波波大浪打在岩岸上，傾盆大雨斜斜落下。我遮住眼睛上方，以免被雨水刺痛。農舍的門稍微打開，一個神情和藹的年長婦人探頭出來。

「親愛的，妳繼續站在這裡會生病，」她大聲對我說，「我燒了熱水。」

我搖頭。「我不能離開他，他在海上。」

「孩子該怎麼辦？」她說。

「請幫他們準備晚餐，」我說，「我想再多等一下。」

「如果天主選擇讓他活下來，」她說，「他一定會回到妳身邊，他每次都會回來。」

我拉緊外套裹住身體，將頭巾綁緊。我走到懸崖邊，看著怒海翻騰、撲打肆虐。

這一刻，我不在乎有多冷，也不在乎雨打在臉上有多痛，就算死在懸崖上也無所謂。我的身心靈都不允許我離開，我心愛的人依然在狂暴的大海上。

我跪倒在地，雖然我不想知道，但內心深處已經很清楚了。

接著我一身黑衣，和那位年長婦女一起坐在石造老教堂裡，她握著我的手。我的子女坐在我們身邊，慘白的臉蛋神情悲痛。我在他們的臉上看到他的模樣，強烈的悲戚吞噬我，我的心在淌血。

教堂長椅坐滿了人，氣氛安靜嚴肅。我呆望著前方，感覺心已經死了。我知道我的身體空洞，精神破碎。我的靈魂生疼，哀悼那個再也無法回到我懷中的男人。

畫面一片黑，夢境結束了。我驚醒睜開眼，臉上滿是淚痕。我氣喘吁吁坐起來。多明尼克在我身邊輕聲打呼，看到他，我感覺彷彿肚子挨了一拳。

他就在這裡，有血有肉。

我剛才在夢中和這個男人過了一生。愛他，與他一同歡笑，為他生兒育女，失去他之後成爲寡婦。但那只是一場夢，只是這樣而已。

儘管如此，看到他，我的內心依然漲滿歡喜。他沒死，沒有遭到怒海吞噬；他就在這裡，活生生在火光下安睡。我一手按住他的胸口，感受他的呼吸起伏，那樣的節奏帶給我安全感。一切平安。

雖然只是夢，又很沒道理，但我全身感受急切強烈的慶幸——他活著。我可以觸摸他、擁抱他、珍惜他。

我盡可能甩開那些念頭。眞的很傻，我們才剛開始互相了解，在一起才幾天而已。我躺回被窩裡，依偎在他溫暖的身旁，拉起百納被蓋住我們倆，心中不由得感謝。就好像他死而復生了。就好像我得到另一次機會，可以延續我們一起度過的美好人生。但是，不對，*那只是一場夢罷了，布琳，只是夢。*

我正要閉上眼睛時又突然驚醒，愛麗絲跪在床邊。

「快醒醒，」她低聲對我說，「這件事很重要。」

她在我眼前消失，我發現對面靠近窗戶的牆邊，多了三張直背木椅。之前應該沒有吧？說不定只是我沒看到。進來多明尼克的房間之後，我們兩個很忙，接著又睡著了，就算沒看到那三張椅子也很正常。

我坐起來。不對，之前絕對沒有那三張椅子，我確定。剛進房間的時候，我就站在窗邊那個位置，非常彆扭，不知道手該放哪裡。那時候可沒有椅子。

這時我發現那三張椅子周圍的光和房間其他部分不一樣。一束細細的光線從上方照下來，彷彿舞台聚光燈照亮那三張椅子。

我低頭看看身邊熟睡的男人，考慮要不要叫醒他，但我要怎麼解釋？因爲我想問他三張椅子的事？太傻了。

我再次往那裡看，其中兩張椅子上各坐著一位年長女性。其中一位滿頭白髮燙成短鬈髮；她穿著棉質家居洋裝，腰間繫著圍裙。另一個婦人穿著深色連衣裙，裙子長度到腳踝，領口別著浮雕別針，腳下踩著舒適的低跟鞋，深色頭髮挽成很緊的髮髻。

她們兩個我都不認識，但又有點熟悉。雖然很奇怪，但是在那場令人不安的夢之後，她們反而令我感到安心。她們兩個對我微笑，我也報以微笑。

突然間，她們的表情變得嚴肅，轉頭看空著的椅子。

我周圍的空氣變得凝重，我不喜歡這樣。我伸手搖多明尼克。

「多明尼克，」我焦急地低聲喊他，「快醒醒。」

雖然我用力搖他的手臂，但他睡得很熟，一動也不動，我再次看椅子，那兩個女人不見了。我媽媽正坐在第三張椅子上。

我的喉嚨鎖住，淚水刺痛眼睛後方。「媽？」我的聲音沙啞哽咽。

她沒有說話，視線轉向熟睡的多明尼克，然後又轉回來看我。她微笑點頭。

「媽？」我的聲音尖細。

這時她和那三張椅子一起消失，最後連那束光也消失了。

我閉上眼睛片刻，吁出一口氣，這才發現我一直屏著呼吸。我再次抹去淚水，伸手想拿放在床頭櫃上的面紙。

床頭櫃？多明尼克的房間沒有床頭櫃。有嗎？突然間，我驚覺床上只有我一個人。多明尼克不見了，壁爐的火熄滅了，房間一片漆黑、冷得要命。我急忙下床開燈。

發現我在五號房。

我想開門，但門上鎖了。明明看到門閂開著，門從外面鎖住了？我瘋狂轉動門把，一次又一次來回轉動，沒用。我用上全身的力氣大力搥門。手很痛，但我無法停止也不願停止。

「多明尼克！傑森，愛麗絲！快來人啊，救我！我被關在這裡了。」

「親愛的，妳出不去了。」一個單薄衰弱的聲音說。

眼前一片漆黑。

# 第22章

我被自己的尖叫聲驚醒。

「噓。」是多明尼克的聲音，他想安撫我，讓我冷靜下來。

「沒事了，妳只是作惡夢。」

我抬頭怔怔看著他。胸口的心跳非常用力、非常快，滿身大汗。我很喘，而且淚水撲簌簌落下，像小孩一樣，彷彿我無法吸進足夠的空氣。我感覺就像剛跑完馬拉松。

「只是作夢而已。」他撫摸我的頭髮，聲音溫柔低沉，「布琳，親愛的，只是作夢。」

「感覺很像眞的。」我喃喃自語，看看四周，抹去眼淚。我們在多明尼克的房間裡，沒有離開。這裡不是五號房。

「最精彩的夢總是很眞。」他低頭對我微笑，「要不要告訴我妳夢見什麼？」

我點頭。「先等一下。」我顫抖著說，因爲哭泣而哽咽。

我下床去洗手間，關上門洗了一把臉，再用旁邊的毛巾擦乾，上面有多明尼克的氣味。這個簡單的動作就讓我恢復正常。我看看鏡中的倒影，呼吸放慢。我沒有被困在五號房。

我打開門，有點擔心他會消失，但他在床上，背靠床頭板，端著兩杯葡萄酒。

「我覺得妳需要來一杯。」他說。

我窩在他身邊，接過酒杯，雙手依然在顫抖。我看看時鐘，午夜十二點十二分。不知爲何，這個一致的數字令我心中發寒。

「那麼，妳究竟夢到什麼？」多明尼克問。

我告訴他夢見我媽媽，和兩個年長婦女。

「眞的很怪，」我說，「我夢見我醒來。所以在夢裡的我是醒著的，確確實實經歷過那些事。」

我也告訴他我被困在五號房，還有一個可怕的老太太。我沒有提到愛麗絲。

「這是妳第二次夢到那個房間了，」他蹙眉，「我認爲明天應該要請露安把房間打開，讓妳確認裡面眞的沒有恐怖的東西等著抓妳。」

我輕笑，以爲他在說笑，但當我注視他的臉，才發現他是認眞的。

「你眞的覺得應該這麼做？」

「當然，」他說，「那位女士冬天時死在那個房間裡，這件事嚇壞妳了。我一向認爲眞相與現實有助於讓瘋狂的念頭平靜下來。」他停頓一下，露出那個電影明星的笑容。他的臉龐被星光照亮。「呃，我剛剛好像說妳瘋了，我不是那個意思。」

這句話讓我眞心微笑。「沒關係，」我說，「確實相當瘋狂，對吧？」

「不過我是認眞的，」他說，「明天我們就去看看。」

我們，我喜歡這個詞。「好。」我說。

「繼續睡吧。」他說。

他拿著兩人用過的酒杯，走到房間另一頭，放在梳妝台上，再回到我身邊躺下。我翻身側躺，他從後面貼上我的身體，一手越過我的腰、握住我的手。

我閉上眼睛，不懂爲什麼剛才沒有告訴他那場夢的第一段。我們一起經歷的人生。感覺太私密、太痛苦，無法說出口。是這樣嗎？不對，我是太害羞，不敢說出我在夢中和他成爲夫妻。*想要嚇跑男人，這是最好的方法。*我對自己微笑。

我躺在床上，回味夢中與多明尼克一同度過的人生，思考爲什麼會在夢中想像出那樣的人生。那不是美好的童話，也不全然幸福美滿。老實說，那樣的人生感覺很辛苦，石造小屋、怒海旁的懸崖，每天受狂風吹襲。我站在遮蔽視線的暴雨中，等候我的男人，我孩子的父親，而他永遠不會回來了。他應該是漁夫或其他在海上討生活的人，最後在海上失去性命。爲什麼我會想像出這樣的人生？

夢境感覺很眞實。我可以想像他在那片暴虐、漆黑、翻騰的大海中嚥下最後一口氣，然後沉入海底，或許直到最後都還想著我。淚水刺痛我的眼睛，我感覺到愛，我們之間偉大的愛。失去那份愛的沉痛難以負荷。

然而，那只是一場夢，我並沒有眞正經歷過。我和多明尼克才剛開始戀愛的第一階段——至少我是如此。我必須對自己承認，我愛上這個人了。我不確定他的感覺，但他好像也愛上我了。

但是在那場夢中，我們感覺像是靈魂伴侶。我從不曾擁有那樣的愛。我知道靈魂相屬的愛眞實存在，因爲我父母在彼此身上找到了。但是那種深刻的愛戀卻始終與我無緣。我之所以和交往多年的男友分手，這也是原因之一。我總覺得我的偉大愛情一定存在，正等著我去尋覓。

我找到了嗎？那場夢是爲了告訴我這件事嗎？

# 第23章

從窗戶照進來的陽光喚醒了我。我伸個懶腰、伸手找多明尼克。

他不見了，他那邊的床鋪是空的。

我的胃緊繃了一下，緊接著我想起來了。他說過今天會很忙……對吧？無論如何，我確定他沒有被蘇必略湖吞噬。他很平安，只是有事要忙。

我打個呵欠，發現多明尼克在梳妝台上放了快煮壺、壓濾壺、一包咖啡。我下床，將快煮壺裝好水，正要插插頭的時候，忽然改變主意。不，我要去洗澡，然後展開新的一天。不然乾脆出門好了，去鎮上找個地方吃早餐。

我打開房門出去，昨夜的夢讓頭腦依然有點混沌。

「噢！看看這是誰啊？」傑森揚起眉毛，露出大大的笑容。

我大聲哀嘆。

我原本希望能平安越過走廊，不會有人看見我從多明尼克的房間走出來。

「我只是要回房間拿鮮奶油？」我試圖撒謊蒙混，但聲音沙啞。

「是喔？」傑森大笑，「親愛的，妳被逮到了，半小時前我才看到多明尼克出去。」

我終於忍不住大笑起來。「我早該想到，這段羞恥之路不可能沒有人發現。」

「羞恥？如果是我，絕對會去屋頂上昭告全天下。要是我還單身，我也絕對會追他。」傑森往樓梯走去，「算妳行，布琳，算妳行。」

我聳聳肩回房。中年人談戀愛都會這樣嗎？看來我得一直尷尬下去了。

我洗澡、換上乾淨的衣服，決定出門吃早餐。我不知道傑森的口風有多緊，但我不想被蓋瑞和露安那種愛八卦的人問東問西。現在想想，多明尼克那麼早出門，或許就是爲了這個，掩飾？

我從後門溜出去，避開所有人，往大街走去。昨天下過雨，空氣感覺很清新。

我打開咖啡店的門，發現凱蒂與賽門站在櫃台。他們一起轉身對我微笑。

「嗨！」凱蒂說，「要不要和我們一起喝個咖啡？」

幾分鐘之後，我們三個在靠窗的位子坐下，喝咖啡、聊天氣。但凱蒂和賽門感覺都怪怪的，不安的氣氛隱隱流竄。賽門不停看著窗外，望向哈里森居。

「你們民宿出了什麼事？」我問，來回看著他們兩個。「雖然有點多管閒事，但昨天的歡樂時段你們突然匆忙離開，還有警笛聲……」

賽門與凱蒂對看一眼。

「我們在躲媒體～」賽門說，把「媒體」那個詞拉得很長。他喝一口咖啡，表情無奈。「我們這對表兄妹太孬了，所以丟下強納森跑出來。平常我巴不得媒體繞著我轉，但這次不一樣。」

「媒體？」我揚起眉毛，「發生什麼事了？」

凱蒂嘆息。「反正妳遲早會聽說，不如由我們告訴妳，」她搖搖頭，「一位客人過世了。今天消息就會像野火一樣傳遍鎮上，附近的所有新聞台都擠在民宿門口。」

一個黑暗的念頭悄悄爬上我的背脊。

「如果是自然死亡，媒體不會跑來小鎮民宿採訪，對吧？」

賽門扒一下頭髮。「強納森在宴會廳發現遺體，他嚇壞了，感覺就像在下水道裡遇到恐怖小丑潘泥懷斯[12]。老實說，我認爲他的描述有點太誇張。強納森很喜歡灑狗血。每次他一生病，就會像茶花女[13]一樣躺在沙發上裝昏倒。更何況這次還發現屍體，他整個人陷入假性緊張性精神分裂狀態。」

我忍不住微笑。「死者該不會是恐龍新娘或她媽媽吧？」

「如果是就太好了，」賽門說，「可惜不是。那是一位年長女士，她獨自來度週末。第一次來的客人，人很好。」

「那麼，她是怎麼……你知道，過世的？」我好不容易說出口。

「尼克正在調查。」凱蒂說。

「爲什麼？不是自然因素嗎？」

「法醫還沒有確認死因。賽門剛才說過，她陳屍在宴會廳，問題是……」

「問題是什麼？」

12 譯註：Pennywise，美國作家史蒂芬・金恐怖小說《牠》中的邪靈，外型像小丑，以小孩作為食物。
13 譯註：Camille，法國作家小仲馬小說作品《茶花女》的主角，美豔的交際花，因為肺病而身體虛弱。

賽門與凱蒂對看一眼。

「她躺在宴會廳正中央，雙手交叉擺在胸前。」凱蒂說。

「就好像棺材裡死者的姿勢。」賽門揚起眉毛說。

我一陣冷顫。「唉，好詭異。」

「尼克認爲是有人把她擺成那個樣子。」凱蒂壓低聲音說。

「一定是，」賽門彎腰靠過來，「人在心臟病發或中風的當下，不會想著：『等一下，我要躺好，把手放整齊！』而是會倒得亂七八糟。」

「沒錯。」我說，「但這其中的意味感覺不太妙。那個，誰會做那種事？」

「對吧？」賽門說，「我很想把所有客人全部趕出去，可以嗎？說不定他們之中有殺人兇手呢。」

「不行，」凱蒂說，「不可以這樣。不過我懂你的意思，民宿裡有人把她擺成那樣，可能是房客，也可能是闖進來的人。」

「警方……」賽門看凱蒂一眼，然後瞇起眼睛，我明白所謂的警方就是尼克。「……找所有房客去問話，感覺好像阿嘉莎．克莉絲蒂的小說喔。」他的故事沒說完，因爲傑森、吉爾和愛麗絲走進店裡。

「嗨，各位小朋友！」傑森輕快地說，拉著愛麗絲往我們走來。「親愛的，妳先在這裡和布琳坐一下，我們去拿午餐。」接著對我們說，「我們要去划船，然後找一座島野餐，應該會很有趣。」

他和吉爾走向櫃台，愛麗絲在我旁邊坐下。

「早安啊，」我對她說，「划船感覺很好玩耶。」

她注視我的雙眼片刻。「妳今天精神不好。」她說。

我微笑。「看得出來？我還以爲用化妝品掩飾得很好。」

「別鬧了，親愛的，妳很美。」賽門急忙說。

但愛麗絲搖頭。「妳累壞了，時空旅行會讓人很累。昨晚妳做了很久的時空旅行，我看得出來。妳身上的氣場留有時空的痕跡，妳以後還會去。」

賽門與凱蒂同時目瞪口呆，賽門端起咖啡想喝，但手停在半空中。

我不知道該說什麼。

「昨晚我作了一個很眞的夢。」最後我決定這麼說，然後瞥愛麗絲一眼。「她說得沒錯，我今天沒什麼精神。」

「噢，親愛的上帝呀，華頓該不會又有人夢境很眞了吧？」賽門說，害凱蒂被咖啡嗆到。「我眞的已經受夠了，這輩子不想再遇到那種事。一定是這個鎭有問題，才會讓人作那種夢。」

「夢有那種力量，」愛麗絲高聲說，「夢不只是想像而已。」她安靜片刻，端詳我的臉。「妳愛他，我也能從妳身上的氣場看出來。他不是妳以爲的那個人，他比妳所想像的更危險。但他是妳的眞愛，無論是好是壞。」

我呆望著她，胃部痙攣。她說的話是什麼意思？

傑森與吉爾離開櫃台，在桌子間穿梭朝我們走來，他們手裡拎著兩個袋子和三個大水瓶。「好了，親愛的，我們該走嘍！」傑森說。

「該走嘍！」愛麗絲模仿，雙手一撐離開座位。她轉頭對賽門說，「你不必擔心民宿的其他客人，沒有人犯罪，死神去找她了。你們的那位女士，她該走了，只是這樣罷了，你們不可能阻止。」

賽門呆望著她。

「她走的時候一點也不痛苦，其實相當愉快。死神也快要來找我了。」愛麗絲說，「基本上，我們所有人最後都會見到死神，只是我會早一點。我不怕。」

傑森帶愛麗絲離開我們的座位，吉爾注視我的雙眼，我們互使眼色。他們出去之後關上門，迎客鈴叮咚作響。

我、賽門和凱蒂在原處一言不發，呆坐片刻。

「呃，這也太詭異。」賽門揚起眉毛，喝了一口咖啡。

我做個深呼吸，告訴他們愛麗絲對我說過不少相當奇怪的話，甚至是預言。她也對吉爾說過。

「傑森怎麼想？」賽門問。

我搖頭。「吉爾說他不肯面對。」我說，「事實上，他們還因爲這件事吵架了。」

「一點也不奇怪。」賽門吸吸鼻子。「傑森是那種假裝天下太平的人，更何況他正在哀悼，大家都知道，哀悼會讓人變得很不正常。」

他說得很對。

「妳怎麼想？」凱蒂問。

「我完全搞不懂，」我承認，「我只知道她一定有問題。多明尼克認爲可能是她已經接近生命盡頭了才會這樣。陽間與陰間的牆變得太薄，她等於是活在兩個世界裡。」

「這絕對不是華頓第一次發生靈異現象。」賽門對凱蒂眨了眨眼，「不過我相信她確實——」

「能看到？」凱蒂幫他說出。

他點頭。「沒錯。」他將兩隻手肘放在桌面上，傾身靠近我。「不過呢，這些事已經聊夠了。妳愛上誰了？快點說，剛剛妳提到**多明尼克**這個名字。」

「紋身人！」凱蒂說，「他就是多明尼克，對吧？」

賽門瞇起眼睛看我。「等一下，停，所有人立刻停止正在做的事；地球，麻煩停止轉動。妳說的是那個英俊到不可思議的男人，壯碩的胸膛和肩膀會讓巨石強森自慚形穢的那個？滿身刺青的那個男人？每次出現在鎮上都讓一堆女人——和男人——魂不守舍的那個男人？我當然例外啦，我根本沒有留意他。」

我感覺臉發燙。

「她臉紅了。」賽門對凱蒂說。

「愛麗絲說得是眞的？妳愛上他了？」凱蒂瞇著眼睛審問我，「眞的？你們才剛認識而已。」

賽門冷笑。「一見鍾情的凱蒂・葛蘭傑哪有資格說這種話？」

我揚起眉毛。「妳和尼克是一見鍾情？」

凱蒂微笑。「不算是啦，不過可以說是一『握』鍾情。我第一次和他握手的時候，發生了很奇怪的事。我們未來的人生在我眼前展開。」

「在那恐怖的瞬間，與人形屹耳[14]共度的未來在她眼前展開，」賽門搶著說，「而她竟然一頭栽進去。」

凱蒂爆笑。「他才不像屹耳呢！」

「好——喔——」賽門翻白眼，「妳笑成這樣，因爲妳知道他就是。」

「賽門嫌他太嚴肅。」凱蒂抹去笑出來的眼淚，「他是警察局長！當然要嚴肅一點。」

「他很悶，」賽門說，「那傢伙比悶燒鍋更悶。」

「可是妳一眼就愛上他了，」我注視凱蒂的雙眼，「那麼或許不算太瘋狂。」我說。

「對我而言一點也不瘋狂，」凱蒂微笑，「感覺對極了。」

「噢，尼克和凱蒂的故事早就不新鮮了。」賽門揮揮手，「我想知道妳和天下第一性感猛男的故事，人、事、時、地、物，快點一一招來。」

之前去島上吃午餐的那天，我稍微對凱蒂說了一點多明尼克的事，但現在我還是再跟賽門講一次，我們在淋浴室外面相遇，每天早晨一起喝咖啡。相約去沙灘，沸煮魚餐會。我告訴他們，多明尼克熱衷於幫助人們改善人生。我保留私密的細節，更沒有說出昨晚的事。

最後我說：「眞的很奇怪，我明明才剛認識他，但感覺好像已經相處很久了。愛麗絲所說的夢？她說得沒錯，夢裡都有他。還有穿梭時空的事，我夢見我和多明尼克在不同的時空結婚生子。」

突然間，凱蒂的笑容消失。「怎樣的時空？」

我回想夢境。「我不太確定，」我說，「不過從我們的衣著判斷，我敢說大概是一百年前左右，應該差不多。至於地點，好像是在英格蘭，靠海的地方；風很大，岩石嶙峋。」

「多說一點，」凱蒂催促。

淚水刺痛我的眼睛後方。「感覺像是生活的場景，」我開始描述，「幸福的片段。我們一起歡笑、彼此相愛、互相陪伴。他回家，我們一起在床上說笑。我看著他教導我們的子女打水手結。」

「後來發生了什麼事？」凱蒂靠過來問。

我的喉嚨卡住。我來回看他們兩個。「他死了。」我的聲音很微弱，不想大聲說出這句話，「他在波濤洶湧的海上遇難。」

我整個人都好想哭泣，想就坐在這裡嚎啕大哭。哀痛太過眞實，但我忍住了。

「只是夢而已，」我無力地說，「但我從來沒有感受過夢中我們之間的那種愛。現實

14 譯註：Eeyore，兒童故事《小熊維尼》中的角色，是一隻驢子，經常愁眉苦臉、自怨自艾。

中我談過的戀愛完全比不上。」

凱蒂伸手過來握住我的手。「我懂，我真的懂，我也發生過同樣的事。唉，多少類似啦。我夢到的不是自己，我夢到的愛情故事屬於兩個我不認識的人。但我也一樣，從來沒有感受過那樣的愛。」

我抹去一滴眼淚。「我醒來的時候，感覺好像……」我尋找正確的說法，「被騙了，或許可以這麼說。我在這個地球上生活了這麼多年，從來沒有找到夢中那樣的愛，甚至沒有找到我父母之間的那種愛。」

「原本我也這麼想，」凱蒂說，「但後來我遇到了尼克。」

我注視她的雙眼片刻。我認識多明尼克不久，但……會是他嗎？

凱蒂喝完咖啡、放下杯子。「我很不想煞風景，可是……」

賽門點頭。「我知道，我們真的應該回去了。我們不能整天躲在外面。」他轉頭對我說，「我知道應該不用特別叮嚀……」

我舉起一隻手。「別擔心，那個女人過世和她被擺姿勢的事我都不會說出去。我什麼都不知道。」

「謝謝。」他說。

他們兩個收拾好杯子，放進櫃台上的大盆子裡。

「過兩天等狀況平靜一點，來我們家吃晚餐，」賽門說，「帶妳的男人一起喔。」

我對他微笑。「沒問題。」

他們走到門口時，賽門回頭說：「告訴他可以不用穿上衣。」

我把剩下的咖啡喝完，拿出手機，發現弟弟寄了封電子郵件。我點開，裡面有很多照片：康瓦爾鄉間、小鎮聖艾夫斯，其中有一張是他和爸爸在喝啤酒。接著我看到一張照片，讓我忘記呼吸。

「這就是我們要住一整個夏季的房子！」弟弟在圖片下面寫道，「很精緻吧！這裡的房子全都有名字，這棟叫作寡婦小屋。」

那正是我夢中的小屋。

# 第24章

寡婦小屋。那個寡婦是我嗎？我竟然會有這種想法，實在太瘋狂了，但我必須知道真相。現在是上午將近十點，我想打電話給弟弟，但我不確定這裡和英國康瓦爾的時差。早六個小時？晚六個小時？最後我把手機收回皮包裡。反正我也不知道該怎麼跟他解釋。我夢見我曾經住在你們租的小屋裡？他一定會覺得我很白癡。

我望著窗外片刻，胃部糾結。不管了。我想。又從皮包拿出手機，毅然決然撥號。

「嗨！」我弟弟說，「我和老爸正在當地酒館喝啤酒。」

看來是晚六個小時。

「嗨，傑夫，你們好嗎？」我問。

「等一下！我把電話拿給爸！」

我聽見傑夫說，「是布琳。」接著電話傳來一陣雜音。

「布琳。」聽到爸爸的聲音，我差點哭出來。「寶貝，妳好嗎？」

「很好，爸。」我盡可能保持語氣平穩，「你們玩得開心嗎？」

「太開心了！真希望妳也一起來。」

「我也是，」我說，「等你們回來，一定要全部說給我聽。爸，我就不吵你了。我打來是想問傑夫一件事。」

「噢，傑夫？」我爸說，「你姊姊有事情要問你。」又一陣雜音。

「什麼事，老姊？」

「你可能會覺得很奇怪，不過我想問一下，你們租的那間小屋，寡婦小屋，那裡的歷史你知道多少？」

「不太清楚，」他說，「不過我可以問屋主。怎麼了嗎？」

「照片感覺很眼熟，」我說，「感覺好像以前看過。我只是好奇而已。」

「好啊，沒問題，反正我本來就在這裡挖掘歷史，我來試試看能查出什麼。」

我向他道謝，但老實說，我不太確定自己究竟想不想知道。

回到大街上，我發現渡船碼頭附近非常熱鬧，很多人車在排隊，等著上船去科雷特島遊覽。每個人都很開心，期待美好的一天。那樣的氣氛、他們散發的能量，在空氣中嗡嗚舞動，喜悅像雨滴一樣灑在所有人身上。或許這就是華頓的神奇之處，所有事物都散發著魔力，歡樂彷彿伸手可得。

剛才看到那張照片時，我有種血管結凍的感覺，正好需要這樣的氣氛來解凍。

一隻巨大的白頭海鷗從頭頂飛過，我停下腳步。大鳥距離非常近，我能清楚看見牠的利爪和凶猛表情。在華頓經常會看到海鷗，但每次看到都覺得很新鮮，從來不會變得尋常平凡，就連這裡的居民也都嘆爲觀止。路上所有人都停下正在做的事，激動地抬頭欣賞。氣勢威武的猛禽在難得平靜的湖面上緩緩盤旋，飛了一圈又一圈，一次也沒有拍動翅膀。

牠像砲彈一般驟然迅速下墜，伸出雄壯的腿和利爪，從湖中抓起一條魚，突如其來的襲擊顯然讓魚反應不及。大鳥抓著早餐飛走，人群鼓掌歡呼。

我沿著大街走回露安民宿，看到多明尼克站在屋前的草坪上和露安講話。她今天穿桃紅色內搭褲，黑色長版T恤在腰間打個結，脖子上戴著好幾串銀珠鍊。她的眼鏡是貓眼造型，鑲著銀色珠子。我不禁莞爾。

「剛才我看到海鷗從湖裡抓魚。」我報告。

「是嗎？」露安睜大眼睛，「這是好運的象徵喔。」

我不知道，但我很需要好運。

「我們正好在講妳的事。」她接著說。

「哎呀，」我做個害怕的表情，「希望是好事。」

「噢，親愛的，別傻了，」露安說，「我的座右銘是：如果你沒有好話可說，那就快坐下說給我聽。不過我們不是在講妳的八卦，這位猛男說妳想看看五號房。」

我和多明尼克對看一眼，皺起眉頭。在光天化日之下，這件事感覺很蠢，毫無必要。不過他只是對我聳肩。「我說過了，我們今天要進去看看。」

「究竟是怎麼回事？他說妳作惡夢了？」露安雙手抱胸追問。我發現她的指甲和內搭褲是一樣的霓虹色調。「妳怎麼沒跟我說？」

「這個嘛，我——」

「少來這套，」露安搶著說，「布琳，這裡像萬聖節的墳場一樣，到處是阿飄。呵，整個華頓都是這樣。如果在我的民宿發生什麼讓妳害怕的詭異狀況，當然要讓我知道，」她說，「就算只是作夢也一樣。不會有人認為妳頭腦不正常或亂編故事。」

「好吧。」我說。

「如果妳認為我會企圖刺探妳的私事，眞的不用擔心，」她接著說，「我只是想掌握民宿的狀況，妳懂吧？如果我的房子裡有鬼搗蛋，我必須設法處理。」

我對她微笑。一個月前，我可能會認為她說的這些話荒謬至極，但現在我只感到安慰。如果鬼魂膽敢欺負我，這位穿桃紅內搭褲、戴貓眼造型眼鏡的女士會讓他們付出慘痛代價，眞是令人安心。

「我是認眞的，」她說，「我要做生意，不能讓莫名其妙跑出來的鬼嚇跑客人。快告訴我妳的夢是怎麼回事，就算不是夢也說來聽聽。」

我看多明尼克一眼。

他點頭。「說吧。」他說。

「我不太知道該怎麼形容。已經發生過兩次了，我發現自己在五號房，還有一位年長女士。昨晚絕對是作夢，因為我尖叫醒來，不過前幾天發生的事，我敢發誓絕對是眞的。我很清醒，至少我這麼覺得。我聽到有人在走道上喊我的名字，然後我看到五號房有光。」我沒有說出愛麗絲的部分。

露安嘆息。「好吧。也就是說，那個房間裡有什麼在呼喚妳，這點很清楚。」

多明尼克點頭。「所以我希望妳能打開房門，我們陪她進去看看，說不定是神祕死亡事件觸動了她的想像力。」

「想像力？噢，親愛的，你錯得離譜。這絕不是布琳的想像。我在這棟鬧鬼的房子住了那麼多年，至少學到了一個道理：別人說話的時候要相信他們。」

「那位女士的身分有線索了嗎？」我問，「說不定知道之後，我就不會再受影響。」

「毫無頭緒。」露安說，「老實說，我懷疑可能永遠查不出來。尼克想查儘管查，但大家都知道，這個世界上有些東西是科學鑑識也沒轍的。」

「意思是說，妳認為這是超自然事件？」多明尼克問她。

「天曉得？不過呢親愛的，事情發生在這裡，而且沒有合理的解釋，就算是也不奇怪。」

我瞇眼看她。「露安，這個地方究竟怎麼回事？這也太詭異。」

她仰頭大笑。「要是我知道，早就賣票了。」

「我們可以進五號房嗎？」多明尼克追問。

露安板起臉來看他。「你知道我打算整個夏季都不開放。雖然不知道那位女士的身分，但依然要尊重她。」

「是，」多明尼克說，「我知道，可是現在影響到布琳了，妳知道、我也知道。我不是說要開放客人入住，只要讓我們進去看一下就好。」

「噢，好啦，」露安嘆氣，往屋內走去，「走吧。」我們跟著她進去。

她從櫃台後面拿出一把鑰匙，一行人上樓。我們在走道上前進，越接近五號房，我越覺得胃部緊繃。我突然感覺亟需去洗手間。

我默默跑向我的房間，打開門鎖，衝進洗手間，剛好來得及吐在馬桶裡，我吐了又吐、吐了又吐。多明尼克就在我身後，令我非常難爲情。

他從毛巾架上拿了一條小毛巾，用冷水打濕之後擰乾，遞給我。

我擦了擦臉。清涼的感覺很舒服，讓我鎮定下來。

「我大學畢業之後就沒有吐過。」因爲吐得太厲害，我的聲音沙啞，「已經二十年了。」

「紀錄中止。」他說。他帶我離開洗手間，進入臥房。「妳想躺一下嗎？」

我看到露安在門口探頭探腦，表情很憂心。

「不用，」我說，「我想看看五號房有什麼。」

# 第25章

露安將鑰匙插進五號房的鎖孔，轉動門把、推開門。我站在走道上，背靠著牆，屏住呼吸，差點閉上眼睛。我的戰或逃警鈴大作，心臟在胸口跳得如此劇烈，相信其他人都能聽見我的心跳。我內在的一切都在尖叫：快逃！

但多明尼克對我伸出一隻手，露安更是已經進去了。

「來吧，親愛的，」露安大聲對我說，「沒有東西會咬妳。」

我吁氣，再深吸一口氣。或許多明尼克的想法沒錯，說不定在光天化日之下看清這個房間，就可以打破對我的奇怪影響。

恐懼宛如殮衣緊緊裹著我，我聳肩甩開。只是一個普通的房間而已，我告訴自己，不是恐怖鬼屋。我握住多明尼克的手，一起跨進門。

我看到了。木質床頭板與床腳板，雕刻著細緻繁複的葉片圖案，和夢中一模一樣。玫瑰色印花百納被與舒適的抱枕堆；兩個精美圓球組成的檯燈，畫著紫色與藍色花朵；石造壁爐前面有一張搖椅。所有東西都與夢境相同。

然而，現在這個房間毫無生氣，像墳墓一樣冷，這一點和夢中不同。壁爐裡沒有火，搖椅上沒有人。

眞的嗎？我瞇起眼睛，好像隱約看到一個輪廓——人的輪廓。她在這裡嗎？

突然間，黑暗籠罩，壁爐發出燃燒聲響，冒出火來。床頭櫃上的檯燈閃爍一下之後點亮，綻放柔和光芒。不久前這個房間還冰冷、淒涼、空洞，現在卻變得溫暖舒適。

她又出現了，坐在搖椅上的年長女士。

她穿著同樣的印花連身睡衣，肩膀上披著一件毛衣，和上次一模一樣。同樣的玳瑁眼鏡，但這次她腿上放著一個本子，她正在寫東西，手記？我從她肩膀後方張望，看到頁面上寫滿細長的字跡。她似乎不知道我在這裡，繼續寫個不停，偶爾停下來抹眼淚。

「你們有沒有看到？」我低聲問。沒有回答。房間裡一片死寂，只有火燃燒的聲音。我轉過身，多明尼克和露安都不見了。發現房間裡只有我獨自和這位女士在一起，純粹的恐懼纏繞、勒緊我。

我無法動彈，彷彿被黏在地上，也可能是癱瘓了。

我看著她坐在搖椅上前後晃動，平靜地寫手記。她身邊有一杯茶——之前我沒有發現——她不時端起來喝一口，邊寫字邊輕聲哼歌。

突然間，我覺得自己入侵了她的平靜。

這位女士不知道我在這裡。我慢半拍才驚恐領悟……或許我眞的不在。

我一直以爲她就是五號房的幽靈，但此時此刻，是我在作祟。或許我才是鬼。

「布琳！」

我全身一震，睜開眼睛。我倒在地板上。

頭痛欲裂，多明尼克跪在我身邊握著我的手，神情擔憂。

我咳嗽一下之後坐起來。「發生什麼事了？」

「妳昏倒了。」他柔聲說，「也可能是虛脫或其他狀況。妳突然尖叫，然後砰一聲，妳就倒下了。妳沒事吧？妳的頭敲到地板，相當大力。」

我揉揉後腦，摸到一塊快要腫起來的地方，痛得縮了一下。

蓋瑞出現在門口，手中拿著一只威士忌酒杯，裡面的琥珀色液體搖晃，加了兩塊冰。

「謝了，寶貝。」露安對他道謝之後接過酒杯，「你去幫她準備早餐好嗎？露安特餐，全配。」

「沒問題。」蓋瑞說完之後看我一眼，「她沒事吧？」

我不禁微笑。「她沒事。」我對他說。

「不要這樣嚇我們。」蓋瑞的聲音溫和低沉，「我去幫妳弄點吃的，等一下樓下見。」

他離開後，露安過來將酒杯交給我。

我嗅一下，威士忌？「現在才早上十點。」我對她說。

「正確地說，已經十點半了。」她雙手插腰，「在我面前昏倒的人，都得來杯威士忌壓壓驚，不管幾點都一樣。這是我的原則，絕不讓步。」

我勉強笑笑，喝了一口，感覺到烈酒的刺激流下喉嚨，讓我從體內暖起來。我不得不承認，她說得沒錯，我確實有種鎮定的感覺，雖然不確定是因爲威士忌，還是因爲她和多明尼克都在我身邊。

多明尼克伸手拉我站起來。「我覺得該出去了。」他說。

「沒錯。」露安說完之後催促我們離開。她出來之後關門、上鎖。「親愛的，妳以後最好不要再來這個房間。一開始我就不該帶妳來，畢竟妳光是想到這件事就把早餐吐光了，我應該預料到才對。現在妳還昏倒了，雖然不知道究竟怎麼回事，但妳絕對受到嚴重的負面影響。這樣不好。」

我點頭，喝光威士忌。經歷過剛才的事，我自己也不想再去五號房。

「下樓來餐廳吧，」她接著說，「先讓妳填飽肚子，然後說說剛才到底怎麼回事，不准反對。」

我和多明尼克對看一眼，跟著她下樓。我的胃空空如也，雖然想到食物讓我有點不舒服，但拒絕露安似乎只是白費功夫。更何況她說得沒錯，無論想不想，我確實需要吃點東西。

早餐人潮已經散了，但還沒有到午餐時間，所以餐廳裡一個客人也沒有。我們在窗邊的桌子坐下，陽光歡快地從玻璃窗照進來，但我比較想要陰鬱的雨天。我從身體深處顫抖著。

蓋瑞來了，送上一盤好料：香脆的薯餅做成碗，裡面裝著香腸炒蛋、洋蔥、番茄、花椰菜，最上面覆蓋一層切達起司。旁邊擺著莎莎醬與酸奶油，還有幾片吐司。

「看來這是護心健康餐，對吧？」我說。蓋瑞嗤笑。

「低碳水。」露安跟著笑。

我吃了一口。「天堂的美味。」我對蓋瑞說。

他燦爛一笑。「謝了，小可愛。」他說完之後又回廚房去了。

我遞給多明尼克一支叉子，他已經徵收了我的一片吐司。

「我一個人絕對吃不完。」我說。他開心大吃起來。

「好，」露安說，「來談談剛才發生的事吧。我知道妳進去之前就很緊張。不過是不是有什麼事……這麼說吧，觸動到妳？」

我繼續吃了兩口，思考這個問題。我不確定該怎麼跟他們解釋。

最後我說：「我不確定，我從來沒有昏倒過。」

我看到多明尼克和露安交換一個意味深長的眼神。

「我好像做錯了，不該逼妳去那個房間。」多明尼克說。

我搖頭。「不是你的錯。」我看看他又看看露安，然後再轉回來。「剛才確實發生了事情，但我不確定是怎麼回事。」

「好事？壞事？好壞參半？」露安問。

「我也說不上來，」我說，「幾乎可以說是我在作夢，真的非常奇怪。那時候我做了什麼？」

「妳呆望著一個點，」多明尼克說，「眼睛瞪得越來越大。我叫妳的名字、拍妳的手臂，但妳沒有反應。」

露安注視我的雙眼許久。「她在場，對吧？那位死在五號房的女士。」

「我明確感覺到是她，但我不確定，」我說，「還會有誰？」我來回看著他們兩個，「你們兩個有看到她嗎？」

「沒有。」露安瞇起眼睛看我。「我什麼都沒有看見。不要誤會，我在這棟房子裡見過鬼，只是今天沒有。」

多明尼克搖頭。「我也什麼都沒看見。」

我深吸一口氣，無法繼續說下去。說出口的感覺實在太奇怪，但露安立刻看出我有所隱瞞。

「快說吧，」她說，「告訴我們妳看到什麼。」

「你們會覺得非常怪。」我說。

「親愛的，我住在這裡，」露安說，「每天都有怪事發生。呵，看看廚房由誰負責。相信我，不管妳說什麼，我都不會大驚小怪。」

於是我描述壁爐裡的火突然燒起來，讓整個房間變得溫暖。檯燈點亮，我看到那位年長女士坐在搖椅上寫東西。

「你們都沒有看見？」我問他們，「火和檯燈？什麼都沒有？」

多明尼克和露安一起搖頭。

「那位女士，她穿什麼？」露安想知道。

「連身睡衣。」我說。

「肩膀上披著毛衣？」

我點頭。

「那確實是在五號房過世的女士，」露安說，「毫無疑問。我發現她的時候，她身上就穿著那樣的衣服。我很想知道她究竟躲在這裡做什麼。」

淚水刺痛雙眼，我不確定爲什麼。我深吸一口氣想忍住，但多明尼克察覺到了，於是按住我的手。

「沒事了，布琳，」他說，「看到鬼……很少人有過這種遭遇，會不舒服也很正常。」

我搖頭。「不是那樣。」我說，「我沒有覺得不舒服或害怕。她只是安靜地坐在壁爐邊，她不知道我在場。我才是那個無形無影的存在，在旁邊偷看她，而不是反過來。」

露安瞇眼看我。「我不懂，什麼意思，親愛的？」

「房間裡的鬼不是她，是我。」

# 第26章

吃完之後，我想獨自去散散步醒腦。在五號房發生的事雖然不明就裡，但是讓我從骨頭深處感到不安。

我在鎮上遊蕩，看櫥窗、看人，任由心思神遊。

媽媽飄進我的腦海。我多想拿起電話打給她。我很想知道，失去她所造成的白熱劇痛是否有一天會消失。她一定能找到合理的解釋。昨晚夢見她的回憶拉扯我的心。那感覺非常眞實，幾乎可以觸及，彷彿她眞的在。她來了嗎？還是只是一場夢？她來表明贊成我和多明尼克在一起？還是別的原因？仔細想想，那場夢最後變成我獨自受困五號房，所以多明尼克才會堅持要我眞的進去看看。

彷彿所有事都互相交疊，再繞一圈回到原點。最近發生在我身上的每件事似乎都互相關聯。媽媽過世，我來到華頓；明明有那麼多民宿，我卻住進露安這裡；與多明尼克邂逅；康瓦爾的那棟小屋，五號房的神祕女士，愛麗絲，甚至包括哈里森居那位女客的詭異死亡事件。一條線貫穿這一切，我感覺得出來，但我還無法清楚看見，因此沒辦法抽絲剝繭。

我察覺自己從警察局前走過，還沒仔細思考就打開門進去了。三張桌子都沒人，靠牆的桌上有台咖啡機發出過濾的聲響。最後一張桌子放在一間辦公室門口──尼克的？──一位中年婦女坐在那裡，邊講電話邊打電腦。我進去時，她抬起頭，對我微笑頷首，然後舉起一隻手指要我稍等一分鐘。

「達玲，我會派人過去。」她講完之後對我說，「我馬上好。」

她拿起一只麥克風說：「哈利，達玲覺得好像又有小鬼跑進她的儲藏室搬走梯子。你去看一下好嗎？」

哈利迅速回答：「沒問題，珊蒂。」她放下麥克風。

我忍不住微笑，小鎮警察就是這樣。

「請問有什麼事嗎？」珊蒂問我。

「請問尼克．史東在嗎？」我問。

她朝左手邊的門一撇頭。「星期六通常他不會來，不過今天剛好在。」她拿起電話，「有位小姐來找你。」她看我一眼，「妳的大名？」

「布琳．魏爾德。」我說。

珊蒂還沒放下電話，尼克的門已經開了。

「嗨！」他對我微笑，「快請進。」

我繞過珊蒂的辦公桌走進尼克的辦公室，溫暖的木質牆板，一面牆被書架占據，另一面則開了一扇窗俯瞰街道。一隻柯基犬窩在角落的狗床裡，抬起眼睛打量我。

「牠叫昆妮，」他解釋，關上門之後坐在辦公桌上，我則在對面的皮椅坐下，「勉強算是我們的警犬隊。」

我微笑，不太確定我來做什麼。此刻眞正坐在他面前，我反而不知道該如何說出在我心中鼓譟的問題。

「有什麼需要我幫忙的地方嗎？」尼克問，「露安那裡該不會出事了吧……」

「沒有，不是那樣。」我看著他，露出難爲情的神色，「我有事想問，但我擔心你會覺得很怪。」

尼克笑了一聲。「兩年前我和凱蒂經歷過那種事之後，現在我眞的什麼都不覺得怪了，快說吧。」

「我想知道，冬季時在露安民宿過世的那位女士，你們有沒有查出她的身分？」

尼克注視我許久。「這個問題一點也不怪。」

我對他淺淺一笑。「我還沒講到眞正怪的部分。」

這句話讓尼克笑了。「看來接下來會越來越糟糕呢，對吧？」

「差不多是那樣，」我說，「我想先問理性的問題。」

「這個理性問題的答案是：很可惜，我們還沒有查出來，」他說，「妳爲什麼想知道？該不會妳知道她是誰吧？」

「不是，我只是……」我沒說完，只是嘆息，「我認爲她可能在露安民宿作祟，也可能是針對我。」

「唉，這可不妙。」他蹙眉。

「你相信我？」

「嗯，」他簡潔地說，「我相信妳。」

「她的遺體還在這裡嗎？」我問。

「在郡法醫處，」他說，「我派人搜尋失蹤人口報告，但是如果三個月內沒有人來認領，她就會被火化，現在時間已經快到了。」

我全身冷顫，胃部翻騰了一下。

「這是標準程序，」他說，「火化之後，骨灰將由法醫處保管三年，連同所有其他資料一起，包括解剖報告和照片，如果三年間有人來認領，這樣比較方便調閱資料。」

「她的死因是什麼？我可以問嗎？」

「自然死亡，」他說，「沒有外力介入的跡象，完全沒有可疑之處。法醫判定她應該九十歲左右。」

「九十，哇。」

「是啊，」尼克說，「無論她是誰，這位女士很長壽。」

「你的檔案裡還有她的照片嗎？」我問。

他從辦公桌上下來，走向他的筆電。他用滑鼠點擊幾下之後，將螢幕轉向我。我不用看都知道一定是她，但是眞正看見她失去生命躺在那裡的模樣，令我心中一驚，那種感覺我無法解釋，就好像我的靈魂深處受到拉扯。她似乎有些眼熟。淚水湧了上來。

我點頭。「我看到的就是她，眞可憐。」

「如果妳又看到她，幫忙問一下她是誰。」尼克笑著說。

我向他道謝，離開警局回到陽光下。

我很想知道是什麼吸引那位女士來露安民宿？她如何在那裡度過生命最後的幾天？爲什麼她會在完全黑暗無人的民宿裡，坐在壁爐前，穿著連身睡衣、披著毛衣寫日記？獨自在那裡死去，身邊沒有人守護她，甚至沒有人發現她失蹤了。深刻的悲傷襲上我的心頭，我往湖岸走去。

我坐在一塊平坦的大岩石上，聆聽湖水湧上沙灘的聲音。那個聲音如此規律，充滿催眠力量——唰、唰、唰——有如冥想。我的呼吸與心跳慢了下來。悲傷褪去，被波浪輕柔撫去。*沒事了，布琳。*湖水彷彿在對我說，*沒事了，現在她已經安息了，她去到了想去的地方。*

在這裡，聽著湖水拍岸時呢喃我的名字，我開始覺得說不定我們永遠也不會知道她是誰、爲什麼來這裡。神祕謎團無解，但也只能這樣了。

*有時候，我想著，答案並不存在。只有問題。*

# 第27章

一時興起，買票登上渡船。我爬上狹窄的金屬梯到上層甲板，站在欄杆旁，渡船緩緩離開碼頭，駛入大湖。涼風吹在臉上，遠處岩石島嶼樹木茂密，讓我精神爲之一振。大家說得都是眞的，這座湖有魔力，會帶來安慰與療癒，或許大湖眞是上帝的化身。我只知道，每當我接近這座湖，整個人便會平靜下來。人生第一次有這種感受。

來華頓是正確的決定，這個地方治療我破碎的心靈。自從醫生宣布媽媽罹癌，整個治療過程直到她最終病逝，我的世界、人生，以及其中的所有事物，全部陷入混亂。原本以爲能相守一生的戀情，散了；媽媽，走了；陪伴我走過這一切的乖巧可愛狗狗，死了；我對工作的熱忱，涼了。我悼念失去的一切，渾渾噩噩度日，宛如行屍走肉，整個人彷彿被寒冰包覆。

然而來到華頓短短幾天，我就開始融冰了。

眞有意思，兩種極端的狀況同時發生，大湖賜予我平靜，露安民宿鬧鬼令我感到詭異甚至恐懼。但我突然冒出一個想法：或許療癒我的不只是湖，說不定露安民宿也有幫助。

我全身激靈。

我從來都不是信仰虔誠的人。比起在教堂，身處大自然更能讓我感受到與……某種東西……合而爲一。至於死後的另一個世界，我更是沒有任何答案。媽媽生病之後，我讀了很多關於瀕死經驗的書籍，那些人確實死了一段時間，然後活過來述說經歷。我想要相信媽媽還會以其他方式繼續存在，幾乎是瘋狂急切地想要確認，她的生命力不會就此煙消雲散。然而我並沒有強烈的信仰，也不太相信人死後會上天堂，因此對那些瀕死經驗的故事也抱持懷疑。

媽媽過世時，我被哀傷的海嘯捲走。只要一想到她再也不存在於人世或其他任何地方，黑暗與恐懼便會襲來，徹底將我吞噬。媽媽強大的心靈就這樣……消失了。那麼當我的時間到了，我也會就此消失嗎?再也不復存在?

媽媽生病之前，我很少思考死亡，也不太明白爲什麼有些人那麼怕死。然而媽媽過世之後，死後的存在突然成爲我心中很重要的一部分。死了就會消失，這種概念引出我最黑暗的念頭。

當渡船駛入科雷特島的碼頭時，我想著這些事。眞正到了島上，我反而不知道該做什麼。現在差不多是午餐時間，但我才剛在露安那裡吃了超豐盛的早餐，現在還很飽。我沒有把車開來，所以也不可能去兜風，看來我只能走路去吉米酒吧，簡單喝杯葡萄酒，然後再搭渡船回華頓。

到了酒吧，我愕然發現多明尼克跟愛麗絲坐在一張桌邊玩跳棋。我沒看到傑森和吉爾。看到我走進酒吧，多明尼克的臉綻放光彩。他舉起手打招呼，揮手要我過去。

我在他旁邊的位子坐下，他說：「我們眞有默契。經過今天早上的那些事，我覺得來島上放鬆一下應該很不錯。因爲找不到妳，我就帶愛麗絲夫人出來約會。」

「你好壞！我們才不是在約會呢。」愛麗絲笑嘻嘻地說，「傑森聽到一定會生氣。」

多明尼克大笑。「反正我本來就高攀不上妳。」

我對他開懷一笑。他眞的很好心，願意帶她出來。這樣對她、傑森和吉爾都好。酒保過來問我們要喝什麼，我和愛麗絲都要夏多內白酒，多明尼克則點了琴蕾雞尾酒。

「我很喜歡來島上，」我對愛麗絲說，「有種悠閒的氛圍。」

「悠閒的氛圍，」她說，「沒錯，確實如此。」愛麗絲看看多明尼克又看看我，然後又看他。「我也喜歡你們的氛圍，」她說，「你們兩個在一起的氛圍。」

我感覺臉發熱。

「我也是。」多明尼克說。

酒送來了，我喝了一口白酒，很慶幸能轉移焦點。

多明尼克喝了一口調酒之後對我說：「對了！妳還不知道這件事。妳離開之後賽門打電話來，在哈里森居猝逝的那位女士，法醫檢驗結果出來了。他打電話通知露安，可想而知，她立刻告訴所有人。」

我不確定想不想聽，華頓又發生年長女性神祕死亡的事件，感覺簡直像傳染病。但我還是請他說。

「自然死亡，」他說，「心臟病發作。」

我蹙眉。「但她怎麼會呈現那種姿勢？雙手交叉放在胸前？」

多明尼克聳肩。「只有強納森看到，呃，他和急救人員。根據賽門的說法，他們什麼都沒說，只發表了官方聲明：『這是一起悲傷的不幸事件，謹向家屬致哀，哈里森居全體一致哀悼並祈求冥福。』諸如此類的內容。他希望那些說她死狀怪異的流言能夠平息。」

「好吧。」我點頭，「儘管如此，強納森還是看到了。」

「看來永遠不會知道眞相了。」多明尼克說。

愛麗絲推開椅子站起來。「我該走了，」她說，「我要快點回家，我女兒的校車快到了，我要去接她們。社區裡有些媽媽從來不去接小孩，眞不懂爲什麼。總之我要帶女兒去買洋裝，今天早上她們出門的時候，我說過今天要帶她們去買新洋裝。」

多明尼克揮手要帳單，然後拿出一些現金給服務生。「不用找了。」他說。

「買新洋裝是爲了什麼特殊的場合嗎？」他問，對愛麗絲伸出雄壯的臂彎。她纖細的手臂勾住，他用另一隻手按住她的手。「有什麼活動嗎？」

「我們要開派對招待傑森的同事。」愛麗絲說，「噢，她們兩個只會露面一下，然後就要去睡覺了。我知道那兩個小惡魔一定會偷偷起床看熱鬧。」她大笑，聲音非常甜美，「不過這畢竟是難得的場合，我希望她們能穿上有喜慶感的新洋裝。」

「妳自己也買一件吧，」多明尼克說，「雖然妳不需要新洋裝凸顯妳的美貌，就算妳穿著破舊衣服出席派對，依然是全場最亮眼的美女。」

愛麗絲燦爛微笑。「我知道你只是在說場面話。」她拍拍他的手，「但我還是很開心，不過呢這位先生，你可千萬別動歪腦筋喔，我是從一而終的女人。」

「妳只要傑森一個人，幸運的混蛋。」多明尼克說。

「傑森，」愛麗絲左右張望，「他在哪裡？」

「上班，」多明尼克說，「不過他很快就會回家，別擔心。」

愛麗絲停下腳步。「我要帶女兒去買衣服，能趕在他回家之前買完嗎？我不希望他回來的時候家裡沒有人。」

「來得及。」他說。

他帶她走出酒吧，動作如此溫柔呵護，我感動到想哭。

他的車停在後面，我們三個一起上車。車子開往渡船碼頭，沒有人說話，但我感覺得到愛麗絲的焦急懸在空中，彷彿有實體。

「我們來得及回家嗎？」她終於說，「我不知道傑森在哪裡，你們知道嗎？他平安無事吧？我可以下車嗎？」

「不行，」多明尼克的語氣很堅定，「妳知道，在行進中下車很危險，妳自己叮嚀過孩子。」他伸出一隻手握住她的手。

「對，你說得沒錯，」她說，「很危險。我會待在車上。」

搭乘渡船時，我們全都乖乖待在車上。多明尼克低聲對我說，愛麗絲迷糊了，所以還是不要上甲板比較安全。我同意。坐在車上感受湖面搖晃我就滿足了，渡船緩緩駛向內陸，我發現多明尼克在傳簡訊。他對上我的視線、點點頭，我知道對方一定是傑森。

渡船到岸，我們排隊下船，很快就回到露安民宿，三人下車。

「傑森在這裡？」愛麗絲問，就在此時，傑森本人出現了，他張開雙臂從大門出來。

「我的美女在這裡！」他一把抱住愛麗絲，「妳玩得開心嗎？」

「開心極了。」愛麗絲對我和多明尼克微笑，「我喜歡他們，他們是好人。」

「沒錯，親愛的，他們很好。」傑森說完之後帶她離開，「吉爾在樓上等我們。」

就這樣，帶女兒去買衣服的念頭徹底消失，愛麗絲的情緒安定下來。她勾著傑森的臂彎，此時此刻，她回到心安的地方：他的身邊。

我和多明尼克站在停車場目送他們離去。今天發生太多事，我突然覺得好累。

「上樓看看電影嗎？」多明尼克問，「這次要認眞看完。」他無奈一笑，「妳應該累壞了，我也是。」

「好主意。」我說。

幸好週末沒有歡樂時段，不過我們還是走後樓梯，以免餐廳裡有人在。

幾分鐘後，我換上睡衣。雖然現在還是白天，但既然要看電影，當然要穿適合的服裝。多明尼克也認同。

連續兩天和這個男人一起過夜，看來狀況應該會變成這樣。我不禁思考這段關係將走向何方，但又刻意打斷思緒。不用走向任何地方；如果眞會有什麼發展，那就更不用費心控制。*順其自然吧，布琳，順其自然。*以前我總想控制每個小細節，但我受夠了，那麼做從來沒有任何好處。

我輕敲他的房門，幸好傑森沒有蹲在走廊上等著看好戲。多明尼克開門讓我進去，我發現他在壁爐裡生了火，整個房間沐浴在溫馨愜意的火光中。一瞬間，我感覺精疲力盡，只想窩在他的床上，但我只是手足無措地站著不動。

「今天妳發生太多事了。」他比比床鋪，「我們放輕鬆就好。」

正合我意。我鑽進被窩，頭靠在他的抱枕堆上。

「妳想看什麼片？」他上床窩在我身邊，拿起遙控器，「有線電視隨選隨看好像有一些還算新的。」

「選你想看的就好，」我說，瞪他一眼，「不准選恐怖片。」

他嗤笑一聲，表情滿是壞壞的喜悅，我不由自主流下一滴淚。他發現了，輕輕抹去。

「怎麼哭了？」他說。

「最近我動不動就想哭，」我老實告訴他，「剛才你的表情充滿喜悅，讓我想起……喜悅，可以這麼說吧。最近我的人生缺乏喜悅，今天我才在想，我可能快要重新找回來了。」

他對我微笑，伸手撥開落在我眼睛上的頭髮。

「妳今天竟然找回了喜悅？」他對我說，聲音有如絲綢，「今天妳嘔吐、昏倒，而且無論怎麼解釋都肯定見鬼了，而妳竟然還能找回喜悅。」

我抬頭對他微笑。「你這樣一說，感覺確實有點怪。」

「不，」他說，「相當了不起。大部分的人都會往負面的方向想，抱著那些念頭不放，甚至以此定義自我，就算狀況其實沒有那麼糟也一樣。即使萬里無雲，他們還是能找到可以抱怨的事。但妳明明度過了詭異無比的一天，卻能從中找出正向的想法，由此可以看出妳是怎樣的人，擁有怎樣的心靈。」

他的這番話讓我從心裡暖起來。「你剛才說的話實在很貼心。」

我們互相凝視片刻，我正在想會不會有下一步的時候，他轉開視線。

「好，」他清清嗓子，似乎也和我有同樣的感受，「我來找部好片。」

他選了一部劇情片，我往下躺，依偎在他身邊，享受如此放縱的樂趣，一整個下午什麼都不做，只是看電影。我想不起來多久沒有這麼做了，我很清楚，等秋季回去教書之後，短時間內恐怕很難再有機會這樣慵懶，不過在那一刻，我單純樂在其中。我不在乎電影演什麼。重點是我身邊這個體貼、美好的男人，他想讓我忘卻這一天的怪誕、不安、詭異。

我們看了一陣子電影，一起有說有笑，直到我的眼皮撐不開。我不時抓到自己在打瞌睡，但很快裝清醒就沒用了。昨晚的夢情緒太澎湃，讓我很累。

飄進夢鄉前，我記得最後一幕是多明尼克低頭對我微笑說：「好好睡吧。」

# 第28章

我猛然睜開眼。我撐起身體離開抱枕堆坐起來。電視關掉了，多明尼克坐在我身邊，腿上放著一本攤開的書。

「妳還好嗎？」他問，「希望沒有作可怕的夢。」

我揉揉眼睛、打個呵欠，瞥一眼時鐘。才過了不到一個小時，感覺好像睡了一輩子。

「沒有，」我說，「可是剛才快醒來時我突然想起一件事，你知道吧？就是那種半夢半醒的時候？」

多明尼克微笑。「我奶奶都說那是陰陽交會的時候。」他的眼神彷彿注視著過去，「以前她告訴我，看得見的東西和看不見的東西會一起在那裡跳舞，現在、過去、未來同時發生，活人與亡魂同時存在。在那個神祕的陰陽交會時刻，全部一起跳舞轉圈圈。」

他的表情變得溫柔，眼睛泛起淚光。「她說少數特別幸運的人可以有意識地去到那裡，脫離時光的長河，飛到上方真正看清。那些人就是所謂的預言家、通靈師，能看見世界真貌的人。至少她這麼說。」

*愛麗絲。*我在心中想。

「你的奶奶感覺很睿智，」我說，想像小時候的多明尼克聽她說故事。

「沒錯。」他匆匆抹去眼淚、清清嗓子，重新回到現實。

「妳剛才說突然想到一件事？」

「眞的非常莫名其妙，但是當我快要醒來時——當我身在陰陽交會處——我開始想到大象。」

他蹙眉看著我。「大象？」

「有一個古老的傳說，大象墳場。」我告訴他，「據說大象能感應到自己快死了。死期接近時，牠們會離開象群，獨自踏上生命最後的旅程，去到世世代代祖先都去過的那個地方，在那裡死去。」

「哇，眞沉重。」多明尼克往後靠在抱枕堆上，「繼續說。」

「多年來，探險家一直想找到大象墳場，甚至可能找了好幾百年。獵人想找到那個地方，單純是爲了象牙。從來沒有人找到，至少我們沒有聽說過。」

「但是大象知道在哪裡。」多明尼克柔聲說。

「據說祖先的靈魂會引導牠們，並且用陰影掩護，不讓人類發現。我覺得這樣很好。」

「這個故事很酷。不過爲什麼妳會在這時候想起來？大象墳場不在華頓，我認爲這一點應該沒有疑問。」

「大概是和今天發生的事有關，」我解釋，「因爲愛麗絲在，所以之前我沒有告訴你。」

「什麼事？」

「我去見了凱蒂的丈夫，尼克．史東。」我說。

他的臉上浮現驚訝甚至緊張的表情，但只是一閃而逝。「警察局長？爲什麼？」

「我想知道他們有沒有查出五號房那位女士的身分。」

「結果呢？」

我搖頭。「沒有。目前他們正在過濾失蹤人口報告，但沒有很認眞在做，不過她是自然死亡，而且她九十多歲了，所以即使她擅闖民宿，也不需要警方調查。」

「意思是說，警方根本沒有調查她的身分和來這裡的原因？」

「沒錯，狀況就是這樣。她的遺體存放在郡法醫處，如果沒有人前來認領，最後就會火化。他們會保存骨灰和她的檔案資料幾年，以防萬一有人前來指認。」

淚水湧上眼眶，一陣寒意掃過我全身。「我覺得那樣實在太寂寞了。」我接著說。

「就好像大象，離開群體獨自死去。」他的語氣虔敬而溫柔，「所以妳才會想到這件事。」

我一手按住他的手臂。「沒錯，」我說，「你說對了，但不只是這樣。」

他傾身靠近我。

「大象感應到自己快死了，於是前往那個特別的地方去等死。」我一邊說著，想法逐漸在腦中成形，「會不會她也是這樣？」

「這裡？」他說，「露安民宿？」

「對！」我坐直面向他，雙腿盤起，「說不定她知道自己快死了？或許醫生診斷出她生了重病，也可能是她自己察覺到……我不知道。但我們確實知道，她已經快死了，而且她在隆冬來到閉門歇業、一片漆黑的露安民宿。她不是鎮民，甚至不是經常來訪的旅客。警方拿著她的照片挨家挨戶問，如果她之前來過，一定會有人認識她，至少曾經見過她。同樣的，假使她認識鎮上的人，一定會聯絡他們。」

他點頭。「我覺得妳說得很有道理。」

我像打了一劑強心針，接著說下去：「這樣一來，只能做出一個結論：去年冬天她是特地來到這裡。並非剛好路過或碰巧找到這個地方。沒有人會路過這裡，華頓是旅程的盡頭；附近沒有別的城鎮，不會有人經過華頓去其他地方。她是來這裡等死的。」

多明尼克瞪大眼睛。「這個理論很有道理。」

「我還沒說完！」我說，「假使她眞的是來這裡等死，那麼就會有更多問題：爲什麼？爲什麼選擇華頓？爲什麼選擇露安民宿？」

「爲什麼選擇五號房？」多明尼克接著說，「所有房間都空著。」

「沒錯！」

「妳有什麼想法？」多明尼克問。

「我認爲這個地方和那個房間對她有特殊意義。」我說，「從我的觀點來看，這一點十分明顯。」

他瞇起眼睛看我。「妳怎麼會覺得『十分明顯』？明明毫無道理，布琳。」

我搖頭。「當然有道理，設身處地想一下。你快死了，你來到華頓、來到露安民宿，度過人生最後一段時光。甚至還是獨自前來。如果是我做出這種事，就表示我對這個地方有獨特的感情。我曾經來過，而且在這裡發生過印象深刻、意義重大的事。」

多明尼克的眼睛躍動光彩。「說不定她新婚蜜月的時候就住在五號房。」

「露安買下這棟建築之前，這裡原本是供膳宿舍，說不定那時候她在這裡工作。」我提出猜測，「尼克說法醫推斷她的年齡是九十歲左右。」

「哇，」多明尼克說，「眞長壽，不誇張。」

我輕笑。「尼克也說了同樣的話。」

他對我微笑。「我認為妳可能推理出眞相了，」他說，「我心裡感覺一定就是這樣。不過就算是這樣，我們依然無法得知這位女士的身分。」

「我知道。」我有點洩氣，「當然啦，露安一定有登記住客的資料，只有名字也沒用。說不定也能找到照片，不過既然露安沒有認出她，這就表示即使她曾經來過——我深深相信她絕對來過——應該也是很年輕的時候。或許她受僱在這裡工作，天曉得呢？搞不好一百年前她父母曾經是屋主，她在這裡出生，就在五號房；也可能她曾經來作客，可惜無法查證了。」

多明尼克望著前方，彷彿在整理思緒。

「我也認爲應該不可能查出來，除非有人前來指認。」

我嘆息。「看來只能這樣了。」我說。

「除非妳又在陰陽交會時刻遇見她。」多明尼克笑著說。

「尼克．史東說，如果我又夢見她，幫忙問一下她是誰。」

「好主意喔。」他說。

接下來我們換了個話題，但我的心思不斷飄向那位女士。我發現，即使她的身分依然不明、來到這裡的原因仍舊無解，我也可以接受。就讓一切成謎吧。

倘若我的猜想沒錯，華頓與露安民宿真的對她別具意義，她才會特地來到這裡，那麼她的死也就沒有那麼冰冷孤獨，沒有那麼淒涼。這是她的選擇，是她想要的方式、在她想去的地方。此時此刻，對我而言，這樣就夠了。

我們把電影看完，討論了一下要不要出去吃晚餐，但今天發生太多事，我實在沒力氣。「我好像該回我的房間了。」雖然我這麼說，但我不想走。

他翻身側躺微笑看著我。「究竟有什麼理由讓妳覺得要回去？」

我聳肩，臉越來越紅。「我不想太一廂情願。」

「如果妳想一個人——」

「我不想，」我著急澄清，「那個，」我結結巴巴解釋，「我沒有那個意思……」

他伸手摸摸我的臉頰。「我很清楚妳的意思。這兩天晚上妳都睡不安穩，今天也是。這裡發生了超自然怪事，愛麗絲經常說詭異的話，蓋瑞走到哪裡都能看到鬼，而且那位女士的事也影響了妳的情緒，妳當然會受不了。」

他說得沒錯。事實上，想到要一個人睡覺，我就覺得胃打了好幾個結。「如果我留下來，你會介意嗎？」

多明尼克笑了一下，喜悅回到他俊美的臉龐。「介意？我想想喔，大美女想要和我同床，該怎麼辦呢？該怎麼辦呢？」

他吻我，溫柔甜蜜。我閉上雙眼，讓他的香氣盈滿我全身，一絲古龍水加上他自己的麝香體味。一瞬間，五號房女士的謎團煙消雲散，相較於此刻在多明尼克房間裡發生的事，那些全都不重要了。我抬頭看他俊美到不可思議的臉龐。

「我快要愛上你了，你知道吧？」我的聲音幾乎是耳語。

他撫摸我的頭髮，微笑說：「早該這樣了。」

睡到半夜，有人大聲敲門吵醒我們。

「多明尼克！」男人的聲音大喊，繼續敲門，「多明尼克，快醒醒！」

多明尼克擔憂地看我一眼，只穿著四角褲和T恤去開門。是傑森。

「不好意思這麼晚來吵你。」傑森伸手扒一下濃密白髮。

「怎麼了嗎？」多明尼克問。

「愛麗絲。」

聽到這裡，我下床過去門口。

「發生什麼事了？」我問，一股恐慌在心中升起，讓我的胃打結。

「她不見了。」傑森說，「我剛才醒來過去看她，她不在床上。吉爾正在屋裡找，但我有種很不祥的預感。」

「你什麼時候發現她不見了？」多明尼克邊問邊穿上牛仔褲。

「剛剛而已，才一下子。」

「我回房間去換衣服。」我匆忙回到房間，迅速穿上長褲和長袖T恤。我穿上防水外套和鞋子，出去之後關上門，費時不到三十秒。

三人衝下樓梯，吉爾在沒有燈光的餐廳裡等我們。

「沒找到？」傑森問。

吉爾搖頭。「我把整棟房子從上到下找遍了，她不在屋裡。」

一瞬間我們全都定住，時間停止，所有人都意識到不妙。

我們默默走向門口，外面一片漆黑。一行人站在門口片刻，不確定該往上去大街、還是往下去湖邊。

多明尼克彷彿領悟到問題所在，不等我們開口，直接說：「傑森、布琳和我往下去湖邊。我有種感覺，她應該往那裡去了，不過爲了以防萬一，吉爾，你負責檢查民宿周圍和附近的街道。她不可能走太遠。」

多明尼克走出一兩步又回過頭問吉爾：「你有沒有帶手機？」

吉爾從口袋拿出來。

「報警。」多明尼克說。

我們快步走向湖邊，小鎮的街道空無一人，所有人都上床睡覺了，店鋪與餐廳大門深鎖，只有昏黃的街燈投下光暈。兩艘渡船在碼頭隨波搖晃，今天來回科雷特島那麼多趟，終於可以休息。停在船位裡的遊艇也一片漆黑。

濃霧凝聚，低垂在半空中，飄飄蕩蕩籠罩萬物，彷彿一襲有生命的白毯。

「都是我不好。」傑森說。我們一邊奔跑、一邊左右察看街道。「我明知道她會亂跑！我應該在大門上裝警報器……或是其他裝備。全都是我的錯。」

「別這麼說，」我說，「先專心找她吧。」

多明尼克小跑步越過我們，接著全速狂奔。我和傑森對看一眼之後跟上。多明尼克往碼頭前面的湖濱公園奔去。白天的時候會有很多家庭聚集在這裡，野餐、舉辦音樂會，晴朗午後坐在野餐墊上享受湖景。這裡沒有沙灘，只有一道陡峭的岩岸直直通往湖水，距離水面只有幾英尺。

我們查看湖岸尋找愛麗絲。

這時，我們終於發現剛才多明尼克看到了什麼。

# 第29章

愛麗絲站在湖中，連身睡衣漂浮起來，她逐漸往水深處走去。霧氣圍繞著她，路燈光暈更添詭異。愛麗絲的頭髮四散飛揚，模樣彷彿湖中女妖降臨霧中的阿瓦隆[15]。

我和傑森站在水邊，眼前的景象令我們驚駭到無法動彈。多明尼克已經在湖裡了。

「親愛的！」傑森大喊，「多明尼克去救妳了，待在原地不要動！」

「愛麗絲！」我也跟著喊。

但她好似陷入出神狀態。愛麗絲沒有轉身，似乎沒聽見我們的聲音。接著她消失不見，有如被湖吞噬，剛才她站著的地方現在連一絲漣漪也沒有。

「不！」傑森嘶吼，眼看就要衝進湖裡，我急忙拉住他。

「他會找到她，」我說，「要是連你也溺水就糟了。」傑森雙手環抱我的腰，我們一起看著水面，那一刻恐怖又漫長。多明尼克潛入湖中，再浮上來，焦急地四處張望，然後又一次潛進水中，再一次，最後終於抱著愛麗絲浮出水面。

15 譯註：湖中女妖是《亞瑟王傳說》中的角色，賜予亞瑟王者之劍。Avalon，阿瓦隆則是《亞瑟王傳說》的傳奇島嶼，為古老宗教的中心地。

警車的紅藍警示燈劃破濃霧，隨著距離縮短，警笛越來越大聲。

多明尼克涉水回到岸上，他們兩個都全身濕透在滴水。愛麗絲的頭靠在多明尼克胸前，骨瘦如柴的手緊抓住他的臂膀。她的視線迅速來回移動，就像在瘋狂尋覓著難以捕捉的東西。

「愛麗絲，親愛的，妳沒事吧？」傑森的聲音單薄微弱。

她咳了一下，在多明尼克懷中顫抖。「這是什麼地方？」

「今晚妳狀況不太好，只是這樣而已，愛麗絲。」多明尼克說。我們匆匆忙忙沿著大街往上走向露安民宿。「不過現在妳沒事了。」

他對上我的視線。「她全身都是冰的。」他說。

「我先趕回去放洗澡水。」傑森說完之後奔跑離開，消失在霧中。

我舉起手向前方的警車示意。車停下來，一位警員跳下車打開後門。多明尼克抱著愛麗絲上車，我用跑的繞到另一邊上車。

「露安民宿。」多明尼克對警員說，車子迅速往上開。

「發生了什麼事？」一位警員問。

我和多明尼克對看一眼。「她神智不清跑出來。」我說。

「需要送醫嗎？」警員問。

「她在水裡的時間很短，不過或許還是送醫比較好，以防萬一？」多明尼克說。

「她全身都是冰的，」我說，「需要泡熱水，去醫院要二十分鐘，不能讓她在車上一直發抖。」

「有道理，」多明尼克說，「今晚我們會照顧她。」

「如果需要，我們有救護車。」

回露安民宿的路程感覺相當漫長。

我們終於到了。多明尼克一轉眼就抱著愛麗絲下車，兩步併作一步衝上樓梯。二樓的走道沒有開燈，但吉爾和傑森的房門開著，裡面透出的燈光照亮整個走道。吉爾在客廳裡慌張得手足無措，多明尼克抱著愛麗絲直接從他身邊跑過，將她送進浴室，裡面傳出水流的聲音。

「發生什麼事了？」吉爾焦急地小聲問我，「傑森幾乎沒辦法——」

浴室傳出傑森的聲音。「親愛的，我幫妳把睡衣脫掉。」

「她跑進湖裡，」我告訴吉爾，「多明尼克跟著下去救她。」

他舉起雙手摀住嘴。「噢，我的天。」

「我知道，眞的很不眞實。」

多明尼克從浴室出來，我聽見傑森在裡面溫柔地哄愛麗絲。「對，很好，這樣舒服多了吧？我放了妳最喜歡的入浴劑。」

緊張的氣氛懸在房間裡，有如外面的濃霧。沒有人知道該說什麼。太多問題盤旋纏繞，但我們全都想著同一件事：自行照顧愛麗絲眞的沒問題嗎？沒有住進照護機構，是否會對她的安全造成風險？我從吉爾的表情看得出來，他也在煩惱同樣的問題。

終於，我打破沉默。

「你的衣服也濕透了，快去換掉吧。」我對多明尼克說。

他點頭，對吉爾說：「我馬上回來。」

沒過多久，多明尼克輕聲敲門進來，他換上了乾的運動褲和T恤，腳下踩著拖鞋。

吉爾熱淚盈眶。

「謝謝你們。」他來回看著我們兩個，「我知道這樣不足以表達謝意。」

多明尼克一手按住吉爾的肩膀，將他拉過去抱住。吉爾因爲突然放鬆而大哭起來，多明尼克輕撫他的背。「別擔心，兄弟，」他說，「她不會有事的。」

「傑森絕對無法原諒他自己。」吉爾輕聲說。

他離開多明尼克，走向位在另一頭的廚房，拿出一瓶高地威士忌。

他舉起酒瓶說：「我想來一杯，還有誰要？」

「噢，當然要。」多明尼克自嘲地說。

吉爾倒了三杯琥珀色的酒，每杯各加一個冰塊，先後遞給我們兩個。

我喝了一口，酒滑落咽喉，嘗到泥炭與海風的滋味，感覺身體從裡面暖起來。

「我只是不……」吉爾開口說，但就這樣停住，不願意眞正說出口，但我們都知道他在想什麼。他伸手扒了一下頭髮，把剩下的酒喝光，接著又倒了一杯。

「去把壁爐點燃吧，」我說，「我們留下來陪你，等傑森幫愛麗絲洗完澡、送她上床。」

吉爾嘆息。「也好。」他走向壁爐，瓦斯立刻點燃，讓房間充滿暖意。

他走向單人沙發沉沉坐下，我和多明尼克坐在長沙發上。三人望著搖曳的火焰，不發一語。能說什麼呢？

我瞥一眼時鐘，時間接近凌晨三點半。吉爾把頭靠在椅背上，閉起眼睛，將冰涼的酒杯抵著前額，感覺好像他頭很痛，需要止痛。我感同身受，因為先前腎上腺素爆衝，導致我現在感受到深刻的疲憊。我打個呵欠，好希望可以和多明尼克一起回床上，依偎在彼此懷中一覺到天亮。

但是不可能。

「吉爾！」傑森在浴室大喊。

吉爾猛然睜開眼睛。「嗯？你需要什麼嗎？」

「可以幫愛麗絲拿件乾淨的睡衣嗎？她準備出來回房間睡覺了。」

吉爾再次閉上眼睛。「沒問題，親愛的。」他高聲回答，每個毛孔都流露疲憊。

我伸手過去按住他的手。「我去吧，她的睡衣放在哪裡？」

他對我微笑。

「妳眞貼心。她房間的五斗櫃底層，樓上第二間，那裡應該也有一雙新拖鞋。」

我撐著身體站起來，走上寬敞的木造階梯，前往愛麗絲的房間。

我打開燈，這個房間的裝潢和外面一致，都是森林木屋風。加大床鋪上鋪著百納被，床頭板是打磨過的原木。床頭櫃和五斗櫃也都是原木，黑色鑄鐵把手做成動物造型：麋鹿、熊、水獺；鑄鐵檯燈的燈罩感覺像樺樹皮。床邊的地上鋪著圓形編織地毯，另一頭則是壁爐。

相框隨處可見，全都是愛麗絲、傑森和家人的合照。我發現其中有一張是傑森、愛麗絲和吉爾在露安民宿的合照。眞不錯，他們將吉爾也納入愛麗絲的家族記憶。

我拉開最底層的抽屜，裡面有幾件法蘭絨長睡衣，摺疊整齊，上面放著一個亞麻香包。就像吉爾說得一樣，旁邊有雙新拖鞋。

我拿起拖鞋和最上面一件睡衣，原本打算拿了就走，但抽屜裡的東西吸引了我的注意。幾張米白色紙張對摺放在裡面。難道是小朋友的著色畫？我好像不該擅自拿出來看，但是那些紙張藏在愛麗絲的睡衣裡，不知爲何這讓我的胃感到鈍痛，一股寒意在血管中流動。

我放下睡衣和拖鞋，小心翼翼拿起那些紙，彷彿擔心會突然燒起來。一翻開，我差點驚呼，幸好即時控制住。

最上面那張紙畫了一幅圖。裡面的人物是愛麗絲穿著連身長睡衣，站在湖裡。天空漆黑，路燈投射昏黃光暈，彷彿聚光燈打在她身上。她的笑容很嚇人，眼睛睜大。湖水倒映她的身影，水中有另一個影子，漂浮在接近水面的地方。我看不出那是什麼。人？我不確定。遠處有三個人站在街道上。

這是華頓。那是愛麗絲在湖中的樣子。而那三個人是傑森、多明尼克，還有我。

# 第30章

我雙手顫抖，將最上面那張放到旁邊，露出第二張。這幅畫的主角是多明尼克，他抱著愛麗絲涉水上岸。

同樣的昏黃燈光照在他們身上，但是在這幅畫中，那道光束裡有很多人臉，有些滿臉笑容、有些一臉凶惡。人臉從上方俯瞰他們。

我把兩幅畫一起摺起來放進口袋，重新拿起睡衣和拖鞋，再從門後的掛勾取下愛麗絲的睡袍，匆忙離開房間下樓。

我敲敲浴室門，傑森打開一條縫。

我將睡衣、睡袍、拖鞋交給他。「謝謝。」他同時用言語和眼神道謝。

我把門關好，回去多明尼克和吉爾所在的客廳。我不確定該不該說出剛才發現的畫，猶豫片刻，但我想起之前和吉爾討論過愛麗絲似乎有通靈能力。今晚發生的事——愛麗絲跑進湖中——其實與通靈能力無關，而是她的安全問題，但我總覺得這兩幅畫多少牽涉其中。

我從口袋拿出那兩張紙，看看浴室門，希望傑森不會在這時候突然出來。

「我找到一個東西，我覺得你們需要看一下。」我攤開那兩張紙。

他們先仔細研究一張，再換下一張，最後一起抬頭看我。

「妳在哪裡找到的？」吉爾壓低聲音問，語氣急促。

「在她放睡衣的抽屜裡。」

吉爾注視我的雙眼。

「我們一直在鼓勵她做些藝術創作，」他說，「我們取得了一些資源，聯絡上熟悉阿茲海默病患的人士，加入支援團體，諸如此類。一些家屬說藝術創作有助於舒緩情緒，妳也知道她很容易緊張。」

我點頭。「當然，」我說，「這個主意非常好。」

「嗯，她也經常那麼說，」吉爾說，「但這個——」

就在這時候，浴室門開了。我匆忙將紙張摺好收回口袋，吉爾點頭，彷彿他理解。傑森不需要看這些畫，至少現在沒必要。

傑森牽著愛麗絲從浴室出來，她穿著睡衣、睡袍和拖鞋。

「好，親愛的，我帶妳去睡覺。」他對愛麗絲說，轉頭對我們微笑，眼神流露疲憊。

「現在只要走上短短的樓梯就好。」

「短短的樓梯。」愛麗絲說，似乎沒察覺還有其他人在場。

我們目送他們走上二樓。這時愛麗絲突然轉頭看著我們。

「我的時間還沒到，」她說，「不過很快就會到了。我覺得應該很快，但不是今天。」

多明尼克站起來。「晚安，美麗的夫人。」他高聲對她說，「祝妳好夢，明天見。」

「晚安，拯救我的英勇騎士，」她同樣高聲對他說，「不是今天，對吧？明天我會醒來？」

多明尼克露出大大的笑容，我不明白他怎麼辦到的。我自己喉嚨緊繃，滿溢悲傷。

「明天早餐，我們再一起約會吧。」多明尼克對她說。

傑森帶她進房。幾分鐘後，他打開門靜悄悄出來，輕輕關上，有如好不容易哄睡哭鬧嬰兒的父母。他赤腳走下樓。

吉爾在樓梯底等候，遞上一杯威士忌。他們擁抱許久，我看到傑森肩膀起伏。他做個深呼吸之後放開吉爾，轉身看我和多明尼克。

「真不知道該怎麼感謝你。」他說。

多明尼克舉起一隻手。「照顧病人要大家一起合作，你所選的這條路並不容易，路途中有許多考驗，但你還是勇敢走下去了。」

傑森強忍啜泣，吉爾帶他走向沙發。

「現在我真的不知道該怎麼辦了。」傑森坐下之後說，「要怎麼預防她又趁我們睡覺的時候跑出去？把她的房門反鎖？萬一發生火災呢？」

多明尼克搖頭。「其實很簡單，兄弟，」他說，「在樓梯頂端裝一道嬰兒用的閘門，附有警報器的那種。」

傑森瞇起眼睛看多明尼克，然後轉頭對吉爾說，「這個辦法不錯耶。」

「何止不錯？」多明尼克笑了一下，「這是解決問題最簡單的辦法，這樣就能防止她下樓。如果她企圖開門，警報器會通知你。明天訂購，一兩天就能到貨。」

吉爾和傑森對看一眼。

「露安會准許嗎？」傑森問。

「我認爲她不會反對。」多明尼克說。

「那今晚呢？」傑森問，「不然我在門口窩一晚好了……」

多明尼克搖頭。「別傻了，你們兩個快回去睡吧，你們需要休息。反正我已經醒了，今晚就由我看守。我會待在這邊的沙發上，以防愛麗絲今晚又亂跑。」

「我們不能讓你幫這種忙。」傑森說。

「不是你們要我幫，是我自告奮勇。你們累壞了，要是繼續熬夜，明天你們會沒有辦法照顧愛麗絲。」

吉爾對上傑森的視線。「他說得沒錯，你知道。」

「明天我們就來安裝有警報器的安全閘門，」多明尼克說，「也可以裝監視器。」

傑森看看我們兩個。

「謝謝你們。」他彷彿再也想不出其他話，接著對多明尼克說：「你儘管自便。」

吉爾和傑森上樓去。很快就傳來關上臥房門的聲音。我清晰感受到他們終於放心了。

我轉頭對多明尼克說：「我留下來陪你。」

但他搖頭。「去休息吧，」他說，「我留下來也只是看門而已，妳陪到最後一定會靠著我的肩膀睡著。如果早上醒來脖子痛，妳又要抱怨一整天。」

我微笑，他說得沒錯。

「好吧，」我說，「我回房去了。」

他將我拉進懷中熱吻，握住我的一綹頭髮。我多想和他一起窩在床上，抱著他直到天明。

# 第31章

我離開套房關上門，外面的走道一片漆黑。我聽見多明尼克鎖門、上門閂。突然間，回房間的路程感覺非常遙遠。我差點回頭拜託多明尼克陪我，但後來決定算了。他有更重要的事。

看到通往五號房的壁龕一片漆黑，我吁一口氣，這才發現我一直屏著呼吸。好，我在心中激勵自己，妳一定能辦到。

*只是一小段走道而已。*

然而，當我踏出一兩步，卻感覺……走道好像有生命。我四周的空氣在悸動，一道寒氣掃過我的臉，又瞬間消失。緊接著我卻感覺到那道寒氣像繩索一樣纏繞著我。一時間，我全身冰冷。

就在這時，我聽見說話的聲音。我聽不清楚內容，只知道是一群人在交談，聲音很模糊，彷彿他們在另一個房間。

「或另一個時空。」我聽見一個女性的聲音說。

就在這時，其中一間日租房的燈亮了，門打開。一個男人走出來，頭髮凌亂，穿著皺巴巴的條紋睡衣。看到我，他明顯嚇了一跳。

「噢！」他笑了一下，「妳嚇到我了，我沒想到會在這種時間遇到人。」他整理一下頭髮，左右張望走道。「洗手間？」

「右邊第二扇門。」我指給他看。

「謝了。」他說完之後快步往洗手間走去，進去開燈之後關上門。

此時，異樣的感覺終於消失。走道恢復正常。

我快步走回房間，一進去立刻鎖門、上門閂。我沒聽說有日租客入住，不過當然啦，這裡本來就是除了長租也有日租。就算有日租客來，露安也不必通知我們。只有傑森、吉爾、多明尼克和我住在這裡的時候，我經常不鎖門。可是現在……我第一次意識到，這裡會有陌生人進出，每天晚上都可能有不同的人在。我們不知道他們是誰。之前我的房間沒有上鎖，可能會有人跑進來翻我的東西。

我打開天花板的燈，檢查房間的狀況，探頭看洗手間和衣櫃裡，彎腰察看床底。沒有人。

我的手機依然在充電；筆電放在窗邊的桌子上，皮包在旁邊。我過去拿起皮包，找出皮夾；信用卡、提款卡都沒少，裡面的一點點現金也沒有動過。

我把手伸到皮包最裡面，找到一個黑色小盒子。自從媽媽的葬禮過後，我一直帶在身邊，但沒有勇氣打開。盒子還在，我鬆了一口氣。

我打開盒蓋。

裡面有一條精緻的金鍊子，墜子上刻著「SISU」。這是芬蘭文，無法正確翻譯成英文，這個詞代表芬蘭人的精神——力量、決心、勇氣、膽識、堅忍、剛毅。只要擁有sisu，無論人生中遭遇多少困難，都能化險爲夷，甚至光榮戰勝。

這個詞完美形容我母親。她是百分之百的芬蘭裔——她的父母都是芬蘭移民的孩子。得知罹患第四期癌症之後，她訂製了兩條項鍊，金的她自己戴，銀的送給我。她知道我們兩個即將走上一條崎嶇艱困的道路——她忍受抗癌治療，我目睹她受苦受難——她希望我們都能記得，在內心深處我們是怎樣的人。狀況勢必會很惡劣、很困難，但無論有多大的考驗，我們都能撐過去。

她從來沒有摘下這條項鍊，直到過世那天。我坐在她的床邊，她伸手到頸子後面，好不容易才解開釦鎖，然後把項鍊和她的婚戒一起交給我。

「這些東西應該要歸妳。」她斷斷續續低語。

我接過那兩樣東西，握在手心。我知道當她走了以後，這將是我們之間有形的連結。淚水滿溢，我發不出聲音。

「妳會非常辛苦。」

「Sisu。」我哽咽說。

她擠出笑容，點點頭，似乎因此得到慰藉。

後來我將她的婚戒串在鍊子上，處理喪葬事宜時一直戴著；讀弔文時我戴著，守靈時我戴著。我在賓客間走動，一一感謝他們前來，接受他們致意。那天晚上，我終於拿下來收好，再也沒有拿出來看過。這個遺物會喚醒太多痛苦。

然而，此刻當我站在露安民宿的漂亮黃色房間裡，我覺得是時候可以重新戴上了。

我從口袋出拿出愛麗絲畫的圖，撫平之後放在筆電與皮包旁邊。再看一次那兩幅畫，圖案令我全身冷顫，尤其是多明尼克抱著她的那張，光束中擠滿了人臉。

我走到房間另一頭關燈，脫掉衣服，換上寬鬆長版T恤，鑽進被窩。我知道睡意不會太快來臨，有太多事在我腦中盤旋。

占據愛麗絲腦中的那些畫面究竟有多靈異？感覺就好像，當可怕的失智症將她逐漸帶往死亡，隨著腦部慢慢退化，她心靈中的另一個部分被喚醒。多明尼克之前的說法難道是眞的？對愛麗絲而言，隔絕陰陽兩界的屏障變得太過單薄，她因此得到奇特的感應能力？然而即使如此，她怎麼會看見她所看見的那些畫面？知道她所知道的那些事？

我不可能知道答案。這種問題不可能有答案，至少不會有屬於眞實世界的確切答案。一如在五號房過世那位女士的身分之謎，或許愛麗絲的神奇能力也永遠無解。神祕的謎團，未知的現象。

眼皮感到沉重，我打個呵欠，鑽進被窩更深處。我微笑想著：我就要進入陰陽交會的時空了。

這時，我聽見歌聲，輕柔低微，幾乎有如耳語。是媽媽的聲音。

我感覺她在摸我的頭髮，小時候她哄我睡覺的時候都會這麼做。

我飄浮在半睡半醒的狀態中，聽著媽媽的歌聲逐漸進入夢鄉，就像小時候那樣。入睡時，我全身感受到極度徹底的平靜。

腦中浮現一個畫面，一開始模糊遙遠，逐漸變得清晰。剛才在走道上，那個找洗手間的人，他是從哪個房間出來的？好像是多明尼克的房間？不，不可能，一定是旁邊的空房。沒錯，我想著，在腦中看著那一幕重演，絕對是多明尼克隔壁的房間。

感覺不太對勁，哪裡怪怪的。我全身發毛，爲什麼？

我和那個人交談，指出洗手間的方向，於此同時，所有房間門下方的縫都透出亮光，包括我的房間。詭異的光照亮整個走道。

這時我才發現走道不是平常的樣子。地上鋪著長條地毯，藍底搭配紅色小花。之前有地毯嗎？是我沒有留意？不對，我很確定沒有地毯，只有寬木板。而且牆上貼著壁紙，白底印著藍色細條紋。我確定民宿的牆壁是灰白色。

牆上的整排煤氣燈閃爍點亮，一盞接著一盞。我看到火焰搖曳，聞到燈油味。多明尼克房間對面的牆上掛著一面古老的鏡子，鏡面因爲年代久遠而斑駁。我瞥見鏡中的自己，愕然發現身上穿著深藍色禮服，而不是原本的外套跟牛仔褲。

我站在那裡，呆望著鏡中的自己，這時多明尼克突然出現在我身後。他對鏡中的我微笑，雙手環抱我的腰。我往後靠在他身上，看著鏡子，他開始親吻我的頸子。

「只是作夢而已，布琳，」他呢喃，聲音沙啞而粗獷，「我在妳身上找到我的世界。我們回到過去吧，去玩一玩。」

突然間，我身在一家夜總會，氤氳煙霧盤旋繚繞，身穿西裝的男士喝著雞尾酒。我一襲一九二〇年代飛來波女郎[16]的打扮。一名男子滿面笑容朝我走來——多明尼克。他將我擁入懷中，我整個人融化了。之前大暴雨的早晨，我和多明尼克在我的房間喝咖啡，當時我在幻想中看到一名男子，如今察覺眼前的人就是他。

他帶我走進舞池，我們旋轉、舞動、歡笑。突然一陣騷動打破了狂歡氣氛，是臨檢！人們驚慌竄逃，警察四處抓人。我看到多明尼克對一個警察使眼色，接著牽起我的手，帶我穿過一扇門溜進倉庫，我們迅速走下後樓梯，跑進後巷，一路笑個不停。

「眞的好險！」我說。

他搖頭。「和我在一起，妳永遠會平安無事。」

突然一切都消失了。我獨自站在走道上。我在這裡做什麼？我夢遊了嗎？天色很暗，只有走道底的窗透進月光，房間門底的縫沒有燈光。沒有壁紙，牆壁是灰白色油漆，就像之前一樣；沒有煤氣燈，沒有鏡子，木地板上沒有地毯。

我急忙回到房間，關門的同時打開燈，檢查衣櫥與洗手間、床底；確認皮包和電腦，檢查皮夾，拿出塞在皮包最下面的小盒子、戴上項鍊。沒有問題，我很安全。

我躺下，頭放在枕頭上，身體在被子裡縮成一團。

睡沒多久，我猛然睜開眼睛，在床上坐起來，打開床頭櫃上的檯燈。我拿起水杯喝了一大口。身體深處顫抖著，夢中那種毛骨悚然的感覺依然糾纏著我。

我看看時鐘，五點半，已經過了兩個小時。

16 譯註：Flapper，一九二〇年代的前衛女性，代表性服飾為流蘇裙裝、鐘型帽，濃妝短髮。

我把杯子放回床頭櫃上，關燈，重新躺下蜷起身體，閉上眼睛，但我知道再也睡不著了。

究竟哪些是現實，哪些是夢境？我躺在床上思考，在腦中一步步回顧。

我走出吉爾與傑森的套房，聽到說話的聲音，遇見那個人，指出洗手間的方向，然後匆忙回我的房間。

我再度睜開眼，想到一件事：走道上沒有洗手間。

# 第32章

那之後我是怎麼睡著的，我自己也不知道，但一定睡著了，因為睜開眼時，晴朗藍天映入眼簾。時間已經快九點半了，我拿起毛巾、穿上浴袍，赤腳走出房間。我需要沖個澡，洗去昨晚的夢。

經過多明尼克的房間時本想敲門，但想想還是算了。昨晚他也很累，先是拯救愛麗絲，又留下來守夜讓吉爾和傑森睡覺，我敢說他一定累慘了。我很想知道經過昨晚的事，今天大家還好嗎？

我站在淋浴室的水流下很久，很可能有點太久，露安還特地叮嚀過要快快洗完、快快出去，熱水讓我回魂。我回到房間擦乾頭髮，蹙眉看著鏡中的自己，發現我需要補染髮根了。我穿上牛仔褲和T恤下樓，我需要咖啡和蓋瑞的邪惡早餐，想不起來多久沒有吃東西了。

幾張桌子還有客人在，於是我坐在吧台邊的高凳上。蓋瑞從廚房出來。

「早安，小可愛！」他笑咪咪對我打招呼，把放在我前面的馬克杯翻過來，倒進熱騰騰的咖啡。「除了咖啡還要什麼？」

「上次你幫我做的那種早餐。」我在咖啡裡加了一點鮮奶油，喝了一口，「有薯餅和起司的那種。」

「包治百病啦，馬上來！」

不久之後，他送來一片天堂，雞蛋、薯餅、蔬菜、起司組成的美味。他將熱騰騰的美食放在我面前。

「我聽說昨晚的事了。」他靠在吧台上，「愛麗絲。」

我點頭，吃了第一口。感覺過了好久、距離好遠，但其實只是幾個小時之前而已。

「眞的很可怕。」

「聽說多明尼克下水去救她，」蓋瑞接著說，自己倒了杯咖啡，「像超級英雄一樣。」

「沒錯。」我說，「傑森打算裝有警報器的嬰兒安全閘門，以免她又半夜偷跑出去。」

「這裡永遠不會無聊，」蓋瑞說，「希望愛麗絲沒有受到太大的驚嚇。」

我又吃了一口，考慮是否該告訴蓋瑞昨晚在走道上的事，最後決定他是最適合訴說的對象。

「昨晚我好像撞鬼了。」我終於說，隔著咖啡杯上緣打量他，「至少感覺應該是。我不確定。」

「五號房女士？」

「不是。」我說，「我們幫愛麗絲清潔好、送她上床之後，我回房間去。我在走道上遇到一個男人——」

「什麼男人？」說話的人是露安，她繞過轉角出現。她穿著紫色內搭褲配黑色長版上衣，用紫黑相間的絲巾綁住頭髮。「我不是故意要偷聽，不過我聽見妳說昨晚在樓上遇見一個男人？」

我和蓋瑞對看一眼。「沒錯，我看到一個人。」

露安坐上我旁邊的高凳。「那時候幾點？」

「大約三點半。」我說。

露安搖頭。「親愛的，妳確定不是在作夢？」

「我也想過這種可能，不過這次真的不是。那時候我離開傑森與吉爾的房間，正準備回我自己的房間。」

「呃，如果真有這個人，那麼他絕對不該出現在我們民宿。」她的表情流露擔憂，「這個星期沒有短租客。」

寒意竄過我全身，看來果然是。

「我覺得可能是鬼，」我縮了一下，「他從其中一個房間出來，問我洗手間在哪裡。」

露安狂笑。「二樓的走道上沒有洗手間，」她說，「以前原本有三間，可是現在沒有了。我買下這棟房子的時候就改成淋浴室和泡澡室，已經很久了。」

「昨晚我回房才想到，」我說，「害我全身發毛。」

露安與蓋瑞竊笑。

我瞇起眼睛看著他們搖頭。「我真是被你們兩個打敗了，」我說，「撞鬼這種事你們竟然可以一笑置之，一點也不驚慌，好像完全不當一回事。」

露安揮揮手。「啊，再多發生幾次妳就會知道，其實他們大多沒有惡意。」

「大多？」

露安拍拍肩膀上不存在的灰塵。「這些年來，我們也遇過一些讓人不太愉快的鬼魂，逼得我們不得不趕走他們，」她說，「不過大部分都沒有惡意。」

「包括五號房的女士？」我很想知道。

露安瞇起眼睛思考。「我認為她似乎和妳有特別的緣分。」

「我？為什麼？」

「親愛的，妳不是動不動就看見她嗎？她主動想接近妳，也可能只是因為那位女士在五號房過世，靈魂還在這裡飄飄蕩蕩，剛好目前住在這裡的人當中只有妳能和她產生感應。有時候會這樣。」

「剛好發生感應？」

「可以這麼說。就好像妳去參加派對，但現場的人妳全都不認識，妳剛好看到另一頭有個人長相很和善，所以就去找他說話。」

我點頭，不難想像。

露安對我搖搖手指。

「不過也可能是她有話想對妳說，或是有事想拜託妳。有時候也會這樣。」

我思考這種可能，感覺胃擰成一團。我想起她給我的那本書，《紋身人》，不由得相信露安說得沒錯。我和她接觸不是巧合。

「怎樣才能知道她想要我做什麼?」我問。

露安嗤笑。「眞是的，親愛的!下次見到她，直接問她!」

蓋瑞也跟著笑。

「布琳，妳正式成爲我們的一員了，」他說，「妳遇到穿越陰陽的靈魂了。」

我瞇眼看他。「穿越陰陽?」

蓋瑞再喝一口咖啡，露安站起來自己倒了一杯。「前幾天我不是跟妳說過?他們會穿越回來這裡。他們都是以前來過的人，寄宿工人、之前的員工。不知道爲什麼，也不知道是怎麼發生的，總之這棟房子會吸引他們回來。」

露安大笑，一手摟住他的腰。

「蓋瑞，等我們死了以後，一定會回來這棟房子作祟，你知道吧?」

他吻一下她的臉頰。「我也不想去別的地方。」

我觀察他們的互動片刻，瞬間恍然大悟。他們在一起，是情侶。之前我的心思一直放在自己的離奇遭遇上，所以沒有察覺。

我坐在那兒，對他們微笑。

露安瞇眼看我。「怎樣?」

「你們兩個是夫妻?」

「和這隻呆頭鵝一起共度了美好的十二年。」露安對他燦爛一笑，「他的太太過世之後過了幾年，來我這裡工作。前一年我老公也走了。」

「雖然花了一點時間，但她最後還是抵擋不了我的超強魅力。」他笑著說，「大概十五年吧，我都開始擔心她眼睛有問題了呢。」他沙啞大笑。

她打一下他的手臂。「我終於答應的那天，是你人生中最棒的一天。」

這時蓋瑞的表情變得嚴肅。他用洋溢愛慕的眼神看看露安，然後又回頭看我。

「我們經常胡鬧，」他說，「眞的很好玩。但其實也有另一面。」

露安點頭，知道他想說什麼。

「我和露安之前都結過婚。我的婚姻維持了三十四年，她的——多少年來著，親愛的？」

「二十九年。」她望著遠處，彷彿凝視過去，「差兩個月就滿三十年。」

「一生中能找到一次眞愛就已經非常幸運了，」蓋瑞接著說，「我們找到了兩次。」

「沒錯，」露安說，「對極了。我原本以爲永遠不會再婚，再也不會愛上別人，只能孤獨終老。沒想到這個老傢伙突然出現，偷走了我的心。」

「很少有人能在一生中找到兩次偉大的愛情，」蓋瑞說，「我們都很清楚有多難得、我們有多幸運。」

我喝了一口咖啡，對他們微笑，淚水刺痛我的眼睛。露安與蓋瑞找到兩次眞愛，而且是充滿歡笑的幸福愛情。我想到爸媽，他們是彼此的人生眞愛，廝守六十三年。凱蒂與尼克，賽門與強納森，傑森與吉爾，他們都找到了我遍尋不著的那種愛。

我都已經到了人生這個階段，卻始終沒有找到，不禁自問我到底做錯了什麼。難道是**我**有什麼毛病？

確實，我和多明尼克正處在戀情萌芽的階段，這部分沒有疑慮。問題是，他是我的眞愛嗎？我不知道。這段感情才剛起步，我無法想到那麼遠，說不定再過一段時間就會破局。

露安彷彿感應到我的心思，伸手握住我的手。「愛情總是在最意想不到、但妳最需要的時候來臨，」她說，「如果夠幸運，有時候對的人會在對的時間走進妳的生命。經常有人問我相不相信命運，以前我都會說當然不信，但現在我不太確定了。」

「命運？」我問。

「我還沒走出喪夫的哀痛，蓋瑞就闖進我的人生。我原本以爲會連民宿也保不住，因爲我沒辦法一個人經營。」

「妳一定可以。」蓋瑞搶著說。

她搖頭。「那時候不可能。幸好他及時出現，接手廚房和維修工作，其他事他也一手包辦，幫我整修。一開始，我只是很感謝他的友誼、陪伴與幫助。」

「後來她終於睜開眼了。」蓋瑞笑著說，「不過她說得沒錯，對的人會在對的時間出現。來露安民宿求職的時候，我太太才剛過世沒幾年，那時候我完全失去了方向。」

我將手肘靠在吧台上，一手撐住下巴。「怎麼說？」

蓋瑞又自己倒了一杯咖啡。「我原本是海巡人員。」他說。

「海狗。」露安笑著說。

「可以說是內陸的海，我在五大湖區服務，主要是蘇必略湖。」

「哇，」我說，「每年十一月刮強風的時候，你一定看過不少驚險場面吧？」

蓋瑞搖頭，低聲吹了個長長的口哨。「我有說不完的故事。總之，我退休之後過了幾年，我太太過世了，癌症。」

我的耳朵像被這個詞燙到。

「我照顧她，陪她走過人生最後那幾年。」他說。

淚水再度襲來，我不由自主撥弄項鍊。「噢，蓋瑞，我很清楚那有多辛苦。」

他揮揮手。「雖然辛苦，但也是一種幸運。」

我完全懂他的意思。希望有一天，當悲傷減輕之後，我也能領悟到自己有多幸運。

「不過，她走了以後，我不知道該怎麼活下去，」他說，「我看了很多毫無意義的電視節目，經常喝得爛醉，次數多到我不想承認，和朋友也斷了聯絡。我本來就不上教堂，所以也無法尋求信仰的安慰。我是個退休的老海巡，自己卻失去了方向，很難想像吧？有些日子，我根本不在乎自己的死活。我開始覺得能死也是一種福氣。後來我來到華頓，經過露安民宿時看到窗戶上貼著徵人告示。」

「其他都只是往事了。」露安對他微笑。

「我找回了生命的意義。」他說，「露安需要幫助，於是我就來幫忙。突然間，早上又有起床的動力了。所以啦，雖然說我在她需要時出現，但她也在我需要時出現。」

「我們兩個在人生中辛苦跋涉，都快無法呼吸了，就這樣慢慢死去，各自迫切需要對方能給的東西，」露安說，「沒想到我們竟然能找到彼此。」

「很瘋狂吧？」蓋瑞跟著說，「這樣的機率有多大？」

「所以我才相信這裡一定有特殊的力量，」露安揚起眉毛，「奇異、神祕的力量。我沒有特別做什麼，只是貼出徵人告示，結果蓋瑞就出現了。他也沒有特別做什麼，只是週末來華頓散心時剛好經過我的民宿。這整件事就這麼巧。儘管如此，那些小小的巧合，開啓了我們人生的新篇章。」

「命運讓我來到這裡遇見妳。」蓋瑞說。

「嗯，我們該感謝命運。」露安吻一下他的臉頰。

我小口喝著咖啡，不禁感到好奇，我是否也像蓋瑞一樣，被命運——或其他力量——帶來華頓？

# 第33章

吃完早餐，我拿著正在讀的懸疑小說去露台曬太陽。回到二樓時，我發現套房的門關著。本想關心一下愛麗絲的狀況——他們所有人的狀況——但他們說不定還在睡，我不想吵醒他們。就算他們睡上大半天我也不會怪他們。

獨自讀書兩個小時，心情很平靜。自從來到華頓，我很少有機會獨處，雖然說其實我不需要。能夠獨自想想事情感覺眞好，我沉浸在懸疑情節中，而且不是我自己被鬼追，也沒有五號房女士，甚至沒有愛麗絲。這是我的休息時間，感覺非常舒服。

一個章節讀到一半時，手機震動起來。我看一下時間，已經快兩點了。

「嗨！」凱蒂開朗地說，「妳今天在忙什麼呀？」

「完全很閒。」我嘆息，「感謝老天，一整天我什麼都沒做，吃完蓋瑞的招牌早餐之後，就一直在露台看書。」

「經過昨晚的風波，妳確實値得休息一天。」她說。

我愣住。「妳已經聽說了？」

「這裡是華頓耶，而且我是警察局長的老婆。」她說，但語氣很快變得嚴肅，「愛麗絲還好嗎？妳呢？」

「她應該沒事，」我說，「要是她的狀況惡化，我應該會聽說。今天我還沒見到他們三個，我猜他們應該都累壞了。」

「聽說妳的男人是大英雄呢，整個鎮上都傳遍了。」

我笑了一下。「消息傳得眞快。沒錯，他是大英雄，他潛進水裡救她出來。」

「晚上來吃飯，全部說給我聽。」凱蒂說，「妳有空吧？我知道很臨時，但賽門一直吵著要我邀妳來。」

「我的社交活動超多，我要先看一下行事曆喔。」我大笑，「我當然會去，幾點到？」

「我們習慣星期日提早吃晚餐，這是這裡的傳統，比較像是晚午餐，晚餐兼午餐。」她說。

「晚午餐，我喜歡。」

「那麼，四點好嗎？我們先喝酒、吃前菜。廚師會烤兩隻雞，另外也有輕食義大利麵，絕對好吃到讓妳痛哭流涕。」

「我一定準時到，要帶什麼去嗎？」

「可以帶紋身人嗎？最近他可是鎮上最夯的話題人物，我很想認識一下。」

「我問問他。」我回覆。但仔細一想，我的胃翻了個跟斗。她認爲我們是情侶，所以一起邀請。「妳知道，我們沒有在交往。」

「噢，少來，」她笑著說，「全鎮的人都知道，他成功贏得華頓鑽石單身女的青睞，他的運氣眞好。」

她的這番話眞是太貼心了。我感覺臉紅了，更重要的是我整個人從內在暖起來。

我掛斷電話，從露台椅上站起來。我回到屋裡，輕敲多明尼克的房門。我不敢太用力敲，萬一他在睡覺，我不想吵醒他，不過如果他沒有在睡覺，這樣的音量應該足以讓他知道有人找他。我等候片刻，沒有回應。我走向傑森與吉爾的房間，輕輕敲門。同樣沒有回應。

我下樓去到餐廳，發現多明尼克坐在吧台邊，面前放著一個高球杯，裡面的啤酒冒著氣泡。看到我，他露出微笑。

「妳來啦。」他微笑。

「我剛還去敲你房間的門。」我坐上他旁邊的高凳，「昨晚還好嗎？愛麗絲有沒有怎樣？」

他喝了一口啤酒。

「愛麗絲這方面非常平靜，」他說，「實際上十分祥和。大家都在睡覺的時候，我一個人坐在壁爐前，我有很多時間可以思考。七點的時候吉爾起床和我換班。」

「你回房之後有睡嗎？」我問。

「昏睡了幾個小時。」他點頭，「我沒事。」

「剛才我和凱蒂聊了一下，」我說，「她邀請我們去哈里森居吃晚餐，你想去嗎？如果你很累，我可以跟他們說。」

多明尼克微笑。「感覺很有意思，我一直很想看看那棟房子裡面的樣子。警察局長也會在?」他斜斜看我一眼。

「不要做可疑的事就沒問題。」我說,卻立刻希望能收回那句話。我剛才沒有想那麼多,此時猛然想到,有鑑於多明尼克的成長背景,他和警察打交道的經驗可能不甚愉快;而且凱蒂跟我說過,她丈夫認為多明尼克與明尼亞波利斯的一起可疑死亡事件有關,看來好像不太適合讓他去。「我不是那個意思——」

他的笑容讓我沒有繼續說下去。「我會努力不做可疑的事,」他說,「不過天知道呢?我常會不知不覺漂向可疑的水域,到時候妳一定要跳下去把我拉回來喔。」

我對他開懷一笑。「他們約四點。」

他的表情混合了嫌棄與驚訝,我不由得爆笑出聲。

「四點?」他說,「早鳥特價時段?我們是老人嗎?」

「先生,老人也是人好嗎?」蓋瑞在廚房裡說,「有些人老了還是很辣。」

「有些特別辣。」露安幫腔。

我和多明尼克笑個不停。

「這裡的人喜歡在星期日提早吃晚餐,」我說,「午餐兼晚餐,晚午餐。」

他咧嘴一笑。

「晚午餐。先是沸煮魚,現在又來了晚午餐,你們這些湖區的人還有什麼花招?」

「也可以稱之為午晚餐。」

多明尼克搖頭。「三點四十五分在這裡會合。」他說完之後站起來,「我要去洗個澡、打扮一下。雖然主要是爲了全人類考量，但也是特別爲了妳和東道主。」

「約好嘍。」我抬頭對他微笑。

他摸摸我的頭髮，彎腰輕輕吻一下我的臉頰。「等會見。」

我目送他上樓，露安從廚房出來，手裡端著一杯馬丁尼，眉毛高高揚起。

「哎呦、哎呦、哎呦，」她笑嘻嘻對我說，「妳來這裡以後，我第一次看到妳這麼開心的樣子。今天早上我們不是才聊過嗎？對的人會在對的時間出現在妳的生命裡。」

臉越來越熱，我知道我臉紅了。「我們還在互相了解的階段。」我試圖反駁。

露安狂笑。「『互相了解的階段』，想唬誰啊？在我看來，你們兩個像是已經認識一輩子了。丫頭，不要抗拒，最糟也不可能糟到哪裡去吧？妳可以和他玩玩，度過愉快的夏季，等新的希臘男神一出現，立刻甩掉他。不過我認爲這段關係不會只是玩玩而已。」

她停住，深深注視我的雙眼，「你們兩個也這麼想。」

我換上長度到腳踝的黑色棉質圓領長洋裝，套上最百搭的黑色平底鞋；戴上藍色和銀色交織的珠串項鍊，選了我最喜歡的藍色水滴形琉璃珠銀耳環。

我從梳妝台找出化妝包，努力施展魔法。保濕乳液、一點修容霜，眼睛下面擦點遮瑕膏，在臉頰抹點腮紅膏，眼線筆加睫毛膏。

我從衣櫥拿出牛仔外套穿上，最後再看看鏡子。還不錯。我想著，拿起皮包走出房門，關門之後慎重上鎖。

我打開通往餐廳的門，多明尼克已經在等了。他靠在牆上，牛仔褲搭配緊身黑T恤，加上一件黑色休閒西裝外套，腳上穿著黑色短靴。他的兩隻耳朵都戴著鑽石耳針，脖子上掛著兩條粗金鍊，其中一條有珠寶十字架綴飾，另一條則是精緻的編織鍊。

我走進餐廳，他對我微笑，讓我忘記呼吸。

「瞧瞧妳，」他揚起眉毛，「眞漂亮。」

我臉紅了。「你自己也打扮得很好看。」我好不容易擠出回應。

走出大門時，我回頭看了一下，露安和蓋瑞站在吧台裡，各自端著一杯馬丁尼。兩人對我舉杯，眼神彷彿看穿了祕密。

到了外面，多明尼克從口袋拿出車鑰匙。「雖然可以走路去，不過……」

「噢，開車吧，一定要，」我說，「今天我坐在露台上一整天，沒有燃燒半點卡路里，不要破壞紀錄。要是喝了酒之後想走路回家——」

「警察局長會盯著，不讓我們喝太多。」多明尼克搶著說，笑了一聲。

「沒錯，反正從那邊回來全是下坡路。」

我們繞到民宿後面，坐上他的車，緩緩駛過小鎮。時間還不到四點，但白天的熱鬧忙碌似乎已經接近尾聲。我們經過讀吧書店時，我看到貝絲站在店外，忙著收起放在人行道上的廣告小黑板。我降下車窗對她揮手。

「嗨，布琳！」她對我大聲說，「明天來店裡一趟！」

「好喔！」我大聲回答。

我回頭看多明尼克，他將車子開上山坡，露出大大的笑容。

「怎麼了？」我問他。

「妳在這裡的時間比我短，可是鎮上每個人好像都認識妳。」他說，「露安和蓋瑞愛死妳，傑森和吉爾更不用說。妳原本就有哈里森居的那幾個朋友，現在又多了書店的貝絲。」

我聳肩。「好像是吧。」

「這是因為妳的氣場很好，」他說，「妳讓大家都覺得和妳在一起很安心，包括我在內。妳的這種特質是一種天賦，敞開心胸邀請大家進入妳的世界。」

真的是這樣嗎？原來在他眼裡我是這樣的人，心中感到一陣溫暖。

他把車開進哈里森居的停車場，這時我才意識到這棟房子有多宏偉。這棟維多利亞風格豪宅占地廣大，外觀是深紫搭配米白，座落於鎮上最高的山丘，俯瞰港口。三樓有一座塔樓，門廊環繞整個正面；門廊天花板垂掛著許多籃子，裡面裝滿繽紛花朵，單人沙發與長沙發構成一個個小區域。

門廊遠處有一對男女坐在沙發上，我猜應該是房客，他們前面的茶几上擺著一個冰桶，裡面放著葡萄酒。他們兩人彼此依偎、各自讀書。看著他們，我想起和多明尼克在沙灘共度的那個下午。

他對上我的視線、露出笑容，我知道他也想著同樣的事。

我和多明尼克走上通往正門的台階，凱蒂開門出來迎接，賽門與強納森跟在後面，各自端著一盤開胃菜。尼克最後才出來，他雙手抱胸站在門口，身體靠在門框上。

「歡迎！」凱蒂一把抱住我，「眞高興見到妳。」

「我也很高興見到妳。」我吻她的臉頰，然後轉向我的男伴，「大家認識一下，他是多明尼克。」

凱蒂上前擁抱他。「眞高興認識你！」她說，「我是凱蒂。」

「謝謝妳連我一起邀請，」多明尼克秀出那種電影明星的笑容，「像我這樣的人很少有機會獲邀造訪豪宅，」他接著說，「希望我不會用錯叉子搞得大家不愉快。」

「別鬧了。」凱蒂捏捏他的手臂。

「親愛的，就算你用手抓東西吃，也不會讓人不愉快。」賽門興奮地說，「我是賽門，這是我丈夫強納森。」他比比尼克，「那是凱蒂的丈夫尼克，他平常就是一張臭臉，不要介意。」

我對尼克微笑，但他沒有看我，而是注視著多明尼克，眼神令我不安。

「誰想來一杯？」尼克說，「今晚我被任命擔任酒保。」

晚午餐就此展開。

# 第34章

我們在門廊享用酒和開胃菜。大盤子上堆滿美味：高級起司配鹹脆餅乾，奶油起司餡無花果、各種堅果、燒烤義式燻肉蘆筍卷。優美景色盡在眼前，港口與小鎮一覽無遺；帆船悠然行駛在島嶼間，停靠在碼頭的遊艇隨波起伏。渡船緩緩開向科雷特島，觀光客在鎮上漫步，湖濱公園的小徑兩旁開滿鮮花。我們在山丘上將美景盡收眼底。這棟房子被稱為山坡上的輝煌豪宅，果然名符其實。

我看到一隊皮艇朝科雷特島前進，這時才驚覺我竟然還沒去划皮艇。

「這個星期我一定要找時間去划皮艇。」我說，接著喝一口酒。

強納森對賽門使個眼色，突然爆笑起來。

我來回看他們兩個。「怎麼了？划皮艇有這麼好笑？」

賽門翻個白眼。「我盡可能遠離皮艇，不是我的菜。」

「我們剛搬來的時候去上過課。」強納森抹去笑出來的眼淚，「簡單地說，不太順利。」

凱蒂大笑。「快告訴她防寒衣的事。」

現在就連賽門也大笑起來。「好啦、好啦。」他說完之後轉頭看我。「凱西經營皮艇出租生意，但是他們只租給有證照的人。而要取得證照，就必須上課，他們會實地教客人划皮艇，像是萬一翻船該怎麼辦、如何應付風浪，諸如此類。」

「很合理呀。」我說。

「這可是蘇必略湖呢，」強納森搶著說，「總不能讓什麼都不懂的人就這樣跑去湖上吧。」

「那麼，防寒衣是怎麼回事？」

「划皮艇必須穿防寒衣，因爲湖水很冰。」賽門說，「這麼說吧，我的那件有點太……貼身。」

強納森訕笑著。

「我全身的嬰兒肥都被看光光了！」賽門哀嚎，「丟臉死了啦，我簡直像香腸一樣。總之，我吞下羞恥心，出發去湖上。第一課教的就是把皮艇弄翻，然後頭上腳下游出去。」

我打個冷顫。看來還是不要去划皮艇好了。

「我第一個下去，」賽門喝了一口酒，「弄翻的部分很順利。我成功解開防水裙[17]，從皮艇游出來，沒有問題。我想著：我超專業，我是天才！教練一定沒有看過第一堂課就這麼厲害的人。」

17　譯註：皮艇裝備，穿在划船的人胸口，下緣包住座艙邊緣，把整個艙口封住，避免海水打進座艙。

強納森雙手蒙著臉搖頭。凱蒂笑出眼淚，就連尼克也在大笑。

「接下來就要在開放水域重新進入皮艇。首先要爬到皮艇上，腹部朝下，設法將身體塞進那個小洞，這樣才能坐下。皮艇很容易翻覆！一點也不穩。要回到皮艇上，就得把身體扭來扭去，活像蘇必略湖太陽馬戲團。」

「發明這種活動的根本是野蠻人。」強納森幫腔。

「我穿著那件超緊防寒衣，活像努力想爬上冰山的海象，」賽門說，「而且那天是我的生日！竟然在生日當天大丟臉！」

「從那次之後，我們的慶生活動都是喝香檳、打槌球。」強納森說。

多明尼克抹去笑出來的眼淚，我笑到肚子痛。

強納森接著說起他們最近的古董挖寶之旅，後來賽門抱怨那些恐龍新娘，又害我們笑到停不下來。

「開放宴會廳承包婚禮這種餿主意到底是誰想出來的？真該被有毒的扣眼花刺死。」賽門氣呼呼地說。

「就是你自己喔，親愛的。」強納森說。

多明尼克對上我的視線，用嘴型問：「宴會廳？」

我點頭。「賽門的祖母過世之後把這棟房子遺留給他，老奶奶從小在這裡長大。」我告訴他，又轉頭問賽門：「是這樣對吧？」

「沒錯。」賽門說，「海德利奶奶人生最後幾年，我搬進來照顧她。」

雖然我努力壓抑，但淚水隨時可能會潰堤。最近我動不動就掉眼淚。多明尼克一定察覺了，他原本倚在門廊柱子上，這時上前兩步，一手按住我的肩膀。尼克在一旁觀察，他的態度讓我不太舒服。

「照顧病人有多辛苦，布琳親身體驗過。」多明尼克對賽門說，他的聲音充滿溫柔與理解，「你願意照顧祖母，眞的很偉大。」

「照顧她一點也不麻煩，她是位很可愛的老太太，」賽門說，「也很風趣。對吧，凱蒂。」

凱蒂笑了一下。「每次玩克里比奇[18]她都作弊。」

賽門狂笑。「我都忘記了！」

我對他們微笑，心中感到十分佩服，他們失去了生命中很重要的一個人，卻依然能用笑聲中和悲傷。我很想知道，還要多久我才能走到這樣的境界？是否眞會有這天？多明尼克的手依然放在我肩上，我伸手按住他的手，抬頭看他。我知道他很清楚我在想什麼。我的眼角餘光瞥見尼克在觀察我們，又來了。

他和凱蒂小心翼翼互使眼色，我很想知道究竟是什麼意思。

我打破沉默。

「奶奶過世之後，你們決定把房子改建成民宿？」我問。

18 譯註：cribbage，十七世紀由 Sir John Suckling 發明的雙人紙牌遊戲。玩家依據自己和對手的牌，組合成特定樣式，累積分數，最快獲得一二一分者為勝。

「噢，我們很久以前就決定好了，」賽門說，「奶奶、凱蒂、我，我們討論了很久。」

「奶奶剛過世那個階段，我沒有參與多少，」凱蒂說，「我忙著處理自己的……問題。」

「也就是和地獄怪客離婚。」賽門假裝說悄悄話，引來尼克難得的笑聲。

「你之前好像說過，整修房子的工作最近終於完工了？」

他點頭，喝一口酒。「我們翻修了整棟房子，從屋頂到地板全都沒放過。所有東西都需要修，從水管到電路到裝潢，這家民宿是強納森費盡心力打造的。」

「整修宴會廳是最後的階段，」強納森說，「我們原本想說整修好之後一定能吸引很多婚禮和其他活動，誰想得到新娘會這麼難搞？感謝老天，現在凱蒂承擔了絕大部分的婚禮相關工作，讓我們可以照顧其他房客。」

尼克忙著幫大家添酒。他對上我的視線，微微一笑。我實在看不透這個人。我看著他，想起賽門曾經批評尼克像屹耳，但我認爲他說錯了。我覺得尼克這個人友善、熱心，但戒心非常重。就連今晚也一樣，重得太過分。不過這也難怪，畢竟他是警察，一定看過太多不好的事。儘管如此，我一次又一次發現他在觀察多明尼克，到底爲什麼？他的眼神在我的意識中形成疙瘩，而且是很不愉快的那種。

「聽說昨晚愛麗絲出事，我們大家都很難過。」賽門靠近我，「她還好嗎？妳呢？」

「她沒事。」我捏捏多明尼克的手臂，「幸好有這位大英雄。」

尼克是不是翻白眼了？還是我想太多？我心中燃起不快，昨晚那件事讓大家都很辛苦，我再也無法壓抑情緒。從剛才我就察覺他對多明尼克的態度很惡劣，我實在受夠了。

「尼克，她沉進湖裡消失了，難道你的手下沒有給你完整的報告？」我的語氣明顯流露厭煩，「她沉進水裡，那時候外面一片漆黑。多明尼克毫不猶豫就跟著她衝進黑暗的湖裡。他潛進水中好幾次才終於找到她，抱著她從湖裡出來。他救了她的命。」

「是喔？」尼克說，「了不起，老兄。」雖然他這麼說，但表情卻傳達截然相反的意思。我很不喜歡他的態度。

我氣惱地瞪他。「你的手下幾分鐘之後才到，」我強勢進逼，「我們已經在回露安民宿的路上了，多明尼克抱著愛麗絲。如果要等你的手下出現，她應該早就溺死了。多虧有多明尼克在，愛麗絲和她的家人才免於一場悲劇。」

「我們也聽說了。」賽門插話——他是不是想緩和氣氛？他揚起眉毛，轉頭看多明尼克。「吉爾告訴我，安頓好愛麗絲之後，你還留在他們房間幫忙守夜，讓吉爾和傑森可以睡覺。」

「這真的沒有什麼。」多明尼克說。

「今晚我們也有邀請他們，但吉爾說還是改天比較好，」賽門說，「我猜愛麗絲今天大概還驚魂未定、很害怕，還沒有恢復正常。她好像一直在睡覺。」

愛麗絲的圖畫飄進我的腦海，讓我全身一陣惡寒。感覺就好像她事先預知到自己即將發生什麼事、那天夜裡會去到哪裡、誰會去救她。我考慮說出這件事，討論一下多明尼克所說陰陽交界變薄的理論。或許賽門的祖母病況惡化時他也有過類似的經歷？不過最後我決定算了。之前我已經告訴賽門與凱蒂一小部分，不需要讓其他人知道。

「他們打算在套房裡的樓梯頂端安裝有警報器的嬰兒安全閘門，以防她又偷跑出去。」我說。

「今天已經裝好了，」多明尼克說。我第一次聽說這件事。「沒錯，愛麗絲的狀況不太適合參加社交活動。我在想……」他嘆息，清楚表達沒說出口的想法。

「自行照顧她眞的明智嗎？」我輕聲說，「我也很不想說出這句話。」

「吉爾也在煩惱這件事，」賽門說，和強納森對看一眼，「但傑森根本不願意討論。」

就在這時，一名廚師打扮的人開門探頭出來。

「你們準備好就可以開飯了。」他說。

「太好了，查爾斯！」賽門和強納森動手收拾托盤與餐巾紙，「大家記得帶著酒喔。」

# 第35章

一進門，我倒抽一口氣。我和多明尼克一直很想看看這棟房子的內部，果然沒有讓我們失望。

深色木質牆板；高聳天花板露出橫樑，壁爐熊熊燃燒；鬆軟寬敞的沙發、扶手椅、腳凳布置出幾個小區域；光可鑑人的木地板上鋪著古董東方地毯。厚實的古董桌、蒂芬妮檯燈，牆上掛著許多裱框的黑白照。

整體氣氛溫馨、好客，很有家的感覺，同時也盡顯奢華。

我看看凱蒂又看看賽門，然後回頭看她。「太美了。」我說。

賽門笑嘻嘻捏捏強納森的手。「當然啦，我很想獨占所有功勞，不過真的要感謝強納森的眼光，才能弄得這麼有模有樣。幸虧他走進我的生命，否則我只能獨自住在滿是灰塵的老屋裡，像個瘋子一樣整天自言自語。」

「還有那個浣熊家族陪你，」強納森提醒他，「這樣或許也算不錯啦。」

賽門把頭靠在強納森肩上大笑。對的人會在對的時間出現。我想著。

「我離婚之後回到這裡，趕走那些浣熊，我們兩個靜靜陷入瘋狂，同時房子逐漸崩壞，就像由我們主演的《灰色花園》[19]。」凱蒂說。

「現在開始也不遲。」賽門說。

我喜歡這些人。這麼多的歡笑，無傷大雅的調侃。我感覺得出來，他們會為彼此赴湯蹈火。生命中能有這麼棒的人，眞是太幸運了。

我們走進餐廳，這裡三面開窗，後方的圓桌擺了六人份的餐具。我們的「晚午餐」已經上桌了，以家人共享的方式所有菜一次上齊。迷迭香檸檬烤雞，義大利麵搭配新鮮羅勒、番茄、檸檬、帕馬森起司、松子，綜合青蔬沙拉，一籃熱麵包。

桌上擺著幾瓶開好的紅白酒，每個盤子旁邊都有水晶杯。我仔細一看，盤子是瓷器，米白底色裝飾精緻的玫瑰與綠葉圖案。

「盤子眞好看。」我對凱蒂說。

「妳發現了。」她燦爛微笑，「這是我們祖父母結婚時用的瓷器，」她說，「我們會在特殊場合拿出來招待特殊的客人。」

我握住她的手。我父母的婚禮瓷器裝在箱子裡，存放在租用倉庫，等候我決定要住在哪裡、人生路該如何走下去。突然之間，我好希望已經下定決心了。我希望能知道一年後的自己會在哪裡、和誰在一起、做什麼事，我受夠了這種徬徨的感覺。自從醫生宣告媽媽罹癌之後，我第一次想要看清自己的處境。只因為一個瓷盤？有時候即使不足為道的事也能帶來最深刻的醒悟。

大家就座。強納森負責切烤雞分給大家，我們互相幫忙傳遞配菜，一位服務生幫忙倒酒。

「布琳，」尼克說，「除了昨晚拯救愛麗絲的驚險過程，妳在華頓的生活愉快嗎？」

我吞下口中的雞肉，對他微笑，想起上次去他辦公室的事。那天他給我的印象是熱心又好客，和他今晚的態度截然不同。我當下決定原諒他，人難免會有情緒，有黑暗面，內心的屹耳。

「我非常喜歡這裡。」我說，「這幾年我的壓力很大，來這裡避暑正是我需要的療癒。」

「很遺憾妳失去母親。」他說。

我還來不及道謝，他轉向多明尼克說：「你呢？爲什麼決定來華頓避暑？」

賽門與強納森似乎屏住呼吸，賽門怒瞪尼克。

「尼克，」凱蒂柔聲說，「讓大家好好吃飯吧。」

氣氛越來越緊繃。爲什麼這個問題會導致大家無法好好吃飯？每個鎮民都會問來避暑的客人這個問題。

突然間，我的感官變得敏銳無比。我看見尼克的視線鎖定多明尼克，非常專注、完全聚焦。到底怎麼回事？憤怒在我的胃部尖端沸騰。

「因爲我覺得應該會很好玩，」多明尼克不以爲意地說，「怎麼了嗎？」

19 譯註：*Gray Gardens*，一九七三年拍攝的紀錄片，記述一對上流社會母女（甘迺迪總統夫人賈桂琳的阿姨與表姊）儘管出身顯赫，卻因為人生受挫而長年隱居於名為「灰色花園」的別墅裡，環境髒亂破舊，還養了大量的貓與浣熊。後來在二〇〇九年由 HBO 改編拍攝成電視電影。

「沒什麼，」尼克接著說，吃了一口烤雞，露出和善笑容，「我們總是想多了解來長住的客人。你也知道，華頓的人就是這樣，我們很愛多管閒事。」

「我聽說了，」多明尼克輕笑，「酒吧的歡樂時段根本是八卦大本營。」

我對上多明尼克的視線，對他微笑，希望他知道我支持他。

但尼克接下來說的話讓我笑容盡失。

「只是我們這裡很少有像你這樣的遊客，」他說，「大家都對你很好奇。」

「大家是誰？」凱蒂說，有點太大聲。

賽門瞇起眼睛。「有沒有搞錯？」他對尼克說，「**我們這裡很少有像你這樣的遊客**？你怎麼回事？在演《**激流四勇士**》[20]嗎？」

「我只是想說——」

「說什麼？」賽門逼問，「滿足一下我的好奇心？」

我知道尼克對多明尼克抱持懷疑，從多明尼克一來到鎮上，尼克就一直特別留意他，但現在他做得太過分了。他們爲什麼邀請我們來？難道是爲了拷問他？

凱蒂一臉震驚。

但多明尼克只是笑笑，看一下餐桌上的每個人。

「說眞的，我不介意，尼克只是對新來的人感到好奇。」

他對尼克微笑，可惜對方沒有回應他的善意。

「尼克，」凱蒂厲聲對他低語，「夠了，我說眞的。」

氣氛充滿惡意，餐具刮盤子的聲音清晰可聞。

「多明尼克，你從事什麼行業？自己做生意？」尼克繼續追問，「有網站之類的嗎？」

「不是，」多明尼克冷靜地吃一口雞肉，「我的生意主要靠口耳相傳。」

「這樣啊，」尼克說，「我上網搜尋你，但沒有任何資料。」

多明尼克微笑。「哦？你搜尋過我？」

尼克同樣對他微笑。「我是警察，我的工作就是這樣。」

「你上網搜尋來華頓的所有人？」多明尼克很想知道，「看來你很認真幫手下找事情做呢。」

這兩個人針鋒相對，我覺得非常不愉快。我要終止這個局面。

「尼克，你爲什麼會來華頓？」我搶先打破沉默。

顯然我也打破了他的注意力。尼克猛轉過頭，一臉驚訝地看著我。「妳說什麼？」

「你這麼想知道大家來華頓的原因，甚至不斷逼問，我很想知道你的故事。你怎麼會來到這裡？確切的原因是什麼？」我對他露出大大的笑容，「快告訴我所有細節，再小也不要省略，我有一整晚的時間可以聽你說。」

賽門將一隻手肘靠在桌面上撐著下巴，揚起眉毛說。「快說吧，尼克。」

20 譯註：Deliverance，一九七二年上映的美國驚悚求生電影，描述四名城市人去野外山區冒險，遇到非常不友善的當地居民，並且遭遇惡徒與自然環境考驗九死一生的故事。

「凱蒂帶我來的。」他說。

「眞的？」我問他，刻意不看凱蒂，「好像不是這樣吧？」

「什麼？」

「我早就聽說過了。你原本住在明尼亞波利斯，是當地警局的明日之星。來這裡之前，你根本不認識凱蒂。她的案子是你在華頓偵辦的第一起案件，你是特地被派來這裡調查那起案件，而不是凱蒂親自帶你來。不過這個說法對你而言應該比較方便。」

賽門強忍住笑，幫自己和強納森倒酒。

「看來上網搜尋的人不止我一個，」尼克說注視我的雙眼許久。「後來我被正式調任來這裡。」

我微笑，再喝一口酒。「爲什麼你會被調來這個步調緩慢的小鎭？」

尼克瞇眼看我，眼神染上一些憤怒。「妳在暗示什麼？」

「我沒有暗示什麼，」我不肯明說，「不過看得出來你不想說太多。」

餐桌上所有人都注視著我。

我轉頭看多明尼克。「可以走了嗎？」

他推開椅子站起來。「就等妳開口。」

我注視凱蒂的雙眼許久。「對不起。」我說。

凱蒂舉起一隻手。「是我該道歉才對。」

她怒瞪丈夫。尼克推開椅子，大步離開餐廳。

凱蒂對多明尼克說：「我邀請你來不是爲了這個，我眞的不知道他是怎麼回事。老實說，我覺得很丟臉，請接受我的誠摯道歉。」

多明尼克對她微笑，也對桌上其他人同樣溫暖微笑。「今晚他一定會慘兮兮，說什麼我也不想落到那樣的處境，」他笑著說，「他絕對需要買一大束玫瑰認錯賠罪，才能撫平太座的怒火。」

這番話成功讓氣氛變輕鬆。

「你們眞的要走？」賽門問，「留下來喝杯晚安酒聊八卦嘛。」

我和多明尼克對看一眼。「我也很想，不過還是改天吧。」我推開椅子。

凱蒂站起來伸出雙臂。「我眞的很抱歉。」她擁抱我，「我不知道他哪根筋不對了，他平常眞的不是那樣。」

「我也很抱歉，我的態度太強硬了，但我不能讓他那樣對多明尼克說話，」我說，「無論尼克有什麼想法，他眞的是個好人。」

凱蒂、強納森和賽門送我們穿過大客廳走到門口。多明尼克牽著我的手，兩人走出大門、走下階梯，踏上通往停車場的小徑。

賽門、凱蒂與強納森站在門廊上。「答應我你們下次還會來喔，」賽門高聲對我們說，「我會親自做一份簡報解釋待客之道，逼屹耳坐下乖乖聽講。乾脆下次不要邀請他，這樣更好。」

凱蒂搖頭說：「我實在無話可說。」

我和多明尼克手牽手走向車子，我感覺到憤怒從他的血管流進我的血管。上車之後，他坐著不動，注視前方許久。

我伸手握住他的手。

「剛才到底怎麼回事？」多明尼克問我，「爲什麼他會那麼惡劣？」

「我也不知道。」我說。

他的表情漸漸恢復我熟悉的樣子。他笑笑地看著我。

「又多了一顆插在木樁上的頭。」

這句話令我莞爾，怒火瞬間熄滅。「我不喜歡他的語氣。」我說。

「剛才妳完全是頭母獅子，」他說，「挺身維護我。」他握住我的手，「我的人生中很少有人維護我，謝謝妳。」

車子還沒駛出停車場，我的手機震動了。我從皮包裡拿出來，看到是凱蒂傳來訊息。

「我眞的非常不好意思，快說妳不恨我，拜託。」

我回覆她。「我當然不恨妳。對不起，我不該那樣攻擊尼克。我不知道他對多明尼克有什麼意見，無論究竟怎麼回事，總之他錯了。」

我把手機放回皮包，納悶爲什麼尼克會如此充滿惡意。爲什麼要逼問多明尼克來華頓的原因？他爲什麼在乎？根本不關他的事。

多明尼克把車開往露安民宿，我凝視他的側臉。雖然我不願意這樣，但我的胃一抽，因爲我突然意識到，我也不知道他爲什麼來華頓。

# 第36章

回到露安民宿時，屋內一片漆黑。我們靜靜穿過餐廳，上樓去多明尼克的房間。這次兩人甚至沒有開口問，直接一起走進去。

我關上門，他把我壓在門上熱吻，急切的動作讓我迷失在他的觸摸中。我們一言不發倒在床上，四肢交纏。

之後，我做了一堆莫名其妙的夢。我眨眨眼，看見月光從窗戶灑落在他的胸膛。我躺在他身邊，伸出手指輕撫他身上的圖案。每次都能找到新的，之前不存在的臉孔，不然就是之前看過的圖案換了位置，至少我以爲看過。

這個男人究竟是誰？纏繞在他身上的謎團把我也捲了進去。我想知道，同時也不想知道。內心深處有個東西叫我就這樣算了。

進入夢鄉時，我聽見溫柔的輕聲耳語。「珍惜和他在一起的每一刻。」一名女子呢喃。我蜷起身體貼近他，沒過多久，兩人的呼吸開始同步，緩慢地吸氣、吐氣，心跳彷彿合而爲一。被睡意占領之前，最後的念頭是：這就是我的歸宿。

第二天早上，沖澡洗去昨夜的氣息之後，我下樓和多明尼克一起吃早餐。我們和蓋瑞聊了一下，兩人都不想提起尼克昨晚惡劣的行爲。吃完歐姆蛋，多明尼克看看錶。

「今天上午我有一些事要處理，不過下午就會回來。」他推開椅子站起來，「我會來找妳。」他彎腰吻我的前額就走了。

我沒有問他要去哪裡。他經常這樣，突然消失，去忙神祕的事。我想起昨晚的事，向自己發誓絕不過問。又一個沒有答案的謎，看來這是今年夏季的主調。

回房間的路上，我發現傑森與吉爾的房門開著。我探頭進去，敲敲門框。

「有人在嗎？」我說。

吉爾坐在桌旁專心看文件，但是一聽到我的聲音，他立刻抬起頭。

「早安！」他說，「快進來吧。」

我進門，往屋內走了幾步。

「不好意思打擾了，不過我想知道愛麗絲的狀況如何，她還好嗎？」

他輕輕搖頭，望向二樓。我看到樓梯口新裝的嬰兒安全閘門。

「很可惜，她不太好，」他壓低聲音說，「昨天她整天都躺在床上。傑森在樓上陪她，他到現在都沒有離開她的床邊。」

我拉出一張椅子，在他旁邊坐下，「是因爲太累了嗎？」

「我不確定，」吉爾，「是也不是。感覺好像一夕之間她的病況惡化了好幾個階段。雖然不知道是什麼讓她走進湖裡，但她確實因此嚴重惡化。」

「你們有沒有聯絡她的醫生？」

「昨天他來過了。」吉爾注視我的雙眼。

「他怎麼說？」

「他說最好讓她安靜休息。她的生命跡象很穩定，心臟有力，她只是需要養好體力，但是在這個階段，恐怕要花不少時間。至少醫生這麼說。」

「你有沒有告訴傑森那兩幅畫的事？」我把聲音壓低成耳語。

吉爾搖頭。「他自己的狀況也不太好，」他說，「昨天他打電話給兩個女兒，蕾貝卡和珍恩，告訴她們發生了什麼事。她們會帶著家人趕來。」

我消化一下這個消息。

「妳很快就會被一群小孩轟炸了，我先道歉。」

我伸手握住他的手。「我相信看到女兒和外孫一定會讓愛麗絲好起來。」我說，「他們要住在這裡？」

「露安幫他們找到一棟出租的房子，距離這裡兩條街。」他說，「大部分的時間我們都會過去陪他們。他們只停留幾天，不過我們認爲還是租房子比較好，這樣他們有自己的地方可以回去，才不會有一堆小孩在這裡的走道上整天亂跑。」

「大家都不會介意，你知道吧？」我說，「不過我懂。有整棟房子和庭院，孩子會比較舒服。他們什麼時候到？」

吉爾看看手錶。「今天晚一點，應該是晚餐之前。蕾貝卡會打電話給我，我拿鑰匙去給他們。」

傑森從愛麗絲的房間出來，輕輕關上門。他看到我，露出疲憊的笑容。他鎖好安全鬧門，小跑步下樓。

通常他的外表無懈可擊，現在卻因爲壓力而顯得狼狽。他的頭髮凌亂，感覺需要修剪、清洗；眼睛有黑眼圈和眼袋。他今天沒有刮鬍子，我還發現他把T恤穿反了，不禁感到心疼。

我推開椅子，站起來給他一個擁抱。我們就這樣站著不動許久。

「我能幫什麼忙？」我問他。

他嘆息。我在腦中尋覓能爲他做的事，想到一個絕妙的點子。

「你們兩個都累壞了，需要好好回春一下。」我來回看他們兩個，「休息兩個小時，去哈里森居享受spa，你們覺得如何？我留下來陪愛麗絲，我會找多明尼克來作伴。你們去按摩，也可以來個奢華的刮鬍子、剪頭髮服務，煥然一新迎接女兒。」

傑森搖頭。「我們沒辦法去。」

但吉爾伸手握住他的手。「我們可以去。我認爲這個想法非常好，你很需要。」

我從皮包拿出手機。「只要你答應，我馬上打電話請賽門安排。」

我們兩個一起看著傑森。「妳是天使。」他對我說。

我撥打賽門的電話號碼，才響第一聲他就接了。

「妳該不會特地打來說恨死我們了吧？」他顯然很羞愧。

「沒錯，」我說，「順便幫傑森和吉爾預約spa。」

「噢！」他說，「剛好今天沒有人預約。民宿的客人到底怎麼回事？我們的按摩師閒到整天坐著吃巧克力。總之，他們幾點來？」

我看看吉爾、再看看傑森。「現在？」他們一起點頭。吉爾急忙去拿鑰匙和皮夾。

我聽見賽門長嘆一聲。「親愛的，我眞的不知道昨天晚上執法悍將[21]怎麼回事，不過凱蒂差點愧疚而死，我也是。」

我微笑。「沒關係啦。」

「怎麼會沒關係？」他說，「昨晚妳以其人之道還治其人之身，眞是太精彩了，我和強納森到現在還笑不停呢。」

我大笑。「嘿，敢欺負我的人，下場就是這樣。」

「噢——」賽門把這字拉得很長，「那麼，現在他是『妳的人』了？」

「希望是。」我說。

「如果是，那他太幸運了。」賽門說，「叫傑森和吉爾快點來，跟他們說我準備好了含羞草雞尾酒等他們。」

我掛斷電話，這才發現他們兩個一起注視著我。

「昨晚發生了什麼事？」傑森問，「我們錯過了什麼好戲？」

我告訴他們尼克不斷逼問多明尼克，怎樣也不肯放過他。

「他甚至說出『我們這裡很少有你這種遊客』，實在太過分了。」

21　譯註：*Wyatt Earsp*，一九九四年上映的美國電影，描述傳奇西部警長 Wyatt Earp 的一生。

「眞的假的？」吉爾瞪大眼睛，「有必要這樣嗎？」

傑森的嘴抿成一條線。「對我而言，現在多明尼克已經是家人了。他很難過嗎？」

「沒有，」我說，「或許有一點困惑，不過他坦然面對。我感覺得出來，這應該不是他第一次遭到……我很不想說**種族判定**[22]這個詞，不過確實是那樣。」

傑森搖頭。

「要是等一下遇到他，我一定好好訓他一頓。他到底在想什麼？眞是太誇張了。」

「說到多明尼克，趁你們還沒出門，我先去找他。」我說，「我知道今天他有事要忙，不過說不定他已經回來了。我去敲門看他在不在。」

我匆匆離開，走到多明尼克的房門前。敲了幾下，沒有回應。我回到套房。

「好像不在。」我說。

「我打過他的手機，直接轉到語音信箱，」傑森說。他和吉爾對看一眼。「我們可以取消。」

我搖頭。「別傻了，我很樂意一個人陪愛麗絲。」

「她昨天一直沒下床，今天也是，」傑森說，「她睡得很沉，應該不會醒過來。」

「就算她醒來也沒關係，」我說，「沒問題。」

傑森注視我許久。「我會把手機放在身邊。萬一發生任何事，馬上打給我，只要五分鐘我就能趕回來。」

「就算頭髮還包著鋁箔紙也在所不惜。」吉爾補上一句。

傑森對他壞壞一笑，擰他的手臂。「只有我的髮型設計師才知道眞相。」說完之後他轉向我，「冰箱裡的食物飲料妳儘管拿，這應該不用說吧？等一下經過餐廳的時候，我會告訴蓋瑞和露安妳在這裡陪愛麗絲，要是多明尼克回來的時候我們不在，就請他直接來套房。」

他們出去之後關上門，我抬頭看看愛麗絲房間緊閉的門。

我瀏覽書架想找本有意思的書來讀，這時手機響了，是凱蒂。

「有空去咖啡廳跟我見面嗎？」她問，「我問過尼克昨晚的事了。」

「沒辦法，」我說，「傑森和吉爾去哈里森居按摩，我要留下來陪愛麗絲。」

凱蒂沉默了一下。

「那我可以去找妳嗎？我想跟妳說一件事，我覺得當面講會比較好。」

我告訴她房號後掛斷電話。我輕手輕腳上樓，稍微打開愛麗絲的房門確認她的狀況。她的模樣宛如天使，如此平靜地熟睡。金髮披散在枕頭上，框住她的臉，臉上掛著淺笑。無論她夢見什麼，就讓她繼續夢吧，我關上門，盡可能不發出聲音。

大約十五分鐘後，我聽到輕輕敲門的聲音。我開門，看到凱蒂站在外面，一臉歉疚，她給我一個擁抱。

「平常我們不會那樣對待客人。」她說。

22 譯註：意指以種族為判斷標準，預先假設某種族的人較有可能犯下特定罪行，因而優先針對該種族的人進行調查。

「快進來吧，」我說，「愛麗絲在樓上睡覺。妳要不要喝茶？」

她搖頭，拉出桌邊的椅子沉沉坐下。「謝了，不過我不能待太久。」

我內心的恐懼突然變得深沉。「發生什麼事了？」

她嘆息。「要說這種話眞的很不容易，」她說，「妳有多了解多明尼克？」

# 第37章

這一刻彷彿凝結在時光裡。我感受到所有原子在我四周活力十足地飛竄，就好像我親身體驗這一刻的同時，也在看著自己體驗。

我的好友凱蒂，以充滿關愛、擔憂的眼神注視著我。

「什麼意思？」

「意思就是，妳知道他的多少事？」

「其實滿多的。」我回應，但說出口的同時，就知道這句話站不住腳。

仔細想想，我知道的並不多。我知道他的長相、激情時他在我耳邊呢喃愛語的聲音；我知道他很會逗我笑，也知道我們之間有一種超越時空的緣分；我知道他的童年很辛苦，現在致力於幫助別人，至少他這麼告訴我。

我不知道他為什麼來華頓，不知道此刻他在哪裡。有太多我不知道的事。

「說說看？」

我搖頭，內心冒出的恐懼擔憂混雜憤怒。

「我不想說，凱蒂，妳到底想告訴我什麼？」

她注視我的雙眼，沒有立刻回答。「尼克覺得他非常可疑。」她終於說，「哈里森居發生死亡事件之後，他覺得實在有太多雷同之處，不可能是巧合。首先是明尼亞波利斯那位在醫院過世的老太太，然後在露安民宿又發現年長女性的遺體，現在哈里森居也發生同樣的事，其中的共通之處就是多明尼克。」

「但那位女士在露安民宿過世時，他還不在這裡。」我感到防備。

「但不久之後他就出現了，」她說，「天曉得他到底是在什麼時候來到華頓。」

我全身抖顫。

「不過她們三個都死於自然因素，不是嗎？」我問。

「尼克決定調查他一下。不過就像他昨晚說的一樣，他找不到關於多明尼克的任何資料，什麼都沒有，在網路上也沒有任何痕跡，連一條推特發文也沒有。」

「那又怎樣？」我的音量有點太大，但不是故意的。「不玩社交媒體犯法了嗎？」

凱蒂搖頭。「今天早上尼克查了他的指紋。」

「指紋？有沒有搞錯？難道尼克從昨晚他用過的酒杯上採了指紋？」

她一臉困窘。「不是昨晚，是歡樂時段。」

「妳邀請我們去吃晚餐就是為了這個？拷問多明尼克？」

「不是！」她急忙澄清，「今天早上我才知道這件事，尼克對他的懷疑越來越深。」

世界好像迅速收縮，將我困在裡面，好像所有東西都消失了，只剩下我和凱蒂坐在桌邊。

「布琳，他坐過牢。他的前科非常多，傷害罪、重大竊盜罪，少年犯常見的那些。」

突然間，我好想用力搖她，暴力有如氣泡從我內心冒出。

「你們怎麼可以這樣侵犯他的隱私？」我憤慨地說，「也侵犯我的隱私！尼克以爲他是什麼東西？」

她勉強擠出笑聲。「警察局長？」

「既然妳想知道，我就說給妳聽。多明尼克生長的環境非常艱苦，就算他年輕時曾經誤入歧途，我也不會驚訝。如果妳非得要追問他是什麼人，我可以告訴妳現在他奉獻人生，幫助需要轉變人生的人，讓他們能夠擺脫不幸的命運。」

「這些都是他告訴妳的吧？」她不肯放棄，「萬一他撒謊呢？妳要怎麼證明？萬一尼克的猜忌不是空穴來風呢？萬一多明尼克眞的跟那幾起死亡事件有關呢？」

沉重的死寂籠罩。「難道說，妳老公認爲多明尼克是連環殺人犯？」

凱蒂伸手過來握住我的手，我抽開。

「我不是那個意思，」她語氣柔和，帶著懇求，「不過他確實在留意多明尼克，布琳，請妳千萬要小心。」

「妳該走了。」我說。

她注視我許久，然後搖頭。「對不起，」她說，「我必須讓妳知道。」

她離開之後，我雙手抱頭坐在桌旁默默啜泣，心中充滿挫敗、氣惱，甚至憤怒。

我感覺一隻小手按住我的肩膀。抬起頭，看見愛麗絲站在那裡，瘦小單薄的身上穿著印花長睡衣，她的頭髮凌亂，但她的眼神給我安慰。

「愛麗絲！」我說。我真是不稱職的保母，根本沒聽見她下樓的聲音。嬰兒安全閘門不是應該有警報器嗎？

「他不是連環殺人凶手。」愛麗絲的聲音縹緲微弱，「真傻，絕對不要相信這種話。」

我猛然睜開眼，慌亂地看看四周。愛麗絲不在這。

剛才發生了什麼事？我不可能睡著吧？會嗎？

我推開椅子快步上樓，打開閘門，輕手輕腳走到愛麗絲的房門前。稍微打開一條縫，她在裡面，睡得很熟，和我之前來察看時沒有兩樣。

*到底怎麼回事？*

我回到樓下，一路搖頭。我倒了一杯水，發現自己全身顫抖。我大口喝完，然後又倒了一杯，將清涼的玻璃杯靠在前額上。我的頭很痛。

我走向沙發，重重躺下，望著窗外，什麼也不想，直到傑森與吉爾回來，他們神清氣爽，恢復平常的模樣。

「愛麗絲還好嗎？」傑森問，他脫掉外套掛在門邊的勾子上。

「沒有變化，」我報告，「我上去看過幾次。她睡得很安穩，好像完全沒動過。」

我沒有告訴他們我的奇怪幻覺，也不知道究竟是怎麼回事。我絕對不會說出凱蒂來訪的事。

傑森與吉爾對看一眼。「要不要請醫生再來一趟？」吉爾問。

傑森點頭。「我剛好也在想。她睡太久了，我不確定有沒有問題。」他抬頭望著她的房間，「我去看看她，你幫忙打電話好嗎？」

吉爾從口袋拿出手機，傑森小跑步上樓，打開防護閘門。這時我突然感到一陣心驚肉跳，卻不知道原由。我希望他不要進去她的房間。

傑森，請不要進去。

不久後，樓上傳來哀嚎。

# 第38章

我和吉爾衝上樓，跑進愛麗絲的房間，發現傑森抱著她失去生命的遺體。她走了。

接下來幾個小時一片混亂，救護車的警報聲大作，急救人員慌慌忙忙進出，法醫來到現場，評估之後離去。露安與蓋瑞也上來了一下，給予安慰與支持。光是看到他們就令人安心。我渴望多明尼克的寬肩，眞希望他快點回來。

愛麗絲的遺體被送走，法醫推測是自然死因，很可能是那天闖進湖中造成的影響。「本來就身體衰弱、瀕臨死亡的人，經歷那樣的事件之後，有時候會再也撐不住。」她說。

傑森癱坐在沙發上，吉爾抱著他讓他哭，凱蒂、尼克、賽門、強納森走進來。賽門與強納森急忙趕去傑森身邊，賽門一把抱住他。四個人一起哭泣。

「女兒和家人都快到了，」傑森啜泣，「我們原本要一起聚個幾天，我們以爲讓她看到外孫……」

凱蒂與尼克站在廚房裡，神情震驚。我不打算和他們吵，現在不行。

不久之後，多明尼克出現了，我飛奔進他的懷中，靠在他肩頭啜泣。他在我耳邊低語，揉揉我的背。

「好了、好了，親愛的，沒事了、沒事了。」他的話其實毫無意義，但光是他的聲音就足以讓我平靜下來。我用盡全力緊抱住他。

兩天後的晚上，我們聚集在一樓餐廳，舉行只屬於我們的歡樂時段：我和多明尼克、傑森與吉爾、蕾貝卡、珍恩，以及他們一家人，露安與蓋瑞，賽門、強納森，就連凱蒂和尼克也來了。因爲發生了憾事，所以我對他的態度軟化許多。多明尼克也不記仇，既然他都放下了，我當然也行。

那天晚上，我們吃吃喝喝，說了許多關於愛麗絲的事。雖然流了不少眼淚，但也有很多歡笑。我更加了解她，她在小鎮成長的往事，她與傑森新婚時的故事，孩子們小時候的趣事。雖然愛麗絲因爲失去心愛的人而傷心欲絕，但她的人生非常精彩，只是太過短暫，令人唏噓。

追悼會結束之後，蕾貝卡和珍恩帶孩子回她們租的房子，我和多明尼克、吉爾、傑森留在酒吧裡。

「你們計畫好要舉行怎樣的儀式了嗎？」我問。

傑森點頭。「心愛的人過世之後有好多事要處理，」他說，「我猜大概是爲了讓家屬有事可忙，強迫我們邁開腳步往前走。」

我感同身受。葬禮將在兩週後舉行，地點選在愛麗絲與傑森結婚的教堂，他們的女兒和外孫也都在那裡受洗。

「我們無論如何都會去。」我按住傑森的肩膀。

葬禮當天，我、多明尼克、蓋瑞、露安一起開車去那座小鎮教堂，愛麗絲將在這裡長眠。儀式優美感人，充滿愛意的悼詞、音樂、歡笑、淚水。溫馨的氣氛非常適合送走這位可愛的女子，她觸動了許多人的生命，包括我在內。

多明尼克在教堂台階上擁抱傑森，對他說：「大家都愛她，能夠認識她是我的榮幸。」

「我也是。」傑森哽咽啜泣，「謝謝你爲她盡心盡力，你眞的幫了我們很多。」

我擁抱吉爾，久久沒有放開。

「你們不會回華頓過完夏天了。」我說。不用問，我就是知道。

吉爾點頭。「我們認爲還是留在這裡陪伴傑森的家人比較好。」他說。

我很想知道，以後他們還會再去露安民宿嗎？那裡到處都是愛麗絲的回憶。不知道愛麗絲是否也會穿越陰陽回去造訪。

傑森給我一個熊抱。「保持聯絡喔，」他說，「夏天結束之後，妳就要回明尼亞波利斯了，我想知道學生讓妳多火大。」

「沒問題。」我說。

愛麗絲的葬禮過後，我和多明尼克之間的關係也發生了變化。雖然我們認識的時間不長，但感覺好像已經共度了一生，之前我們還會矜持假裝一下，但現在完全拋開顧忌。人生苦短，何苦矯揉造作？

回到露安民宿之後，我搬進他的房間，空出黃色貴婦房給短租客使用。我們開始認眞一起生活、彼此相愛，珍惜共度的每一刻。

那年夏季剩餘的時光溫和平靜，我和多明尼克划皮艇造訪小島，經常想起賽門的爆笑經歷。

「而且那天是他的生日！」多明尼克一邊划船一邊大聲對我說，笑得很開心，「簡直是在傷口上抹鹽。」

我們經常和賽門、強納森、凱蒂一起吃晚餐，甚至尼克也會出席，他和多明尼克之間的嫌隙即使沒有完全消弭，至少也平息了。每週五的沸煮魚餐會我們都去幫忙，現在多明尼克已經成爲沸溢大師了，蓋瑞非常開心。每天早上我們都特地去欣賞露安的奇裝異服，這是我們的小小樂趣，以歡笑展開新的一天。我們愛上歡樂時段，融入這個由許多好人組成的溫暖群體。

但最主要的還是「我們」。單純共度時光，在沙灘上讀書，牽手在鎮上慵懶漫步，就這樣一起生活在心與靈魂的恆久歸宿——彼此之中。

一天夜裡，我醒來，聽見有人低聲喊我的名字。

「布琳，布琳……」

我留意到門下方的縫隙有光，從走道照進來。身邊的多明尼克睡得很熟，我悄悄下床開門。是愛麗絲，她穿著生前最喜歡的毛衣與長褲套裝，戴著珍珠項鍊，對我微笑。

她牽起我的手。

「妳的堅強超乎妳所知道的程度，」她說，「愛永遠不死，布琳，愛永遠都在。」

接著她就消失了，一點、一點變得模糊，直到完全不見。

那一刻我知道，我的一部分也跟著消失了。

# 第39章

我和多明尼克站在渡船甲板上，要出發去科雷特島。那一天豔陽高照、晴空萬里，我們帶了野餐和一瓶葡萄酒，還有沙灘巾、平裝小說。

兩人在沙灘上最喜歡的地點共度午後時光。我們在湖中漂浮，四肢交纏，曬著太陽。太陽下山後，我們到吉米酒吧整晚共舞，就像我們第一次來的那天一樣。舞池中，我們迷失在對方的眼眸裡，在那一刻看見永恆。

那天非常完美，有如一份大禮。我將用一生的時間緊緊抓住那天的回憶，只是當時我還不知道。

蘇必略湖上的天氣經常說變就變，那天也不例外。雲層湧入，晴朗的白天眼看要變成暴雨的黑夜。我們急忙上了渡船，站在甲板上，欣賞劃過黑夜的閃電。渡船緩緩駛離碼頭，遠處雷聲大作。

船駛到半途，一個原本站在對面甲板的年輕人突然開始攀爬欄杆。

「你在做什麼？」有人大喊，「快下來！」

甲板上所有人都嚇得動彈不得。我想握住多明尼克的手，但他已經衝過去了。接近那個年輕人時，他放慢速度、舉起雙手。

「兄弟，聽我說，」他的語氣鎮定而平穩，「其實你並不想這麼做。無論你有什麼困難，我們一起想辦法。」

那個人轉身看多明尼克。我永遠忘不了他的表情——極度空洞。眼底再也沒有火花，彷彿他的靈魂已經不在了，只剩空殼。

「過來吧，兄弟，」多明尼克伸出一隻手，「握住我的手。」

甲板上所有人屏息注視，那個人就這樣往後一倒，落水時發出可怕的聲響。

緊接著發生了更可怕的事，時間慢了下來。我看著多明尼克爬上欄杆。他轉身看我，輕輕點頭，用嘴形說：「我愛妳。」便跟著跳下去。

天空彷彿破了一個大洞，暴雨滂沱，雷電交加，好似大湖與天空同聲悲泣。

接下來發生的事，我毫無印象。記憶中只有一堆混亂的畫面。泛光燈，海巡隊的船，很多人大喊大叫。我企圖爬過欄杆追隨心愛的人而去，但有人硬是將我拉開，帶我去躲雨。我不清楚自己是怎麼回到華頓碼頭的。凱蒂與尼克在那裡——我不知道是誰聯絡他們。

他們想帶我回露安民宿，但我說什麼都不肯離開湖邊。傾盆大雨刺痛我的臉龐與眼睛，但我不在乎，我只想和他在一起。

「走吧，布琳。」凱蒂硬是拉著我離開湖畔，「繼續待在這裡妳會死掉。」

噢，我多麼希望真的會死。

我站在那裡，看著海巡隊的船，他們持續尋找多明尼克。我站在那裡，太陽升起，潛水伕下水搜索。現在已經是尋找遺體了，不再是搜救。我站在那看潛水伕上岸，搖頭表示沒有發現。

他的遺體未曾尋獲，蘇必略湖不願讓死在湖中的人離開。

我不知道自己怎麼回到露安民宿，但倒在我們的床上，寢具依然有他的氣味。我好幾天沒有下床。

凱蒂與賽門憂心忡忡地在門外徘徊；蓋瑞與露安因爲太過擔心，於是打電話給傑森和吉爾，他們急忙趕回華頓。我在床上翻來覆去，他們朗讀陪伴。所有人的愛終於讓我離開床鋪，幫助我重新慢慢往前走。

我振作起來，回歸以前的生活。我打電話給系主任，安排在學年中回去上班。

我不想談起多明尼克，也不想爲他舉行任何儀式。我謝絕人們的好意安慰，我餘生的每一天都是他的葬禮，我不想和任何人分享這份哀痛。

收拾行李離開華頓的那天，我把多明尼克的衣物也一起打包帶走，露安與蓋瑞送我上車。

「現在這個地方是妳的一部分了，」露安說，「永遠會等待妳回來。」

「所有人都會回來，」蓋瑞說，「我們會再見到妳的。」

# 第40章

一生就這樣過去了。我坐在火邊追憶往事，我和紋身人共度離奇又魔幻的夏季。那個夏季，我經歷了不可思議的愛戀，結局卻是心痛與失去。

那個夏季，我學會在經歷難以言喻的哀傷之後，繼續活下去；那個夏季，我學到了即使擁有無邊無際的想像力，這個世界依然有我們無法想像的事物，無法以五感體會（親愛的愛麗絲讓我見識過，其實不只五感而已）。

那個夏季，我發現原來問題遠比答案多，我可以接受浩瀚的未知。我必須繼續活下去，爲了在身體裡成長的生命。

我給他取的名字悼念他父親，也獻給我自己。多明尼克·詹姆斯二世，現在他已經長大成人了，機智風趣、聰明過人，有自己的妻兒家庭。爲了他們，我才遲遲沒有死去。就像康瓦爾的那個女人、寡婦小屋的寡婦，這麼多年來，她一直在我的心頭，即使失去了一生的摯愛，我依然必須爲了我的——我們的——孩子一步、一步走下去。

但現在，我的時間到了——輪到我了。想到這裡，我輕聲喟嘆。我回到這裡，回到民宿，回到五號房。我們約好了，絕不會失約。不知道他是否還記得。

我手中握著那張紙，放在腿上。當年我打包離開時，這張紙從我的《紋身人》裡飄出來。

「五號房見，」上面寫著，「時間到了妳自然會知道。」

現在時間到了，我把字條摺好夾回書裡。

想到能再見到他，我的胃彷彿打了好幾個結。

窗外雪花輕盈飄落，我撐起身體從單人沙發站起來，爲壁爐添柴。我痛哼一聲，我的老骨頭啊，要夠強悍才能承受老化的考驗。

我沉沉重新坐下，意識到我累了，深刻的疲累。已經好幾天了，我感覺得到，終點近了。所以我來到這裡，但我不害怕。我見識過那麼多奇事，怎麼還會害怕？

我往後靠在椅背上，再喝一口茶——已經涼了，但我沒力氣啓動快煮壺燒水。我閉上雙眼，聆聽火焰燃燒的聲音。我開始飄進陰陽交會時刻，身體彷彿漂浮在溫柔蕩漾的海面上。

房間裡除了火光之外沒有其他照明，但突然間，一道溫暖的光束從天花板灑落。一名年輕女子走進來，看著我，神情恐懼。我覺得很有意思，她以爲我是什麼？鬼？對我而言她不也是鬼嗎？

我仔細一看，熟悉的感覺湧上。她不是鬼，她是我。時間倒流又順流，我就是五號房的女士。

我一定要提醒她，千萬要珍惜他，盡可能留住他，不要讓他在註定的那天上渡船，不要讓他走。但我無法對她說話。我不知道爲什麼，那本書放在我的腿上，我拿起來遞給她看。

啊，沒錯，她看見了。她會愛他，我感覺得出來。

我全心全意祈求能夠改變命運，能夠影響她，但我認爲不可能做到。更何況，我有更重要、更緊急的事。

他快來了。

她離開我的房間之後，我看到他。一開始很模糊，接著慢慢變得清晰。他走向我。他是從哪裡來的……？我不知道，也許是另一個時空，另一個世界。

但他滿臉笑容，就像電影明星，穿著黑T恤配牛仔褲。我人生的摯愛。

他和我最後一次看到他時一模一樣，強壯、寬肩，魅力迷死人，帶著一點壞的俊美，完全沒有隨光陰老去。

此刻他站在我面前，我無法言語，幾乎無法呼吸。他來了。看到他，我的心臟收縮。我的戀人，我的眞愛來了。我想奔向他，想勾住他的頸子緊緊抱住他。我等了一生，終於重逢，但我動不了，身體不肯配合。

他是多明尼克，但也是其他存在。我的胃糾結，彷彿感應到危險。

「妳來了。」他的聲音有如絲絨，「妳記得我們的約定，我還擔心妳會忘記呢。」

「我好想你。」我的聲音細小尖銳。

經過這麼久的時光，再次看到他，我幾乎難以承受。這些年來，即使當我任由心思漫遊，也從來沒有想過其他事、其他人。

我餵孩子吃飯，去看兒童棒球練習，在畢業典禮上哭泣，在婚禮上共舞。我的——我們的——孩子，我從不曾錯過他人生中的大小事，每個時刻都令我感恩。我強迫自己爲他而振作。當只有我一個人的時候，我做什麼、思念誰、爲何哭泣，那就是我自己的事了。

「我也很想妳。」多明尼克回應，淚水湧上他的眼睛，「妳不知道有多強烈，但這只是時光中的一分鐘而已。」

對我而言不只是一分鐘，感覺比較像一生，實際上也是。

「他是個好孩子，」多明尼克說，「老天，妳是最棒的媽媽。」

他脫掉上衣，模樣令我倒抽一口氣。他身上美麗的刺青，神祕的圖案，總是令我如此驚奇。圖案發光、移動，充滿色彩與生命。在他的心口，我看到自己。原來如此，那些圖案是他幫忙過渡到另一個世界的人。

「親愛的，妳準備好脫離這個身體了嗎？」他問，「妳在這個軀殼裡過了很長很精彩的一生，但現在是離開的時候了。」

我明白他的意思，我點頭。「沒有那麼多疼痛應該很不錯，」我說，「也終於可以擺脫失禁的困擾，從來沒有人說過老了會這樣，但突然有一天就開始了。」

他大笑，悅耳的笑聲點亮整個房間。我感覺歲月的痕跡漸漸消失，化爲塵埃。

我看見他背後的翅膀張開——他背上那隻聖甲蟲刺青的翅膀，精緻的圖案、華麗的色彩。我目瞪口呆地看著，那對翅膀有如蒂芬妮的彩繪玻璃，那濃重、驚人、強烈的美幾乎令我難以招架。

這時我才恍然大悟，終於知道他是什麼了。人生教練，確實沒錯。

「多明尼克，你是天使嗎？」我問。

他笑嘻嘻說：「妳這樣的說法感覺很誇張。」

「不，」我一直注視他，無法轉開視線，「很神奇才對。我猜應該是墮天使吧？」

「喂，太過分嘍。」他假裝生氣，任性地拍拍翅膀，一陣風拂過我。

「不然，聖甲蟲？這種蟲的另外一個名字是糞金龜，你應該知道吧？」

他驚駭又厭惡的表情逗得我大笑起來。噢，我眞懷念那個表情。笑聲讓我感覺年輕。不對，不只是**感覺**而已，我眞的變年輕了。歲月消逝，我低頭看雙手，不再是老人乾枯的模樣，已經改變了。

「聽我說，」他說，「認眞一點，我要讓妳欣賞一下這玩意有多壯觀。」

我享受我們之間輕鬆自在的對話，對我而言有如生命。噢，我眞的好想念這個人。

「不要再想念了，」他彷彿聽見我的心聲，臉上露出大大的笑容，「我在這裡，就在這裡，一直在這裡。妳也一樣。妳到底要不要重新握住我的手？」

我伸出雙手，但是我沒有握住他的手，還沒有。「原來是這樣進行的嗎？」

他好氣又好笑地嘆息。「通常都是這樣，但是妳比較特別，因爲無論妳是否喜歡，總之妳是我的戀人，我的另一半，因此享有特殊待遇。」

「不是每個人都能看見翅膀？」

「眞是的，妳這個女人。」他搖頭，卻忍不住露出開懷的笑容。

突然間，我不想繼續逗他了。接下來即將發生的事太沉重，有如殮衣層層纏繞。

「小多明尼克不會有事吧？」

「他不會有事。妳幫他做了充足的準備。我會照顧他，我一直都在照顧他。」

「會痛嗎？」

「唉，之所以不是每個人都能得到特殊待遇，就是因爲這樣，實在太多問題了。拜託妳快點握住我的手。不會痛，我保證，不過等妳來到這邊，我會狠狠擰妳。」

我凝視他的雙眼，將雙手放在他手中。我跨出來，就這麼簡單。

「我還以爲會很痛。」我對他說。

「不會啦，」他說，「根本不痛。」

「那，現在呢？」我問他，「感覺有點反高潮耶，那個，我還以爲會有天國合唱團呢。」

他笑著搖頭看我，但很快就變得嚴肅，注視著壁爐邊癱軟的遺體。他彎腰抱起她，從椅子移動到床上，再輕輕放下，溫柔地將她的雙手交疊，撫平她的頭髮。他吻上她的前額，畫了個十字。

「我不喜歡讓遺體就那樣倒著，」他說，「他們應該享有尊嚴，尤其是她。」

接著他伸手拉著我轉了個圈，我發現老年的外表消失了。我恢復青春，找回活力與健康，就像那年夏季一樣。他將我擁入懷中。我等了一輩子的時間，終於可以盡情享受他的香氣。他吻著我的唇，眞想永遠這樣下去。

突然間，我明白了。我們**確實**會永遠這樣。我後退望向他的臉，看清了一切——我們兩個靈魂之間有永恆的緣分。

「妳說呢？」他在我耳邊呢喃，「要不要再來一次？」

「好，」我低語，「好，我想再來一次。」

「我就知道妳一定會要，寶貝，一切都是因爲愛，我們做得很對。」

「我們的兒子也一起？我們會再見到他嗎？」

多明尼克微笑。「看來妳明白如何運作了，眞是不容易，或許可以這麼說。會，我們會再見到小多明尼克。」

「我們還有一個女兒，存在於另外一個時空，我夢到過。」

「她也會一起。不用擔心。」

「還有更多嗎？其他時空的其他孩子？」

「只有這兩個靈魂，」他說，「他們會永遠跟隨我們，親愛的，這是我們的運作方式。」

「這次可以讓我選地點嗎？」

他的笑容讓我笑出來。「現在妳竟然想選地點了，哪裡？」

「康瓦爾？」我問。「那棟小屋，我們在那裡很幸福，可以嗎？」

「試試看吧。」

「這一次我們在一起的時間要長一點，」我說，「上次太短了。」

「沒問題，親愛的，不過現在有人在等妳。」他帶我走出五號房。我們走過黑漆漆的走道，來到樓梯前。一樓的門關著，下方透出光。我們挽著手下樓，他幫我開門，笑容燦爛。

餐廳裡擠滿了人，我認識的人——比我先走的人。

他們一起對我微笑，鼓掌歡呼。媽媽、爸爸、外婆，每個都活力十足、年輕健康。蘭迪與傑夫；露安與蓋瑞舉起馬丁尼酒杯，傑森、吉爾，還有親愛的愛麗絲，她徹底擺脫了疾病折磨。她對我揮手。親戚、朋友、學生，這一生愛過我的人全都在這裡。

整個空間滿滿都是愛，強大的力量幾乎使我站不穩。

我領悟到，這就是一切——愛，這就是全部。我抬頭看多明尼克俊美的臉龐，他的眼眸舞動神彩，露出壞壞的笑容。

歡樂時段開始了。

# 感謝

能再回到華頓眞是開心！這次故事發生的地點與哈里森居相隔整座小鎮，多麼愉快。華頓是《*Daughters of the Lake*》的故事背景，當我告訴編輯想要再寫一個發生在這個奇幻小鎮的故事，他們立刻說：「哇——！會有賽門嗎？」順應大眾的要求，我筆下最受歡迎的角色再次登場。我的好友Ken Anderson興奮極了，因爲他就是賽門這個角色的靈感來源，我也非常激動。

感謝我的經紀人Jennifer Weltz，人生中能有妳，是我最大的福分。妳爲我的世界帶來友誼、支持、引導，以及許多歡笑，對我的意義有多重大遠超出妳的想像。妳和Jean V. Naggar文學經紀公司的所有人都爲我盡心盡力，致上我無盡的感激。

感謝Lake Union公司負責我的團隊：Danielle Marshall、Faith Black Ross、Alicia Clancy、Ashley Vanicek，各位鷹眼編輯，以及其他所有爲我的書而辛勞的人們，我眞的非常幸運能有你們的幫助。有些作者很怕編輯過程，但我超愛！Faith與Alicia，我好喜歡看妳們的評論。妳們的見解總是一針見血，讓我大笑，也讓故事變得更有力量。Ashley，妳總是令我歡喜。Lake Union公司的大家，你們不只是專業領域的明星，更爲我的人生帶來歡樂。

感謝推薦我作品的獨立書店老闆與圖書館員——我打從心底感謝你們。如果你們希望我去上演作家真人秀，我隨時樂意。（對了，我可能會帶狗一起去。）我很愛和讀者見面，聽他們的想法，跟他們講一兩個鬼故事。

在臉書和 Instagram 關注我的人應該都知道，這本書有些部分來自於我的真實人生經歷，這裡和大家分享其中一個。

幾年前的夏天，我隔壁的人家發生了很特別的事。一位可愛、美麗、優雅、風趣、溫柔的六十多歲女士搬來與我的鄰居同住，她罹患早發性阿茲海默症，而我的鄰居是她的前夫與他的伴侶。他們不希望這位女士在安養院度過人生最後幾個月，於是便自願照顧她。這是我所見過最令人感動的愛。

那年夏天，我經常和她一起消磨時間。我們坐在我家院子裡的野山楂樹下，聊她的往事、她的人生、他們的子女。能夠認識這位偉大的女性是我的榮幸。那年夏天結束時，她溘然長逝。

可想而知，他們啓發我寫下愛麗絲、傑森與吉爾的故事。並非靈異的部分，那是我自己的想像。不過她就像愛麗絲一樣溫柔可人，他們兩個也像傑森與吉爾一樣風趣又有愛心。

將這份稿子寄給編輯之前，我和他們共享一瓶葡萄酒，聊著那年夏天的事。如果各位願意，請捐款給美國阿茲海默基金會，徹底終結這個殘酷無情的疾病。

國家圖書館出版品預行編目資料

五號房的祕密 / 溫蒂・韋伯(Wendy Webb)著；康學慧譯. -- 初版. -- 臺北市：春光出版, 城邦文化事業股份有限公司出版：英屬蓋曼群島商家庭傳媒股份有限公司城邦分公司發行, 2023.11
面； 公分. --
譯自：The haunting of Brynn Wilder.
ISBN 978-626-7282-42-7（平裝）

874.57 112016235

# 五號房的祕密

原著書名／The Haunting of Brynn Wilder
作　　者／溫蒂・韋伯（Wendy Webb）
企畫選書人／張世國
責任編輯／何寧

版權行政暨數位業務專員／陳玉鈴
資深版權專員／許儀盈
行銷企劃主任／陳姿億
業務協理／范光杰
總　編　輯／王雪莉
發　行　人／何飛鵬
法律顧問／元禾法律事務所　王子文律師
出　　版／春光出版
臺北市 104 中山區民生東路二段 141 號 8 樓
電話：（02）2500-7008　傳真：（02）2502-7676
部落格：http://stareast.pixnet.net/blog　E-mail：stareast_service@cite.com.tw
發　　行／英屬蓋曼群島商家庭傳媒股份有限公司城邦分公司
臺北市中山區民生東路二段 141 號11 樓
書虫客服服務專線：（02）2500-7718 /（02）2500-7719
24小時傳真服務：（02）2500-1990 /（02）2500-1991
服務時間：週一至週五上午9:30～12:00，下午13:30～17:00
郵撥帳號：19863813　戶名：書虫股份有限公司
讀者服務信箱E-mail: service@readingclub.com.tw
歡迎光臨城邦讀書花園　網址：www.cite.com.tw
香港發行所／城邦（香港）出版集團有限公司
香港灣仔駱克道 193 號東超商業中心 1 樓
電話：（852）2508-6231　傳真：（852）2578-9337
E-mail : hkcite@biznetvigator.com
馬新發行所／城邦（馬新）出版集團【Cite (M) Sdn Bhd】
41, Jalan Radin Anum, Bandar Baru Sri Petaling,
57000 Kuala Lumpur, Malaysia.
Tel:（603）90563833 Fax:（603）90576622　E-mail:cite@cite.com.my

封面設計／高偉哲
內頁排版／芯澤有限公司
印　　刷／高典印刷有限公司

■ 2023 年 11 月 2 日初版一刷　Printed in Taiwan

售價／420元

城邦讀書花園
www.cite.com.tw



ISBN　978-626-7282-42-7

| 廣 告 回 函 |
|---|
| 北區郵政管理登記證 |
| 臺北廣字第000791號 |
| 郵資已付，免貼郵票 |

104 臺北市民生東路二段 141 號 11 樓

**英屬蓋曼群島商家庭傳媒股份有限公司**

**城邦分公司**

請沿虛線對折，謝謝！

愛情・生活・心靈

閱讀春光，生命從此神采飛揚

# 春光出版

| | |
|---|---|
| **書號**：OG0036 | **書名**：五號房的祕密 |

請於此處用膠水黏貼

# 讀者回函卡

謝謝您購買我們出版的書籍！請費心填寫此回函卡，我們將不定期寄上城邦集團最新的出版訊息。亦可掃描QR CODE，填寫電子版回函卡

姓名：＿＿＿＿＿＿＿＿＿＿＿＿＿＿＿＿＿＿＿

性別：□男　□女

生日：西元＿＿＿＿＿＿年＿＿＿＿＿＿月＿＿＿＿＿＿日

地址：＿＿＿＿＿＿＿＿＿＿＿＿＿＿＿＿＿＿＿＿＿＿＿＿＿＿＿＿

聯絡電話：＿＿＿＿＿＿＿＿＿＿＿＿　傳真：＿＿＿＿＿＿＿＿＿＿

E-mail：＿＿＿＿＿＿＿＿＿＿＿＿＿＿＿＿＿＿＿＿＿＿＿＿＿＿＿

職業：□1.學生 □2.軍公教 □3.服務 □4.金融 □5.製造 □6.資訊

□7.傳播 □8.自由業 □9.農漁牧 □10.家管 □11.退休

□12.其他 ＿＿＿＿＿＿＿＿＿＿＿＿＿＿＿＿＿＿＿＿＿＿＿＿

您從何種方式得知本書消息？

□1.書店 □2.網路 □3.報紙 □4.雜誌 □5.廣播 □6.電視

□7.親友推薦 □8.其他 ＿＿＿＿＿＿＿＿＿＿＿＿＿＿＿＿＿＿＿

您通常以何種方式購書？

□1.書店 □2.網路 □3.傳真訂購 □4.郵局劃撥 □5.其他 ＿＿＿＿＿＿

您喜歡閱讀哪些類別的書籍？

□1.財經商業 □2.自然科學 □3.歷史 □4.法律 □5.文學

□6.休閒旅遊 □7.小說 □8.人物傳記 □9.生活、勵志

□10.其他 ＿＿＿＿＿＿＿＿＿＿＿＿＿＿＿＿＿＿＿＿＿＿＿＿＿＿

請於此處用膠水黏貼